suhrkamp taschenbuch 3445

Erling Fall hat seinen Weg gemacht, ist respektabler Amtsrichter und mit einer Malerin verheiratet. Aber nach zwölf Jahren Ehe geht Merete plötzlich mit einem Jazzgitarristen auf und davon. Erling überläßt sich seinen Rachegedanken und seinem Selbstmitleid, bis sein alter Freund Gudmund auftaucht, erfolgreicher Unternehmer. Er nimmt Erling zunächst mit auf eine Expedition zum Himalaya, läßt ihn eintauchen in eine Gemeinschaft von Männern, die den Rausch der Todesgefahr suchen. Als juristischer Berater in Gudmunds Unternehmen begegnet Erling dann auf einer Geschäftsreise nach Taiwan der schönen Sophie Lee, die bereit ist, mit ihm in Paris ein gemeinsames Leben zu beginnen – und ganz allmählich scheint er wieder die Kontrolle über sich selbst zu gewinnen. Eine trügerische Hoffnung: Als auch Sophie ihm zu entgleiten beginnt, tötet Erling.

»In ›Erlings Fall‹ flirtet Bjørnstad auf subtile Weise mit dem Krimigenre und wuchert mit allem, was einen großen Erzähler auszeichnet: psychologisches Feingespür, dramaturgisches Raffinement und eine Tonlage, die an Albert Camus' Meisterwerk ›Der Fall‹ erinnert. Ein Buch wie eine Anklageschrift: unerschrocken, präzise, ein Blick in das Auge des Orkans.« *Peter Henning*, Focus

Ketil Bjørnstad, geboren 1952, lebt als Schriftsteller, Pianist und Komponist in Oslo. Er hat zahlreiche Romane veröffentlicht ebensowie erfolgreiche Jazz-Alben eingespielt. In Deutschland wurde er u.a. durch seine Romanbiographien über Edvard Grieg (Suhrkamp 1998), Oda Krogh und Edvard Munch (Insel 1995) bekannt.

Ketil Bjørnstad
Erlings Fall

Roman

Aus dem Norwegischen von
Lothar Schneider

Suhrkamp

Titel der Originalausgabe:
Fall

Published by agreement with
Leonhardt & Høier Literary Agency, Copenhagen

Umschlagfoto: Rolf Stoa

suhrkamp taschenbuch 3445
Erste Auflage 2003

Druck: Nomos Verlagsgesellschaft, Baden-Baden
Printed in Germany
Umschlag nach Entwürfen von
Willy Fleckhaus und Rolf Staudt

1 2 3 4 5 6 – 08 07 06 05 04 03

»Reglos lauschte ich immer noch. Dann entfernte ich mich zögernden Schrittes im Regen. Ich benachrichtigte niemand.«

Albert Camus, *Der Fall*

ERSTER TEIL

Erst danach, zurückgekehrt auf den Hof, wagte es Erling Fall schließlich, genauer an das zu denken, was ihn so weit gebracht hatte, daß es am Ende des Jahrhunderts an einem dunklen Winterabend in Paris zu diesem Verhängnis gekommen war. Erregt von dem eben Gedachten, mußte er sich fragen, wo sie begann, diese Serie von Ereignissen, die schließlich dazu geführt hatte, daß er den Halt in seinem eigenen Leben verlor, diesem Leben, das er stets als anständiger Mensch, wie man so sagt, hatte leben und vollenden wollen, in den normalen, vorgegebenen Bahnen; das er aber offenbar in jämmerlicher Trägheit und Phantasielosigkeit und in dumpfem Ehrgeiz gelebt hatte. Er war immer von dem starken Wunsch beseelt gewesen, sich einzuordnen, das System zu akzeptieren, alles das, was sich die Menschen an Regeln, Ordnungen und Vorschriften ausgedacht hatten, all das, was man oft und zugleich unbegreiflicherweise eine Gesellschaft nannte. Er hatte nie, und vielleicht war das der Grund, warum er Amtsrichter geworden war, mit dem Gesetz in Konflikt geraten wollen. Vielmehr hatte er in all diesen Jahren seines sogenannten erwachsenen Lebens Alpträume wegen all der Verbrechen gehabt, die zu begehen sicher auch er fähig war, und wegen all der Verbrecher, die er hatte verurteilen müssen, weil sie nicht imstande gewesen waren, ihr Lebenswerk zu vollenden, ohne gewisse ungeheuerliche Fehltritte zu begehen; Fehltritte, die von der Gesellschaft, und auch von ihm, wie man es von ihm verlangte, als so schwerwiegend betrachtet wurden, daß er diese Menschen ihrer Freiheit berauben und sie in extremen Fällen zu langen, fast unmenschlich langen Gefängnisstrafen verurteilen mußte.

Ja, dachte Erling Fall, als er wieder daheim auf der Veranda seines Hofes stand, es muß an dem Tag begonnen haben, einem Oktobertag wie diesem, als er, bereits krankgemeldet, mit den Scheidungspapieren in der Hand von genau dieser Veranda aus sah, daß Gunnar Hov auf dem Getreidefeld stand, fast ganz unten beim Friedhof, und zum Wohnhaus heraufstarrte, als wüßte er, welchen Brief Erling Fall bekommen hatte. Es herrschte ein grelles und unbarmherziges Licht an diesem Tag, Windstille, der See lag spiegelglatt; eine intensive und greifbare Stille, als hätte sich gerade etwas Böses ereignet oder als sollte es sich ereignen.

Erling Fall hatte lange angenommen, daß Gunnar Hov, Jäger von Geburt an, mit einem schärferen Gehör, einem aufmerksameren Blick, der Natur näher stünde als er selbst. Ja, Gunnar Hov, der Pächter, war ein Mann mit fast unheimlicher Intuition, der bei jeder Art von Jagd wußte, wann der richtige Zeitpunkt gekommen war, so, wie er viele Jahre auf Merete Bøver gewartet haben mußte, wenn auch erfolglos. »Doch, woher will ich das wissen«, hörte sich Erling Fall laut ins Zimmer sagen, auch wenn er allein im Haus war. »Woher will ich das wissen?« wiederholte er, mit der hohlen Stimme, an die er sich seit dem Stimmbruch nie hatte gewöhnen können. Merete Bøver, die Frau, von der er nun geschieden war, hatte ihm ja die Wahrheit erst gesagt, als es zu spät war. Aber jetzt war der alles beendende Brief gekommen, und dort stand Gunnar Hov, fast unten bei der Kirche, und starrte, glotzte, wartete, mitten im grellen Oktoberlicht, in dieser ohrenbetäubenden Stille, in der nichts geschah, denn auch Erling Fall stand reglos mit dem Brief in der Hand und wußte, daß er von nun an ein geschiedener Mann war, ein gedemütigter Mann, verlassen von seiner Frau; ein Mann, der in den Augen der anderen seine Würde verloren hatte, der es nicht geschafft hatte, die Frau zu halten, die er überdies viele Jahre versorgt hatte; eine Frau, die mit ihren zwei Kindern vom ersten Augenblick an mit Ansprüchen zu ihm gekommen war, die ihm zu verstehen gegeben hatte, daß er Merete Bøver zwar bekommen konnte, sie aber ihren Preis hatte.

Gunnar Hov senkte endlich den Kopf und ging zum Traktor. Erling Fall stand unschlüssig mit den Scheidungspapieren in der Hand, und er merkte auf einmal, daß die Verzweiflung und das Gefühl des Verlusts mit einer Geschwindigkeit zunahmen, als hätte er bereits mehrere Gläser Whisky getrunken, es war eine so gewaltsame und alles überschattende Wehmut, daß er das Läuten der Türglocke nicht sofort hörte. Wahrscheinlich hatte es schon einige Male geläutet, bis er fähig war, die Flut von Gedanken über das unwiderruflich Geschehene zu unterbrechen. Mit dem Brief in der Hand, den er weder weglegen konnte noch wollte, ging er durch die weitläufigen Räume in den Flur.

Es wunderte ihn, daß jemand zu diesem Zeitpunkt Kontakt mit ihm aufnehmen wollte. Er war zu einem isolierten Menschen geworden, mit offensichtlich schwermütiger und trister Ausstrahlung. Es war lange her, daß Gunnar Hov heraufgekommen war. Man hielt Abstand von ihm, wie es hieß, und Erling Fall verstand ohne weiteres, daß man ihn gerade jetzt natürlich mied.

Er öffnete die große, massive Haustür und sah zu seiner Überraschung, daß es Oddleif Jaren, der Lensmann von Lunner, war, der vor ihm stand, etwas schwer und übergewichtig und gewissermaßen fertig zur Elchjagd.

Doch war Erling Fall klar, daß es andere Gründe für sein Kommen geben mußte, und er fühlte sich dadurch nur noch elender. Oddleif Jaren hatte den robusten Körperbau, der oft als männlich gilt, dazu war er auf eine Weise besonnen und ruhig, daß sich Erling Fall wie völlig aus dem Gleichgewicht vorkam, wie er da, sicher knallrot im Gesicht, stand und mit den Scheidungspapieren herumfuchtelte.

»Was gibt es?« blaffte er.

»Tut mir leid, Erling. Aber es gibt da etwas, worüber ich mit dir reden muß.«

Erling Fall begriff, daß er ihn hereinlassen mußte, daß er sich wenigsten einige Minuten diesem Mann widmen mußte, der zum Glück nur bis zu einem gewissen Grad Meretes Freund gewesen war, der aber dennoch einen Teil des Dramas kannte, das sich auf dem Hof abgespielt hatte, der wußte, daß sich Merete Bøver eines Tages mit ihren zwei Töchtern ins Auto gesetzt hatte und zu ihren Eltern gefahren war, die sicher nicht viel vom dem verstanden hatten, was geschah, aber trotz allem mit Kaffee und Waffeln da draußen in Bærum gewartet hatten, so gut kannte Oddleif Jaren sie denn doch. Allerdings näher vertraut war er mit den Vorgängen nicht, noch wußte er mehr als der Bekanntenkreis und das Dorf wußten, nämlich, daß Merete sich einen Jazz-Gitarristen aus Lillestrøm geangelt und mit ihm bereits ein gemeinsames Leben begonnen hatte.

Es war ein Jahr her, daß Erling Fall überraschend dazugekommen war, als seine Frau am Telefon stand und mit dem Mann sprach, der, wie sich herausstellte, Skjalg Antonsen war. Sie hatten sich einige Wochen zuvor kennengelernt, als er mit seinem Trio in Gjøvik gespielt hatte, genau an dem Wochenende, an dem Erling Fall auf einem Seminar in Oslo gewesen war. Beide überhäuften sich mit Anschuldigungen. Merete Bøver gab zu, daß sie die Nacht über im Hotel geblieben war, was aber eigentlich keine Rolle spielen würde. Sie hätte schon lange vorgehabt, sich von Erling Fall zu trennen. Später erst habe sie begriffen, daß das mit Skjalg Antonsen doch ernst war. Über Nacht im Hotel geblieben, dachte er. Dann steckten Lotte und Siri wohl unter einer Decke mit ihr? Er hatte zu heulen begonnen, hatte gefleht und gebettelt. Doch sie war unerbittlich geblieben. Am selben Tag noch fuhr sie nach Bærum zu ihren Eltern, zusammen mit den Zwillingen, die zwar auch geheult hatten, aber nicht ein Wort sagten. Nicht ein Wort! Das Ganze wirkte fast gespenstisch. Erling Fall war allein zurückgeblieben und hatte gedacht: Wenn ich nun an jenem Wochenende nicht nach Oslo gemußt hätte. Wäre dann das alles nicht geschehen? Es war für ihn, als ginge die ganze Welt unter.

Oddleif Jaren kam herein, bewegte sich verlegen und mit einer gewissen Müdigkeit, der Müdigkeit des Lensmannes, dachte Erling Fall. Er winkte mit dem Brief, als Zeichen, daß der Freund nur ins Wohnzimmer gehen und sich einen Stuhl nehmen solle, dann würde er Kaffee bekommen. Aber der Kaffee mußte ja erst gekocht werden, und Erling Fall war in dieser Situation einfach nicht in der Lage, Kaffee zu bereiten.

»Ich weiß nicht, ob ich dir einen Kaffee anbieten kann«, hörte er sich sagen, »aber du kannst dich gern setzen.«

Oddleif Jaren ging ins Wohnzimmer und setzte sich. Erling Fall dachte, daß er unumwunden erklären sollte, warum er nicht in der Lage sei, für sie beide Kaffee zu kochen, aus dem einfachen Grund, weil er keine Frau mehr habe, aber das konnte er dem Lensmann nicht sagen. Vor hundert Jahren vielleicht hätte man sagen können: »Ich habe keine Haushälterin mehr und kann Ihnen deshalb keinen Kaffee anbieten«, aber so etwas *jetzt* zu sagen, das war der pure Aberwitz. Doch wollte Erling Fall wenigstens auf den Ausnahmezustand hinweisen, auf die Katastrophe, die ihn ereilt hatte. Deshalb zögerte er nicht lange und sagte: »Ich bin geschieden, Oddleif. Merete hat sich von mir getrennt.«

Oddleif Jaren nickte. »Ich weiß«, sagte er. »Deshalb bin ich gekommen.«

Etwas an dem ausweichenden Blick, dem Unbehagen, das die stattliche Gestalt ausstrahlte, ließ Erling Fall ahnen, daß Oddleif Jaren nicht als Privatperson kam, es war nicht der Fasanenjäger und Rotweinliebhaber Oddleif Jaren, der hier zu Besuch war, sondern ein pflichtbewußter Beamter, der einen Sachverhalt aufklären wollte.

»Stört es, wenn ich mir eine Pfeife anzünde?« fragte er, vielleicht um Zeit zu gewinnen, genügend Kraft zu sammeln für das Unangenehme, das jetzt vor ihm lag. Sie saßen wie bei einem richtigen altmodischen Plauderstündchen, zwei Freunde, die ihr Pfeifchen schmauchten und ihre Meinungen über das Weltgeschehen austauschten, so, wie man das früher machte, als man überdies noch Haushälterinnen hatte, die selbst in Krisensituationen Kaffee bringen konnten. Aber Erling Fall war ein ganz gewöhnlicher Amtsrichter, und der Hof, ein wahnsinniger Einfall von Merete Bøver (»... und dann liegt er ja direkt bei Fall, stell dir *das* vor, Erling! Das muß doch einen tieferen Sinn haben!«), verschlang gewaltige Summen zur Erhaltung.

Oddleif Jaren seufzte. »Ich bin gekommen, weil man mich darum gebeten hat.«

»Um was gebeten hat?

»Dich zu verhören.«

Erling Fall hörte die monotone Stimme des Freundes. Es sei eine Anzeige eingegangen. Merete Bøver habe ihren früheren Ehemann wegen Telefonterrors angezeigt. Die Anzeige sei anfangs in Erling Falls eigenem Distrikt bearbeitet, dann aber wegen Befangenheit nach Lunner weitergeleitet worden. Obwohl auch Oddleif Jaren ein Bekannter von Amtsrichter Fall sei, könne er, zunächst jedenfalls, für die weitere Nachforschung als verwendbar betrachtet werden.

»Wir müssen das ernst nehmen, Erling. Sie hat schon einmal deshalb angerufen.«

»Du hast es also schon länger gewußt?«

»Lange genug.«

Sie schwiegen eine Weile. Nur das Geräusch des Lensmannes, der auf der Pfeife paffte. Erling spürte, daß sein Körper bald nicht mehr mitmachen würde. Heute waren es fünf Wochen seit seiner Krankmeldung, seit er aufgegeben hatte, weil er ahnte, wohin das führen würde, weil die Sehnsucht nach Merete nicht aufhörte, auch nicht in der Nacht. Er hatte ihr zuviel Macht über sich eingeräumt. Manche Männer sind so, hatte seine Schwester Frøydis vor ein paar Tagen wehmütig gesagt, am Ende des letzten Quartettabends, als sie zaghaft und ziemlich unbeholfen angefangen hatten, Schuberts großes, tragisches G-Dur-Quartett zu üben, ein Werk, von dem sie alle wußten, daß es zu schwierig für sie war, das sie aber trotzdem unbedingt probieren wollten. Die Schwester hatte gewußt, daß er an Merete dachte, daß die Scheidung nicht nur wegen der Beziehung zu Merete und den Zwillingen eine große Niederlage war, sondern auch, weil er sich auf fast allen Gebieten von ihr abhängig gemacht hatte, und jetzt war er nicht einmal in der Lage, einem Freund Kaffee anzubieten.

Ja, dachte er, während Oddleif Jaren ihn musterte,

das steckte jetzt wie eine Krankheit in ihm, all die Tage, die er allein verbrachte, die Fragen, die er sich unaufhörlich stellte, was er falsch gemacht hatte, die langen Märsche in die Wälder mit der zu dieser Jahreszeit üblichen Grabesstille der Natur. Auch das Haus war allmählich davon geprägt worden; man konnte leicht feststellen, daß die Fenster seit Wochen nicht geöffnet, daß Zigaretten geraucht worden waren, man brauchte nur die Aschbecher anzusehen. Aus der Küche kam ein Geruch von verschimmeltem Brot und von vor langer Zeit geöffneten Sardinendosen.

Oddleif Jarens Blick hatte jetzt etwas Trauriges. Der Lensmann beugte sich nach vorn.

»Wir wissen natürlich, daß du sie angerufen hast, Erling.«

Sie angerufen? Selbstverständlich hatte er Merete angerufen. Zeitweise hatte er sie beinahe täglich angerufen, das hatte sie ihm erlaubt, sie hatte gesagt, sie bedauere ihn, und es tue ihr leid, sie verstünde, wie schlecht es ihm ginge. Außerdem mußten so viele praktische Dinge geregelt werden.

Er versuchte es, so gut er konnte, zu erklären. Merete Bøver war nicht irgendeine beliebige Frau. Eine Beziehung wie diese, die zu den Kindern eingeschlossen, konnte trotz allem nicht von einem Tag auf den anderen abgebrochen werden.

»Nun ja«, sagte Oddleif Jaren nach einer Weile, »aber ein ganzes Jahr hast du sie auch nachts angerufen, spät in der Nacht. Sie hat dich *angezeigt*, Erling! Deshalb muß ich dich vernehmen. Am besten du kommst mit mir ins Büro. Ich tue nur meine Pflicht.«

Erling Fall konnte sich danach kaum erinnern, was er gesagt hatte. Er erinnerte sich jedoch an den spiegelglatten Randsfjorden, die Farben der Jahreszeit, das grelle Licht des Nachmittags. Oddleif Jaren machte dieses Verhör außerhalb der Arbeitszeit, sicher um ihm die Blicke der Kollegen zu ersparen. Während sie die Straße an der Ostseite des Sees entlangfuhren, mußte Erling Fall daran denken, wie oft er hier mit Merete und den Zwillingen, oder nur allein mit Merete, gefahren war. Am liebsten erinnerte er sich an ihre Fahrten direkt nach Fornebu*. Merete hatte es geliebt zu verreisen. In ihren Maler- und Künstlerkreisen verreiste man mit dem Krankengeld, den Almosen des Staates, dem Honorar für ein Bild. Zum Glück hatte er Geld gehabt; das Amtsrichtergehalt versetzte sie in die Lage, nach Venedig, Köln oder Budapest zu fliegen, Städte, die für ihre Arbeit wichtig gewesen waren und die Erling Fall geliebt hatte, weil er in diesen Städten leichter als sonst seinen Wein hatte trinken können, und, anders als zu Hause, die Nähe seiner Frau spürte, wenn sie auch während ihrer schöpferischen Phasen ziemlich zerstreut war.

Er erinnerte sich an einzelne Momente dieses glücklichen und unübertroffenen Zusammenlebens, denn es *war* glücklich und unübertroffen gewesen! Das hatte auch Merete mehrfach im Laufe des Trennungsjahres eingeräumt. Auch sie hatte geweint, verzweifelt über all den Schmerz, den sie angerichtet hatte, über all das, was sie ihm nicht hatte klar machen können, wie sie sagte, weil er ihr so verschlossen erschien, so gesteuert von der Arbeit und den alltäglichen Ritualen. Seine penible Art! Seine Hobbys! Wie oft, sagte sie, habe sie mit ihm *reden* wollen über das, was zwischen ihnen, wie sie meinte, nicht stimmte, während er sich nur mit den Börsenkursen beschäftigte, mit seinen Wirtschaftsjournalen, oder

* Bis 1998 Flugplatz von Oslo.

sich in die Musik zurückzog, das Geigespielen, die Sinfonien oder die Quartette, mit denen er zu jeder Zeit das Haus erfüllte. Ihr schien, so hatte sie gesagt, daß sie ihn nach all diesen Jahren eigentlich nicht kannte; nie vorgedrungen war zu ihm. Wußte er es denn nicht selbst, wie verschlossen er war? So verschlossen, wie Einar Skjåk gewesen war, so verschlossen, wie die meisten Männer nach Merete Bøvers Meinung waren. Doch nun war die Entscheidung gefallen. Die Zwillinge zu sehen würde sie ihm, etwas später, selbstverständlich nicht verweigern. Sie liebten ihn, versicherte sie, aber sie brauchten Zeit, viel Zeit, um all das, was geschehen war, zu verarbeiten, und sie bat ihn inständig, das zu verstehen.

Als ob das jetzt noch einen Unterschied machte. Er sollte also wegen einiger Telefongespräche vernommen werden, für die er ohnehin keine Erklärung geben konnte. Sie hatten allesamt spät in der Nacht stattgefunden, und er war sich nicht bewußt, etwas Falsches gesagt zu haben, jedenfalls nicht zu Merete. Möglicherweise war er mit diesem Skjalg Antonsen manchmal etwas unsanft umgesprungen, aber das geschah dem dann gerade recht. Ein Jazzgitarrist, der daran gewöhnt ist, seine Arbeit spätabends auszuüben, muß doch ein paar Anrufe zur Schlafenszeit aushalten? Nach der Zwischenstation bei den Eltern in Bærum war Merete nämlich mit den Zwillingen nach Lillestrøm in Skjalg Antonsens bescheidenes Reihenhaus gezogen, nicht weit vom Bahnhof. Eines Nachts im Frühherbst war Erling Fall an diesem Haus vorbeigefahren und hatte in einer Mischung aus Mitleid und Befriedigung festgestellt, daß es mit Eternitplatten verkleidet war. Außerdem hatte Merete jetzt nur einen Bruchteil des Platzes, den er ihr im Amtsrichterhof hatte bieten können.

Sie aber hatte sich dennoch für Antonsen entschieden! – ohne im geringsten zu zweifeln! – mit der Willensstärke, die oft im Leben mit dem Leidenschaftlichen verbunden war. Skjalg Antonsen spielte jeden Freitag und Samstag in Klubs und an anderen öffentlichen Plätzen Gitarre. Damit das Geld reichte, fuhr er mehrmals in der Woche für eine Spedition. Eines Tages stand er plötzlich vor der Tür und wollte einige Matratzen abholen, die nach Meretes Ansicht insbesondere für ihren Rücken gut und notwendig waren. Erling Fall war wie betäubt von soviel Frechheit, denn das *war* eine Frechheit, in einer zugespitzten Situation wie dieser nach Matratzen zu fragen, und die Tür fiel vor der Nase des großen, blonden Burschen zu, der offensichtlich mit Hanteln trainierte und an sich ganz nett aussah, das mußte er zugeben. Antonsen hatte einige Schimpfworte gerufen, bevor er voller Wut wieder abfuhr. Erling Fall hatte im dunklen Flur gestanden und gewußt, daß er verloren hatte. Merete Bøver würde nie zurückkommen. War es die *Freiheit,* mit der Antonsen lockte? Die Musik, die Reisen, die Jazzfestivals? Solche Leute wurden ja nie erwachsen, dachte er. Merete hatte außerdem immer einen Hang zum Impulsiven gehabt. Und sicher war Skjalg Antonsen ein viel offenerer und spontanerer Mensch als er. Erling Fall war bereit, diese Tatsache zu akzeptieren, ohne irgendwelche Szenen zu machen. Er wußte, daß er in vielerlei Hinsicht linkisch, verschlossen und unzugänglich war. Er betrachtete sich keineswegs als Siegertyp in diesem Leben. Im Gegenteil, ihn hatten schon immer tiefe und zermürbende Selbstzweifel und Zweifel an seinen Fähigkeiten gequält. Er hatte von früher Jugend an gemerkt, daß er, um Erfolg zu haben, besonders hart kämpfen mußte.

Erling Fall spürte, daß Oddleif Jaren ihn anstarrte.

Die Sache wurde nicht besser davon, daß sie nun im Büro des Lensmannes saßen, daß er nun formell angezeigt und zum Verhör vorgeladen war. War das die Katastrophe, vor der er sich immer gefürchtet hatte? Voll und ganz hatte er Merete Bøver nie erobern können. Es haftete immer etwas Geheimnisvolles an ihr. Sie hatte es selten unterlassen, ihr Revier zu markieren, dachte er, wo es anfing und wo es aufhörte. In den letzten Tagen waren Bilder ihres Zusammenlebens in ihm aufgeflakkert. Kümmerlich, hatte er gedacht, und fast überrascht: Ein trostloses Zusammenleben! So schief und unausgeglichen, von Anfang an schon. Und dennoch; so glücklich!

»Was hat sie gesagt?« fragte er, hörte aber, daß der Klang seiner Stimme nicht normal war. Der Lensmann starrte den Freund an, noch ratloser, so kam es Erling Fall vor. Oddleif Jaren war ja trotz allem nur Lensmann. Er dagegen war der Amtsrichter Erling Fall. Ein Amtsrichter mußte höher in der Position stehen als ein Lensmann. Beide waren sie Handlanger des Gesetzes. Der Lensmann fing die Verbrecher ein, der Amtsrichter verurteilte sie. Erling Fall wußte, daß er in einem Verhör saß, in einer außergewöhnlichen Situation. Nun war plötzlich er selbst es, der hilflose Fragen stellte, die nicht beantwortet wurden.

Verletzung der Privatsphäre? Eine völlig lächerliche Behauptung! Er hatte sie nur angerufen und ihr die Wahrheit gesagt, das genau war es, was er getan hatte. Sie warf ihm also vor, er sei in all diesen Jahren so verschlossen gewesen? Nun, dann sollte sie endlich klare Auskünfte erhalten! Er hatte inständig auf sie eingeredet, vielleicht manchmal schnaubend, daß sie den Fehler ihres Lebens beging, daß man es mit Händen greifen könne, daß sie wie verblendet von Jazz, Sex und Muskeln war, daß sie Schmachtfetzen auf der Gitarre mit tiefer Kommunikation verwechselte, daß sie praktisch einem Irrtum aufsaß, wenn sie glaubte, daß diese zu nichts verpflichtende Freiheit, die ihr Skjalg Antonsen mit seinem lässigen Lebensstil bieten konnte, sie auf Dauer befriedigen würde. »I'am in the mood for love.« O mein Gott! Würde sie denn nie erwachsen werden? Er hatte angerufen, weil er *Mitleid* für Merete Bøver empfand, und das war etwas ganz anderes als eine Verletzung der Privatsphäre. Erling Fall wollte sich im Gegenteil verantwortlich zeigen, er versuchte, die Frau, die er liebte, selbstlos und ohne an persönlichen Gewinn zu denken, davon abzuhalten, einen ernsten Fehler zu begehen, der außerdem Folgen für das Heranwachsen und die Zukunft der Töchter haben konnte. Wer garantierte ihm denn, daß dieser Skjalg Antonsen nicht Haschisch rauchte und schwere Alkoholprobleme hatte? Wer wußte denn, ob er nicht, wenn es darauf ankam, zu prügeln anfing?

»Du solltest dich beurlauben lassen.«

»Warum? Ich bin bereits krankgemeldet.«

»Das ist etwas anderes. Du bist wegen Telefonterrors angezeigt. Die Angelegenheit wird untersucht. Du weißt besser als jeder andere, daß das seine Zeit dauern kann.«

»Du fragst mich nicht, was ich gesagt habe.«

»Ich weiß, was du nach Meinung von Merete Bøver gesagt hast. Sie hat eine Anzeige gemacht. Was hast du gesagt?«

Erling Fall merkte, daß er gereizt wurde. »Ich bin krankgemeldet«, wiederholte er. In seinem Kopf verwirrte sich alles. Die nüchternen, kalten Sätze in den Scheidungspapieren.

»Es war *Merete*, die den D-D-Dialog wollte«, stotterte er.

»Du brauchst nichts zu sagen«, sagte der Lensmann warnend. »Nein, sage nichts. Noch nicht. Aber eine Beurlaubung klingt besser. Das Oppland Arbeiderblad und Hadeland haben sich bereits telefonisch erkundigt.«

Erling Fall nickte. Hadeland, die Lokalzeitung. Man lebte sein Leben außen vor den Fenstern. Die Bauern wußten immer, welche Jahreszeit gerade war. Jetzt war es Herbst. Das war die Zeit der Früchte und der Jagd. Gunnar Hov ging wieder seine gewohnten Routen im Wald. Geheime Pfade. Plötzliche Fallen. Der Alltag hatte die Oberhand gewonnen. Erling Fall schloß die Augen und dachte an Merete. Wie war es möglich, derart viel an einen einzigen Menschen zu denken? Vor ein paar Jahren hatte er nicht einmal gewußt, wer sie war. Er war vollkommen unabhängig von Merete Bøver gewesen. Jetzt saß er in einem Verhör und konnte sich nicht vorstellen, wie er sein Leben ohne sie weiterführen sollte.

»Beurlaubung«, sagte Oddleif Jaren, »auf unbestimmte Zeit. Ich denke, wir machen es so, Erling.«

Im unerträglichen Licht des Nachmittags suchte Erling Fall nach Wörtern, die wahrscheinlich ganz neu für ihn waren, Wörter, um die wachsende Panik benennen zu können, die er in sich spürte.

»Ich habe alles auf diese Ehe gesetzt«, rief er heftig aus.

Oddleif Jaren zog eine Schreibtischschublade heraus. Er starrte eine Weile in sie hinein, wirkte unangenehm berührt, rückte einige Papiere zurecht, sagte kein Wort.

Später fuhr ihn der Lensmann nach Hause. Es gab nichts mehr zu reden zwischen ihnen, das war vielleicht das beste. Bedauernswerte Menschen wie er verbreiteten stets eine unangenehme Stimmung. Erling Fall wußte, daß das, was gerade geschehen war, für den Lensmann von Lunner äußerst schwierig einzuordnen war. Deshalb war die Stille auch ein Schutz gegen noch größeres Unbehagen. Sie fuhren schweigend am tiefen Randsfjorden entlang.

Zurück auf seinem Hof bereitete sich Erling Fall auf einen weiteren einsamen Abend in dem riesigen Haus vor. Er dachte: Ich weiß doch noch, wie ich heiße? – ich bin nicht blind? – nicht taub? – nicht verrückt? Er wußte, daß er sich in diesem seelischen Zustand nicht unter Kontrolle hatte, daß er sich nicht vom Alkohol fernhalten konnte, daß er nach ein paar Stunden auch unfähig sein würde, sich vom Telefon fernzuhalten. So begann er zu trinken und nach rückwärts zu denken. Er brauchte jemanden, mit dem er reden konnte, aber da gab es niemanden außer Merete.

Sie trat in sein Leben, als Gudmund Kværnland ihn losgelassen hatte, als diese schwierige Zeit des Ausprobierens für sie beide vorüber war, als Gudmund, vor allem um der Karriere willen, eine Frau gefunden hatte, jedenfalls eine Person, die, wie er sagte, in der Lage war, Kinder zu produzieren. Merete war zu dieser Zeit bereits eine anerkannte Malerin, und ihre erste Begegnung fand, nach einem Konzert mit der Sängerin Anette Peacock, das ihm übrigens sehr gefallen hatte, im Club 7 statt, den Erling Fall gern aufsuchte, um Jazz zu hören. Musik war etwas, ohne das er nicht leben konnte. Sie hatten bei einem Glas Rotwein ein paar Worte gewechselt. Vermutlich hatte er ihr etwas Schmeichelhaftes über ihre Bilder gesagt. Er hatte schon früh erkannt, daß er Menschen, bei denen er etwas erreichen wollte, Komplimente machen mußte, und zwar unverzüglich, ohne Zurückhaltung, fast überfallartig, das tat stets seine Wirkung.

Merete Bøver hatte zugehört, anfangs etwas skeptisch, später geschmeichelt. Dann hatte er nichts mehr zu sagen gehabt. Sie hatte ihn gefragt, was er mache. Es fiel ihm nicht leicht, zu antworten, daß er praktisch Jurist war, den langweiligsten Beruf der Welt ausübe. Aber er hatte es gesagt, und auf ihrem Gesicht war ein Lächeln erschienen.

»Ich habe mir immer gewünscht, Jura zu studieren, das muß sehr spannend sein!« sagte sie zu seiner großen Überraschung. Vielleicht war das ihre Revanche im Komplimente-Duell. Er wußte nicht, was er erwidern sollte, merkte, wie verlegen er sich Frauen gegenüber immer fühlte, und plötzlich war sie weitergegangen zu einigen anderen Leuten.

Dann nahm der Zufall die Dinge in die Hand, er begegnete ihr am folgenden Samstag in der Nordmarka, auf der Loipe zwischen Finnerud und Kobberhaughütte. Plötzlich erspähte er sie weit vor sich in dem langgezogenen Aufstieg den Berg hinauf. Er spurtete los und glitt an ihre Seite. Als sie ihn erkannte, huschte ein Schatten über ihr Gesicht, als würde sie lange vor ihm erkennen, was sich anbahnte, wer er in ihrem Leben sein würde, was ihr nun bevorstand, die aufreibende Scheidung zwischen ihr und Einar Skjåk, der Aufbau einer völlig neuen Beziehung, zu der auch Lotte und Siri gehören würden. Erling Fall hatte nie verstanden, warum Merete Bøver sich damals für ihn entschieden hatte, so übereilt, so ungestüm, so ohne Überlegung. Manchmal dachte er, daß sie ihn halb unbewußt als Brechstange benutzt hatte, um aus der Ehe mit Einar Skjåk herauszukommen. Vielleicht war sie nicht vorbereitet gewesen auf die desperaten Gefühle, mit denen er auf sie reagiert hatte.

An jenem Samstag hatten sie auf der Kobberhaughütte zusammen Kakao getrunken. Drei Wochen später zog Merete Bøver bei ihrem Mann aus und nahm die Zwillinge mit sich. Zwischenzeitlich wohnte sie, auch damals schon, bei ihren Eltern in Bærum. Doch die Stadt ging ihr auf die Nerven. Als der Hof bei Fall am selben Tag in der Zeitung annonciert wurde wie die Stelle des Amtsrichters, gab es nichts mehr zu überlegen. Merete wurde Hausfrau, freute sich über all den Platz, den sie endlich zur Verfügung hatte, über die Möbel, die sie kaufen, die Zimmer, die sie einrichten konnte. Und er ließ sie mit Freuden walten. Verführte er sie mit Dingen? Kandelabern, Stühlen, Kelimteppichen. Die Gedanken an diese erste Zeit hatten eine zunehmend erregende Wirkung auf ihn. Wenn er dann außerdem noch Wein trank, endete das jedesmal damit, daß er zum Telefonhörer griff. Es gab so viele Fragen, auf die er keine Antwort bekommen hatte, Gedanken, die in seinem Kopf mahlten, die er versuchen mußte, in den Griff zu bekommen.

Er ging hinaus in die Garage. Das Auto war die einzige Fluchtmöglichkeit und ein Tötungsinstrument. Es war Nacht. Er wußte nicht, wohin er fahren sollte. Er wußte nur, daß er den Wagen angelassen und das Licht eingeschaltet hatte, daß er in die Hauptstraße einbog, daß er Richtung Norden fuhr.

Er merkte, daß er schnell fuhr. Schon passierte er Hov. Als nächstes Odnesbakken, als würde er mit jemandem um die Wette fahren. Er erfaßte mit klarem Blick die dunkle Reihe der Fichten; sie standen da in Habachtstellung, wie ein Leichenzug. Vielleicht, dachte er, war er zu stürmisch, zu leidenschaftlich. Vielleicht hätte sie ihn mehr als Freund und Stütze im Leben gebraucht, als Vaterersatz für sich und für die Kinder?

Er passierte Dokka. In dem weißen Haus vor dem Zentrum wohnte ein Mann, den er einmal verurteilt hatte. Die Straftat fiel ihm nicht ein. Inzest? Vergewaltigung? Jedenfalls mehrere Jahre Gefängnis. Der Mann hatte das Urteil mit einem gehorsamen Nicken angenommen. Erling Fall war nach der Urteilsverkündung nach Hause zu Merete gefahren. Zum Mittagessen gab es Blumenkohlgratin. Er hatte einen Hang dazu, sich solch lästige Details zu merken. Weil er so lange ein Mensch gewesen war, der andere verurteilte, hatte er für sich und sein Leben feste Haltepunkte finden müssen. Die kleinen Rituale des Alltags. Zum Beispiel entdeckte er schon zu Beginn der Ehe mit Merete, daß er gern Hemden bügelte. Gewaschene Wäsche gab ihm das gleiche gute und frische Gefühl, wie wenn er im Spätherbst in den Wald ging.

Die Gedanken flogen, während er fuhr. Es ging aufwärts. Er sah, wenn er die Augen anstrengte, die Konturen des Sunnfjells. Hier hätten er und Merete ein Sommerhaus haben können. Sie hatten oft darüber gesprochen. Hier hätten er und Merete jetzt ihre Freizeit verbringen können.

Die Straße machte einen Bogen. Er fuhr wieder in südlicher Richtung, am Mjsa-See entlang, Richtung Lillestrøm. Gleich nach Stange erfaßten die Lichtkegel des Scheinwerfers einen Elch, der mitten auf der Fahrbahn stand. Er schaffte es zwar noch zu bremsen, aber die Geschwindigkeit war zu hoch. Er prallte mit großer Wucht direkt auf das Tier, auch wenn er versucht hatte auszuweichen. Der Elch wurde zur Seite geschleudert. Der dumpfe Laut von Fleisch und Knochen, die auf dem Asphalt aufschlugen. Erling Fall sprang aus dem Auto. Er spürte, daß er an der Stirn blutete, obwohl die Frontscheibe heil war. Das Tier konnte nicht schreien. Es lag reglos auf der Straße, mit schwarzen, glänzenden Augen.

Doch war der Elch nicht tot. Jetzt begegnete er seinem Blick. Ein Auto fuhr in schneller Fahrt vorbei, ohne anzuhalten. Es war spät in der Nacht. Keine Fahrzeuge weiter auf der Straße. Nur Erling Fall und der Elch. Das Tier wußte wahrscheinlich, daß es keine Hoffnung mehr gab. Erling Fall hatte einen solchen Blick schon früher gesehen. Einen Blick, den er nur ahnen konnte, weil es zu dunkel war. Aber dennoch ein Blick, schwarz vor Trauer. Auch Tiere hatten offenbar ein Todesbewußtsein.

Er stand eine Weile da und wußte nicht, was er tun sollte. Wenn er wenigstens ein Gewehr im Wagen hätte, dachte er, aber er war alles andere als ein guter Jäger. Nicht wie Gunnar Hov. Hatte eigentlich nie etwas geschossen, starb fast vor Angst, der alte Alptraum könnte ihn wieder heimsuchen, in dem er in manchen Nächten schlug und schlug. Warmes, klebriges Blut überall.

Der Elch versuchte, auf die Beine zu kommen. Sein Herz klopfte und pumpte Blut. Die Muskeln spannten sich unter dem dicken Fell. Das Geweih wurde plötzlich zur Waffe. Da hörte er einen knackenden Laut. Das Tier fiel zusammen, auf die Knie. Erling Fall hörte sich selbst sprechen. Beruhigende Worte, wie zu einem Kind. Er wollte nicht töten, war physisch gar nicht fähig dazu. Hatte keine Kraft, es zu tun. Er mußte sich abwenden. Außerdem hatte er getrunken, mindestens eine Flasche Wein. Das fehlte gerade noch, daß der Lensmann kam und eine Blutprobe verlangte.

Ich muß weiterfahren, dachte er, so rasch wie möglich, als sei nichts geschehen. Das Auto ein Wrack, ein Frontscheinwerfer zerbrochen, der Kotflügel eingedrückt, ein Wunder, wenn er die Fahrt fortsetzen konnte.

Der Herbst hatte den Sommer längst niedergerungen. Ein starker Geruch nach dickem grauen Nebel. Er startete. Der Motor lief. Die Räder rollten. Er fuhr davon, ohne sich umzublicken. Früher oder später würde jemand kommen und seine Pflicht tun.

Er wollte nicht länger nach Lillestrøm. Merete, ausgerechnet jetzt, dachte er. Lange hatte er gehofft, das würde vorübergehen, all dies Denken an sie, und die Gedanken würden sich in seinem Gehirn auflösen wie Gelatine, und sie würde für ihn schließlich so durchsichtig sein wie Wasser.

Aber sie war ständig da, und das Hirn kochte.

Spät nachts; er kam zurück auf den Hof, fühlte sich krank, vielleicht weil das Muttermal am Hals größer geworden war, jedenfalls kam es ihm größer vor. Es brannte, war heiß, veränderte sich, er war plötzlich überzeugt davon, daß ihn eine unheilbare Krankheit ereilt hatte, zusätzlich zu all dem anderen. Vielleicht hatte er einen Tumor. Wurden nicht alle von einer Krankheit befallen, die eine Hölle wie diese durchmachten? War es nicht einfach natürlich, daß sich Trauer und Verzweiflung in Tumore verwandelten? Hatte er im übrigen nicht immer schon gewußt, daß er krank war, daß sich etwas Bösartiges in ihm verbarg, das jederzeit ausbrechen konnte?

Er neigte zu Fieberanfällen, war seine ganze Kindheit hindurch krank und schwächlich gewesen. Er hatte selbst jetzt, im Alter von siebenundvierzig Jahren, ein krankes und schwächliches Aussehen. Eine gewisse Blässe wurde er nie los, und es gelang ihm nie, sich richtige Muskeln zuzulegen, obwohl er viel im Wald unterwegs war, wanderte und auch Bergtouren gemacht hatte. Im Vergleich zu Gunnar Hov fiel das besonders auf. Gunnar Hov konnte alles heben, was man auf einem Hof heben mußte. Er besaß die gleichen voluminösen, gleichsam angeborenen Muskeln, wie sie Gudmund Kværnland voller Stolz in der Schulzeit hatte zeigen können. Diese Art von Körperbau war wie geschaffen dazu, anderen Männern Minderwertigkeitskomplexe einzujagen. Erling Fall hatte eine Zeitlang heimlich mit Gewichten trainiert. Er war groß, und er wußte, daß manche ihn einen stattlichen Mann nannten, doch fühlte er sich nicht so. Er hatte, zu einer Zeit, als es zwischen ihm und Merete besonders schwierig war, gestreßte Stimmung und jede Annäherung von seiner Seite unpassend, in aller Heimlichkeit trainiert, aber schließlich aufgegeben. Erling Fall stand im Bad und musterte seinen Körper, die Wunde auf der Stirn, ließ kein Detail außer acht und *wußte*, daß er krank war, daß Oddleif Jaren recht hatte, daß er zusehen mußte, von hier wegzukommen, vielleicht in die Nähe von Lillestrøm und den Zwillingen ziehen sollte. Der Gedanke war ihm keineswegs völlig fremd, aber er wollte schließlich nicht vor sich selbst als eine hinterhältige und bösartige Person erscheinen. Jeder, auch Merete, mußte verstehen, daß er in erster Linie verzweifelt war, daß ihn die Scheidung zerbrechen, ihm die Freude nehmen würde, die eigentliche Freude am Leben. Morgen sollte er wieder mit Frøydis und den anderen Schubert spielen. Auf diese Kammermusikabende hatte er sich früher tagelang gefreut. Die Musik, die sie auf ihre vorsichtige, amateurhafte Weise ausübten, erhob ihn über den Alltag und alle Trivialitäten und schenkte ihm, selbst an besonders schlechten Tagen, ein Gefühl von der Größe des Lebens, trotz allem. Doch jetzt, vor dem Spiegel, konnte er nirgends diese Freude wiederfinden.

Er saß wieder fest in diesem hoffnungslosen Gedankenstrom. Von wo an war es schiefgelaufen? Was hatte er falsch gemacht? Wäre es anders gelaufen, wenn sie zusammen ein Kind gehabt hätten? Doch das hatte Merete damals, als klar war, daß sie zusammenbleiben wollten, ausgeschlossen, den Gedanken, daß sie noch ein Kind in die Welt setzen sollte. Sie hatte bereits die

Zwillingstöchter Lotte und Siri, und es war allgemein bekannt, daß Zwillinge für eine Erstgebärende vernichtend sein konnten, jedenfalls für eine Beziehung, und Merete wußte von stundenlangen Nachtwachen zu berichten, von einem kolossalen Lärmpegel, den die zwei Mädchen über große Strecken des Tages durchhielten, alles Dinge, die Abhängigkeit, Monotonie, Unsicherheit und Zerrüttung erzeugten und dazu führten, daß das Zusammenleben mit dem Praktischen Arzt Einar Skjåk in einem unheilvollen und zähen Strudel von Beschuldigungen und Vorwürfen endete, was kaum eine Ehe auf Dauer überleben konnte.

Erling Fall vor dem Spiegel. Er war nicht nur ein geschiedener und gedemütigter Mann, auf genau die gleiche Weise gedemütigt wie Einar Skjåk einige Jahre zuvor; er war auch ein *sterilisierter* Mann, ein im Sinne der Fortpflanzung zweckloses Individuum.

Der Eingriff, und dessen Konsequenzen, wären in einer Ehe, in der immerhin bereits zwei Kinder da sind, legitim und zu ertragen gewesen, doch jetzt, frisch geschieden, betrachtete Erling Fall den Eingriff als ein Beispiel für seine mangelnde Fähigkeit, Grenzen zu setzen, herauszufinden, was für ein Leben er eigentlich leben wollte, um sein Recht als Mann geltend zu machen. Der Gedanke, daß er nie Kinder haben sollte, erschreckte ihn. Nie Kinder haben. Nie Vater werden. An solchen Männern haftete etwas Unfruchtbares. Vielleicht war außerdem die Möglichkeit der Fortpflanzung von äußerster Wichtigkeit für die Spannung zwischen Mann und Frau, wie Gudmund Kværnland einmal gesagt hatte; vielleicht beraubte man sich eines wesentlichen Spannungsmoments, wenn man den Gedanken einer möglichen Fortpflanzung nicht in den eigentlichen Sexualakt einbrachte. War das der Grund, dachte Erling

Fall weiter, warum Merete Bøver in ihrem Zusammenleben so schnell mit winzigen Andeutungen signalisiert hatte, daß sie auf der erotischen Ebene einen gewissen Abstand wünschte, obwohl sie eine stark erotische und leidenschaftliche Frau war?

Er grübelte lange darüber nach, bevor er sich endlich schlafen legte. Was waren Meretes Ansprüche, und was waren seine eigenen Sehnsüchte und Bedürfnisse? Darauf würde er nie eine Antwort bekommen, dachte er mit einem Seufzer, erstaunt darüber, daß die Kollision mit dem Elch keinen größeren Eindruck bei ihm hinterlassen hatte. Nun war er sicher tot. Jemand hatte sich seiner angenommen. Morgen mußte er den Wagen in die Werkstatt bringen, erklären, daß er gegen einen Baum gefahren war, oder eine andere Lüge erfinden. Es ging nicht an, zu sagen, man habe einen Elch überfahren und das sterbende Tier liegengelassen, ohne etwas zu unternehmen. Natürlich war das ein ungeheuerliches Verhalten, das er früher niemals akzeptiert hätte; es war die Scheidung, die gewissermaßen eine Persönlichkeitsveränderung bei ihm ausgelöst hatte. Mißgestimmt schlief er ein und dachte, daß er wieder eine Nacht allein schlafen mußte, hinausgestoßen in eine fremde, unwirtliche Welt. So ist es, dachte er erneut. Jetzt lastete etwas Unfruchtbares auf ihm; es war irgend etwas Bösartiges in ihm.

Aber er träumte einen Traum, den er in diesem letzten Jahr viele Male geträumt hatte, und auch in diesem Traum war er ganz allein, er suchte nach einem Zimmer, von dem er im vorhinein wußte, daß es leer sein würde. Es gab einen Schatten in diesem Traum, der sein Leben völlig verdunkelte. Er mußte rufen nach ihr, denn sie war ja die Einsamkeit, die sie in ihm erzeugte! Nun erkannte er, daß er überhaupt nicht in einem Zimmer war, sondern in einem Grab lag, und sich in einem Sarg befand, der zugenagelt war. Ihre geschickten Hände, danach das Geräusch von hastigen Schritten, als sie sich vom Friedhof entfernte. Er war jetzt ganz allein, und bald würde der Totengräber kommen und Erde über ihn schaufeln, ihn lebendig begraben! Es war kurz davor! Ihn erfaßte eine Angst, so tief und schwarz, daß er jäh erwachte, aber doch wie im Schlaf zum Telefon ging. Verlaß mich nicht! Komm um Gottes willen zurück! Träume auf dem Irrweg. Die Einsamkeit auf dem Irrweg. Aber er verhielt sich still, selbst als die geliebte Stimme ertönte und imstande war, ihn kraft ihrer selbst zu durchbohren, eine Speerspitze direkt in die Wunde, die nie heilen würde, in den Wundschmerz, der abrupt und ohne Gnade in ihm ausgelöst wurde.

Am nächsten Tag erwachte er mit dem unangenehmen Gefühl, sich an etwas erinnern zu wollen, mit dem das Unterbewußtsein im reinen war, vor dem er aber im Wachzustand abgeschirmt war. Er versuchte mit seinem eigenen Vergessen zu kommunizieren, doch das Vergessen war griesgrämig und verkatert und wollte mit einer Tasse Kaffee und einer Zigarette in Ruhe gelassen werden. Somit mußte er diesen Tag mit einer Reihe unangenehmer Fragen beginnen. Hatte er sich zu erkennen gegeben? Hatte er bereits begonnen, sich gegen die Vorwürfe in der Anzeige, die sie gemacht hatte, zu verteidigen? Im Laufe seines Zusammenlebens mit Merete Bøver hatte Erling Fall gelernt, Aggressionen, die oft unvermittelt in ihm aufflackerten, in sich hineinzufressen. Sie war keine Frau, die sich etwas vorwerfen ließ. Wenn er mit *der* Tour kam, signalisierte sie mit aller Deutlichkeit und Verachtung, daß sie ihren Ehemann für den weitaus schwächeren Teil hielt, sowohl in intellektueller wie in gefühlsmäßiger Hinsicht. Manche Frauen sind so, dachte er, freundlich bis zu einem gewissen Punkt; doch plötzlich fletschen sie die Zähne. Sie konnte ihn total einschüchtern, und er bat danach flehentlich um Verzeihung für alles, was er zu sagen versucht hatte, in panischer Angst, sie zu verlieren.

Seine Liebe zu Merete Bøver beruhte ja nicht nur auf bloßem Begehren, sie beruhte auch auf *Bewunderung*. Schon bevor er ihr damals im Club 7 begegnet war, bewunderte er ihre Bilder. Nachdem er näher mit ihr bekannt war, bewunderte er ihre Intelligenz und ihren Verstand. Gerade weil sie so stark war, so dominierend, stand ihre überlegene Position schnell fest. Sie hatte ihn so sehr in der Hand, daß er ihr schon nach kurzer Zeit Dinge aus dem Gerichtssaal anzuvertrauen begann. Ja, er tat etwas, was ein Richter, das mußte er zugeben, *niemals* tun darf, nämlich seine Frau um Rat fragen. Er ließ sie praktisch, in indirektem Sinne, zu einer entscheidenden Person für die Zukunft anderer Menschen werden! Er war abhängig geworden von solchen Gesprächen, die häufig geführt wurden, wenn sie beide im Bett lagen, wenn sie beide müde waren und er plötzlich unsicher war, welche Meinung sie von ihm hatte, was sie von ihm im Moment erwartete. Dann kam es vor, daß er etwas unterwürfig und zerknirscht bemerkte: »Du *mußt* mir erlauben, dich zu fragen ...«, oder: »Da ist ein komplizierter Fall, den kann ich nicht für mich behalten«, oder: »Wenn *du* Richter wärst, welches Urteil würdest du für richtig halten für einen Bankräuber, der ...« usw. Merete hatte all diese Ersuchen mit einem leisen Lächeln entgegengenommen, so als spielte sie ein besonders spannendes Spiel, von dem sie wußte, daß sie es stets gewinnen würde, denn Erling Fall hörte sich ihre Vorschläge immer genau an und richtete sich dann auch nach ihnen. Er konnte sich tatsächlich an keinen einzigen Fall erinnern, bei dem sein Urteil sehr viel anders ausgesehen hätte, als Merete Bøver es haben wollte, nur etwas milder. Und gerade diese wichtigen Gespräche hatten ihn um so tiefer von ihr abhängig gemacht.

Mit pochendem Schädel und schweren Gedanken fing er einen Tag an, von dem er wußte, daß auch dieser Tag nicht freundlicher und leichter werden würde als der vorige. Und richtig, am späten Vormittag riefen einige Journalisten an und wollten, nachdem es ja nun öffentlich bekannt war, seinen Kommentar hören. Er erwiderte, daß er eine Angelegenheit, die noch untersucht werde, nicht kommentieren könne. Auf die Frage, ob er sich beurlauben lassen werde, mußte er bestätigend antworten. Am Nachmittag regelte er einige Formalitäten, fuhr kurz ins Büro, nahm einige Papiere mit sich, von denen er nicht wollte, daß andere sie lasen, verabschiedete sich von den Büroangestellten und seinem Stellvertreter, einer merkwürdigen und pflichtbewußten Gestalt aus Gryllefjord, teilte mit, daß er auf unbestimmte Zeit abwesend sein werde, brachte den Wagen in die Werkstatt und benahm sich so normal er konnte, auch wenn die Menschen um ihn herum, besonders sein Stellvertreter, neugieriger und gespannter wirkten als sonst, als erwarteten sie alle, daß er direkt vor ihren Augen zusammenbrechen würde.

Das weckte seinen Widerstand, und er spürte eine willkommene Ruhe, die er an diesem Abend zu Frøydis und Claus mitbringen konnte. Die Schwester und der Schwager wirkten unangenehm berührt, da es jetzt öffentlich bekannt war, und zugleich mitfühlend, aufrichtig besorgt, hatten Augen voller Fragen. Er selbst wußte nicht, was er sagen sollte. Er kam in erster Linie zu Frøydis und Claus, weil Frøydis eine brauchbare Cellistin war und Claus ein fast ebenso guter Geiger, jedenfalls um einiges besser als er selbst. Und außerdem, weil der Bratschist aus Gjøvik, der Filialleiter der Sparkasse, Nils Bjelland, immerhin als eine Art Bratschist bezeichnet werden konnte, wenn er geübt hatte. Das Quartett existierte inzwischen über zehn Jahre. Sie hatten an einer Reihe von Kammermusikkursen teilgenommen, sowohl an der Nansen-Schule in Lillehammer wie in Dänemark. Sie hatten auf ihre bescheidene Weise einige Mozart-, Beethoven- und Brahmsquartette gespielt. Nun war es also Schubert, der auf dem Programm stand, und nicht irgendein beliebiger Schubert, sondern das eindringliche G-Dur-Quartett. Schon beim Gedanken an diese Musik spürte Erling Fall, wie ihn die Ruhe verließ und sogleich von einer heftigen und dunklen Erregung ersetzt wurde, und als sie einige Minuten später zu musizieren begonnen hatten, merkte er, daß er aggressiver spielte als die anderen, daß er als zweite Geige etwas so Unerhörtes tat, wie anzutreiben, das Tempo, wo sich ihm die Möglichkeit bot, zu erhöhen, und daß er sich ehrgeizig in Tonfolgen verstieg, die, wie er genau wußte, gräßlich falsch sein würden. Warum gab es mitunter Beziehungen, die vor gutem Einvernehmen schlicht und einfach glänzten? Es war ein merkwürdiger Zufall, daß sich Frøydis, die seiner anderen und jüngeren Schwester, Ingrid, so gar nicht ähnlich war, in Claus Bilden verliebte, noch bevor sie sich Gedanken darüber machen konnte, ob sie tatsächlich auf eine Karriere als Cellistin setzten *sollte*. Claus war bereits Studienrat in Hov, und die Beziehung zwischen Claus und Frøydis war von Anfang an so ernst, daß Frøydis sogleich eine Lehrerausbildung begann und mit dem Mann zusammenzog, der ihr auch jetzt noch, nach beinahe fünfundzwanzig Jahren, alles bedeutete. Frøydis und Claus Bilden wurden rasch ein

Begriff zu beiden Seiten des Randsfjorden. Sie riefen eine Rikard Nordraak-Vereinigung ins Leben, zur Erinnerung an den Komponisten, der die Melodie zu »Ja, vi elsker«* geschrieben hatte. Innerhalb weniger Jahre waren sie das geworden, was Merete Bøver und Erling Fall nie geschafft hatten, nämlich *lokale Berühmtheiten*. Merete Bøver war zwar eine Berühmtheit, aber nur für das mondäne Osloer Publikum, und Erling Fall hatte es nie, und zum Glück, dachte er bei sich, zu einer lokalen Berühmtheit gebracht: In all diesen Jahren war er ein pflichtbewußter Amtsrichter gewesen, der sein Leben in der der Jurisprudenz eigenen Bürokratie lebte, während Frøydis und Claus diverse Vereinigungen gründeten und fast jedes zweite Mal für die konservative Partei in den Gemeinderat gewählt wurden. Ab und zu hielt Claus in verschiedenen Orten des Bezirks Oppland Vorträge, über die Azteken oder die Etrusker oder andere nicht mehr lebende Volksstämme; und Frøydis, die musikalisch zweifellos die bessere von beiden war, hielt sich nie für zu schade, sich, und sei es in den beschämendsten Wohlfahrtsveranstaltungen, das »Poem« von Fibich mit Klavierbegleitung anzutun. Das war, dachte Erling Fall, während er in dem Moment, in dem es aussah, als würden alle mit einigermaßen heiler Haut Schuberts ersten Satz hinter sich bringen, hinüber zur Schwester schielte, ein Paar, das einander so felsenfest zugeneigt war, daß sie damit fast automatisch zu einem Fels in ihrer gesellschaftlichen Umgebung wurden. Ihre zwei Söhne, Rikard und Bjørn, natürlich nach Komponist und Dichter der Nationalhymne benannt, bereiteten sich zudem darauf vor, daß ihrer Leistungen wegen in Zukunft die Nationalhymne auf dem Sportplatz gespielt werden

* Anfang der norwegischen Nationalhymne (Anm. d. Ü.).

würde, denn beide waren vielversprechende Leichtathleten.

Danach gab es Rotwein, den Erling Fall mit gutem Gewissen trinken konnte, da er zu den Quartettabenden stets das Taxi nahm, im Wissen um die vier berühmten »Landgangssandwiches« mit Garnelen, Käse, Leberpastete und roten Beeten von Frøydis, die ihn jedesmal, zusammen mit drei, manchmal vier Flaschen Côtes de Ventoux, erwarteten, dem Lieblingswein von Claus. Er spürte, daß Frøydis ihn besonders intensiv musterte, mit dem Blick, der den großen Schwestern vorbehalten ist, die aufgrund ihres Alters oft meinen, über alles Bescheid zu wissen, so wie Frøydis jetzt, nach den unerträglichen Zeitungsartikeln, zu meinen glaubte, zwar nicht über alles Bescheid zu wissen, aber doch Einblick in die Psyche des Bruders zu haben.

Doch sprachen sie über das, was geschehen war, erst, als das Taxi bereits wartete. Da zog Frøydis ihn in den Schatten der Johannisbeersträucher, nahm ihn an der Hand, wie sie es, seit er denken konnte, getan hatte. Sie war vier Jahre älter als er, würde im nächsten Jahr zweiundfünfzig werden. Selbst in dieser dunklen Oktobernacht war es im Schein der Straßenbeleuchtung erkennbar; sie war eine schöne Frau, ruhig, klug und reflektiert. Erling Fall merkte, daß er das Bedürfnis hatte, in ihren Armen zu weinen, wenn es auch über dreißig Jahre her war, daß er das getan hatte, und zwar, weil jemand in der Klasse ihn »Homo« genannt hatte. Jetzt ging es um Ernsteres, und das Weinen wollte nicht kommen, wie sehr er sich auch anstrengte. Trotzdem sehnte er sich nach einer Art Vertraulichkeit mit ihr. Deshalb sagte er: »Ich habe gestern einen Elch überfahren. Das war es, weshalb das Auto verbeult war. Ich ...«

»Sprich nicht weiter, ich bitte dich.«

Er blickte zu ihr, versuchte ein entschuldigendes Lächeln, zutiefst verärgert über sich selbst, weil er so war: »Du denkst an etwas Bestimmtes?«

»Du mußt wegfahren«, sagte Frøydis Bilden. »Laß das nicht mit dir machen. Fahr heim zu Mutter.«

Er verstand, was sie dachte, glaubte zu wissen, was sie meinte. Vielleicht hatte sie recht. Vielleicht würde er hier zugrunde gehen. Vielleicht sollte er die Alten in Bærum besuchen.

Doch machte es ihn stutzig, daß sie nur von ihrer Mutter gesprochen hatte. Zusammen mit der kleinen Schwester Ingrid hatten sie ja auch noch einen Vater.

Erling Fall fuhr nach Bærum, wie es die Schwester vorgeschlagen und damit auch indirekt befohlen hatte, denn Frøydis besaß, gleich nach Merete, mehr Macht über ihn als ... tja, jedenfalls genauso viel Macht über ihn wie seine Mutter, Ingeborg Fall, eine Frau, der er vor allem deshalb noch nicht zu erzählen gewagt hatte, daß er nun geschieden war, weil sie die ganze Zeit geglaubt hatte, Merete würde »auf bessere Gedanken kommen«, wie sie sagte, weil sie diese Trennung und das Zusammenleben mit dem Jazz-Gitarristen von Anfang bis Ende nur als Unsinn betrachtete. Jetzt packte Erling Fall wie für eine längere Reise, teilte der Autowerkstatt mit, daß der Wagen vielleicht eine Weile dort stehenbleiben würde, rief Oddleif Jaren an und fragte, ob er sich wirklich auf den Weg machen *könne*, was dieser bestätigte, und erklärte Gunnar, daß er möglicherweise für einige Zeit abwesend sein würde. Gunnar Hov war zu clever, um sich trotz der Zeitungshetze etwas anmerken zu lassen. Das ist die Stärke dieses Pächters, dachte Erling Fall, daß er buchstäblich unbeirrbar war. Er lebte sein Leben, ohne sich von all dem verwirren zu lassen, von dem sich viele andere Menschen am Ende dieses Jahrhunderts verwirren ließen. Gunnar Hov nickte und hörte zu und sagte, Erling Fall brauche sich wirklich keine Sorgen zu machen. Hier würde alles gewissenhaft in Ordnung gehalten werden. Dann verbeugte er sich auf altmodische Weise und wünschte schönen Urlaub. Erling Fall bestieg den Bus nach Oslo.

Sein Ziel aber war Bærum, die Straßenbahnhaltestelle Lijordet, die Ruglandstraße, das Haus des Oberlandesgerichtsrats Christian Fall. Hier waren Frøydis, Ingrid und er aufgewachsen. Er empfand allzeit Sehnsucht nach diesem Ort, und wenn er an seine Kindheit zurückdachte, kam es ihm vor, als habe er in diesem Haus allein gelebt, mit den anderen als Statisten. Er verließ den Bus an der häßlichen Endstation bei Galleri Oslo. Der Himmel war hoch, die Luft klar, die Sonne schien. Er war Lillestrøm nun näher, als er es am Randsfjorden gewesen war. Plötzlich erschien es ihm durchaus möglich, daß er, wenn er den Grensen hinaufging, vielleicht Merete begegnen würde, und so nahm er den Lillegrensen hinunter zur Karl Johan und stieg, wie in alten Zeiten, statt am Hauptbahnhof erst an der Haltestelle am Nationaltheater in die Straßenbahn. Er hatte zwar einen schweren Koffer, aber das half nichts. Der Gedanke, Merete von Angesicht zu Angesicht gegenüberzustehen, erregte ihn. Auch wenn es nun über ein Jahr her war, daß sie ihn verlassen hatte, so hatte er doch noch immer nicht begriffen, daß sie wirklich fort war. Oben auf dem Hof hatte er jeden Abend darauf gewartet, daß sie den Schlüssel in die Tür stecken oder plötzlich dastehen würde, vor dem Spiegel im Bad, wie in alten Zeiten, und eine Gurkenmaske auflegte, dabei das unheimliche Theaterlächeln grinsend, mit dem er so zu erschrecken war. Oder, etwas angenehmer: daß sie plötzlich aus der Küche hereinkam und sich mit einem Glas Rotwein und einem der dicken, amerikanischen Schmöker, die sie so liebte, aufs Sofa setzte. Erling Fall ging also im strahlenden Sonnenschein hinauf zum Stortorget und war sicher, daß er Merete irgendwo im Grensen würde auftauchen sehen. Er dachte so intensiv daran, daß er spürte, wie sein Kopf heiß und ihm schwindlig wurde, vielleicht auch wegen der Schwere des Koffers, die doch größer war, als er gedacht hatte. Er mußte sie nur noch einmal sehen, ein einziges Mal, dachte er, das alles erklären sollte. Heute war außerdem das gleiche Licht wie damals, als er sie auf der Loipe hinauf zur Kobberhaughütte eingeholt hatte, als sie mutterseelenallein unterwegs gewesen war und er sie von hinten wiedererkannt hatte, wegen ihres langen, kupferfarbenen Haares und, nicht zuletzt, wegen ihrer hoch aufgerichteten, leicht schreitenden Körperhaltung. Daß sie das Kinn etwas zu hoch reckte, verlieh ihr etwas Unnahbares. Sie gehörte zu der Sorte von Frauen, an die sich so zurückhaltende Männer wie Erling Fall eigentlich nie heranwagten. Gerade deshalb wirkte ihr beinahe interessiertes Verhalten an jenem Abend im Club 7 so ermutigend, und so kam es, daß Erling Fall in einem Anfall von Übermut hinter ihr her sprintete und sie außer Atem fragte, ob man nicht ein kleines Stück gemeinsam laufen könne. »Wir können den ganzen Weg gemeinsam gehen«, hatte Merete Bøver mit einem zweideutigen Lächeln gesagt, doch gerade das hatte keinen so großen Eindruck auf Erling Fall gemacht, jedenfalls nicht in dem Moment, denn er wußte ja, daß diese Frau dafür bekannt war, ein wenig »tiefsinnig« und »künstlerisch« zu sein, auf eine laute und des roten Haares wegen etwas hexenartige Weise, also eine Künstlerin, die sich gern mit Rotweinglas und Zigarettenspitze ablichten ließ, die aber bei anderen Gelegenheiten auch unfreiwillig hilflos und fehl am Platz wirken konnte, etwas zu eifrig in Fernsehdiskussionen, etwas zu angestrengt, wenn sie lachte und, wie er beobachtet hatte: etwas zu betrunken im Club 7 und ab und zu im Casino. Zu der Zeit, als Erling Fall sie kennenlernte und ziemlich schnell fest mit ihr ging, saß sie in der Jury für die Herbstausstellung und im Vorstand der bildenden Künstler Norwegens. Sie hatte sich als eine der Neuen und Radikalen profiliert, fühlte sich eng verwandt mit Clemente und Cia, flirtete aber auch mit der Op-art eines Vasarely oder Joseph Albers. Sie schätzte Lou Reed und Tom Waits und hatte bereits kurze Zeit allein in New York gelebt, trotz der Ehe mit Einar Skjåk. Sie sprach die ganz Jungen an, am meisten die schwarzgekleideten Journalisten, und verführte sie mit einer zu nichts verpflichtenden und mystifizierenden, urbanen Ästhetik, eine redefreudige, starke, ziemlich aggressive Erscheinung und dennoch fast erschreckend verletzlich, bereits damals auf der Loipe hinauf zur Kobberhaughütte. Sie wurde schnell vertraulich mit ihm, ließ durchblikken, daß sie und Einar Skjåk in einer Krise steckten, daß sie gerade erst am Vormittag einen fürchterlichen Streit hatten, woraufhin sie den Ehemann mit den Zwillingen zu ihren damaligen Schwiegereltern geschickt hatte, während sie selbst, wie sie sagte, das starke Bedürfnis verspürt hatte, allein in der Nordmarka auf die Loipe zu gehen.

Aber wiederum nicht so allein, daß sie die Begleitung von Erling Fall hinauf zur Kobberhaughütte ausgeschlagen hätte. Er erinnerte sich, zwölf Jahre später, hier auf der Karl Johan, daran, während ihm gleichzeitig klar wurde, daß er Merete Bøver an diesem Tag wahrscheinlich gar nicht treffen würde, daß sie höchstwahrscheinlich gar nicht von Lillestrøm mit dem Zug in die Stadt gefahren war, um sich unter die Leute zwischen all den Wahlplakaten zu mischen, die wegen der bevorstehenden Volksabstimmung aufgestellt worden waren, bei der man aufgerufen war, mit Ja oder Nein abzustimmen, ob man ein Teil Europas werden wolle oder nicht; eine Debatte übrigens, die bereits seit Monaten die Gemüter in der Amtsrichterkanzlei erhitzt hatte. Wenn er nun wirklich, dachte Erling Fall auf der Karl Johan, seine Frau Merete Bøver – er nannte sie noch immer seine Frau – an diesem Tag im Zentrum von Oslo *träfe*, so würde er sie immerhin in Verlängerung all seiner früheren Fragen fragen können: »Ist es richtig, mit Ja oder mit Nein zur Europäischen Gemeinschaft zu stimmen?« Denn er wußte, daß sie ihm antworten würde, Merete Bøver hatte immer eine Antwort; selbst wenn sie betrunken war, hatte sie eine Antwort. Er nahm an, daß sie mit Nein stimmen würde, so, wie wahrscheinlich auch Gunnar Hov und über die Hälfte der Bevölkerung am Randsfjorden mit Nein stimmen werden. Und genau dieser Standpunkt wäre im Fall von Merete Bøver begründet, aber wohlgemerkt nicht mit einer gängigen Begründung – nein, mit einer völlig unerwarteten Begründung, wie ihm Merete Bøver immer unerwartete Begründungen dafür geliefert hatte, warum er ihrer Meinung nach eine Person im Gerichtssaal freisprechen oder verurteilen solle. Es war dies ein faszinierendes Spiel, das ihm großen Spaß bereitet hatte, denn zuerst verstand er keinen Deut von dem, was sie eigentlich meinte und warum sie so dachte, wie sie es tat, aber nach einer Weile offenbarten sich ihm Sinn und Logik in leuchtender Klarheit, und er hegte nicht mehr den geringsten Zweifel, daß sie recht gehabt hatte.

Erling Fall stieg beim Nationaltheater unter die Erde, geblendet von der Schönheit, die Oslo an einem Herbsttag wie diesem zu bieten hatte, all die jungen, lebhaften Studenten, die sich zwischen den Cafés, den Buchhandlungen, den Boutiquen und den Musikgeschäften im Zentrum bewegten. Es war dies eine Schönheit, die er über Jahre zu schätzen gewußt hatte, den Jahren, bevor er mit Merete fest zusammenging und wegzog aus der Stadt, den Jahren, in denen sich sein Leben zwischen Konzertsälen und Jazzclubs, Galerien und Kinos abspielte, ganz zu schweigen von all den gesellschaftlichen Veranstaltungen, die im juristischen Milieu stattfanden, wo er zwar nie ein besonderes Ansehen genoß, aber dennoch mit erstaunlicher Selbstverständlichkeit dazugehörte. Er dachte aber nicht an diese Jahre, während er den schweren Koffer hinunter zur Haltestelle der Straßenbahn am Nationaltheater schleppte. Er dachte daran, daß er Merete nicht getroffen hatte, daß auch heute seine Hoffnung enttäuscht worden war, daß es der größte Schmerz für einen Mann sein mußte, frisch geschiedenen und jeder Hoffnung beraubt durch die Stadt zu gehen. Er hatte sich gewünscht, mit Merete alt zu werden. Im Bus hatte er ein altes Ehepaar gesehen, daß sich noch immer über die Nähe zueinander freute. Es lag etwas in diesen zwei faltigen Gesichtern, das ihn berührt hatte. Die Zärtlichkeit und zugleich die Nachsicht, die sie einander ständig zeigten. In all diesen Jahren mit Merete hatte auch er den Grund für eine solche allumfassende Hingabe gelegt. Er hatte dafür gesorgt, daß sie für ihn in all den Bereichen wichtig wurde, die *ihm* wichtig waren. Er hatte bereits zu Beginn ihres Zusammenlebens zugestimmt, sich sterilisieren zu lassen, obwohl gerade *diese* Entscheidung heftige Reaktionen im Elternhaus in der Ruglandstraße hervorrief. Sich auf diese Weise gegen die eigene Mutter und den eigenen Vater zu stellen, zwei zutiefst konservative und bürgerliche Menschen, die von ihm, ihrem einzigen Sohn, Nachkommen beinahe *verlangt* hatten, war ihm dennoch leichtgefallen, weil gerade der Druck von zu Hause seiner Entscheidung Größe verlieh. Er bewies damit ja, wie sehr und vorbehaltlos er Merete Bøver liebte. Sie hatte einen Preis festgesetzt, sie wollte keine Kinder mehr, und Erling Fall hatte den Preis akzeptiert! Und er war danach glücklich gewesen, selbst als der Chirurg ihm erklärt hatte, daß er nicht automatisch wieder fruchtbar werden könne und eine erneute Operation immer ein gewisses Risiko in sich berge.

Nun ja, Merete hatte von den Kindern in Afrika gesprochen, von dem *Überfluß* an Menschen auf diesem Erdball. Sie hatte ihm versichert, daß sie ihn um so *mehr* liebe, weil er sich habe sterilisieren lassen. Das hatte ein Zutrauen in ihm geschaffen, ein Gefühl, daß er sich auf sie, solange er lebte, verlassen könne, daß sie gemeinsam alt werden würden. Und nach all diesen Jahren hatte er natürlich geglaubt, daß sie vieles gemeinsam hätten. Ja, hatten sie nicht eigentlich *alles* gemeinsam? »Mit wem soll ich *jetzt* unsere Bilder anschauen?« hatte er sie in jener Nacht angeschrien, als er endlich begriff, daß sie es ernst meinte und tatsächlich auf Nimmerwiedersehen zu einem fremden Mann aus Lillestrøm verschwand. Erling Fall hatte zu diesem Zeitpunkt erkannt, daß alles, was sein Leben sinnvoll machte, zu verschwinden drohte, hatte erkannt, daß das, was sein Leben sinnvoll machte, im Grunde diese Frau war, die auf so seltsame Weise für ihn dachte, für ihn lebte, die den Rahmen für sein Leben vorgab, den er so dringend brauchte, um in der schwierigen Rolle des Amtsrichters zu bestehen. Die Vorstellung, mit der Frau, der er alles in diesem Leben gegeben hatte, nun doch nicht alt werden zu dürfen, wirkte wie ein Schock auf ihn, was mental gesehen dazu führte, daß er das Gleichgewicht und damit auch die Kontrolle über sein eigenes Handeln verlor.

Doch zu seiner Erleichterung spürte Erling Fall, als er mit dem Koffer zur Straßenbahnhaltestelle am Nationaltheater hastete, daß er Beherrschung besaß, und keiner, dachte er erleichtert, konnte wissen, daß dies ein Amtsrichter war, ein frisch geschiedener Amtsrichter, der verunsichert davonlief, ein konfuses Geschöpf, das Scharfsichtigere leicht als eine, innerlich wie äußerlich, unglückliche Natur erkennen würden; ein Mann, 47 Jahre alt, groß und schlank, mit leicht ergrautem Haar, unterwegs zu seinem Elternhaus in Lijordet, wo seine Mutter wie ein Vogel mit gestutzten Flügeln herumschwirrte, während sein Vater verschlossen und stumm im Rollstuhl saß, außerstande mitzuteilen, was der Schlaganfall eigentlich aus ihm gemacht hatte. Erling Fall hatte das Gefühl, daß dieser Aufenthalt schicksalsträchtig werden könnte. In der Nähe von Oslo war er immer ein beeinflußbares Wesen. Er hätte in Oslo nicht Richter sein können. Er wäre zu schwach gewesen und ohne Selbstbewußtsein. Er hatte hier ja schon als Kind begriffen, daß er nichts im Leben umsonst bekam, um alles kämpfen mußte, um jede Kleinigkeit, um jedes Examen oder um jede Frau, die er sich in den Kopf gesetzt hatte.

Doch jetzt fuhr die Straßenbahn aus der unterirdischen Haltestelle hinaus und brachte ihn zu dieser herzlosen, wohlgeordneten Gemeinschaft, mit ihren sicheren, vorgegebenen Rahmen, in die er, als einziger Sohn des eher mittelmäßigen, aber dennoch hoch geachteten Oberlandesgerichtsrats Christian Fall und seiner komplizierten und berufsmäßig nicht näher zu bezeichnenden Ehefrau, hineingeboren worden war. Ja, sichere, vorgegebene Rahmen, das in der Tat waren die Voraussetzungen, unter denen er aufwuchs. Das Villenviertel in Lijordet war als Herkunftsort das beste Umfeld, das man einem bieten konnte, der außerdem in einer Anwaltsfamilie geboren wurde, die man in ihrer bemerkenswerten Einseitigkeit suchen mußte. Bereits Erling Falls Urgroßvater war Richter am Höchsten Gericht gewesen. Sein Bruder gehörte zu den Hauptanklägern gegen Ministerpräsident Selmer. In der nächsten Generation gab es nicht weniger als vier Juristen, von denen zwei Anwälte am Höchsten Gericht waren, einer war Amtsrichter und der vierte arbeitete als Staatssekretär im Justizministerium. Was die Generation des Gerichtsrats Christian Fall betraf, so gab es in der Familie sieben Juristen, besonders hervorzuheben Christian Falls Bruder Hagbart Fall, gründlich geschult in der Abrechnung mit den Landesverrätern und in den 60er Jahren gefürchteter Ankläger in einer Reihe spannender Kriminalfälle. Außerdem hatten die Brüder Fall eine Schwester, die Gerichtsrätin am Oberlandesgericht in Eidsivating war, und dazu zwei Vettern und zwei Kusinen, die mit dem Gesetzbuch in der Hand ihren Lebensunterhalt verdienten, als Amtsrichter, als Anwälte und als Abteilungsleiter im Finanzamt. Schon bevor sich Erling Fall völlig bewußt war, in welche Berufstradition er hineingeboren worden war, begriff er, daß jemand für ihn entschieden hatte, daß er dazu ausersehen war, sein Leben als ein, wie man so sagt, anständiger Mensch zu leben und zu verwirklichen, innerhalb sicherer, vorgegebener Bahnen. Er war dort in Lijordet auserwählt worden, das Gute vom Bösen zu trennen, die Lüge von der Wahrheit, Jux und Gaunerei vom Edlen, Gewissenlosigkeit von Aufrichtigkeit, und das, obwohl sich Erling Fall nicht für sonderlich intelligent hielt. Vom ersten Moment an hatte er das Gefühl gehabt, einen ungeheuren Kampf kämpfen zu müssen, um diesen Erwartungen an seine Zukunft einigermaßen gerecht zu werden. Für ihn war ein Kurs abgesteckt, der zur Kanzlei des obersten Staatsanwalts führte, ohne daß darüber ein Wort verloren worden war. Die Familie Fall war zudem anspruchslos und nicht gerade vermögend. Es hingen nicht an allen Wänden Familienportraits, und das Haus in der Ruglandstraße war fast asketisch eingerichtet, wie es sich für einen untertänigen Diener Justitias gehörte. Hier war Größe nicht gleichbedeutend mit Prunk und Äußerlichkeiten, sondern mit Tradition und Bescheidenheit. »Die Verbrecher sollen froh sein, wenn sie mit Christian zu tun haben«, murmelte Ingeborg Fall lakonisch bei passender Gelegenheit. Auch wenn alles, was sie in solchen Zusammenhängen über ihren Mann sagte, einen verächtlichen Klang hatte, so stand sie doch loyal zu ihm, jedenfalls außerhalb der häuslichen vier Wände. Jetzt saß Erling Fall mit einem Koffer in der Straßenbahn und merkte, daß er sich trotz der Umstände freute, seine Eltern wiederzusehen. Er wußte, daß er sein altes Zimmer beziehen konnte, das all die Jahre unberührt auf ihn gewartet hatte. Höchstwahrscheinlich hingen noch immer, wie ein sichtbarer Beweis der Schizophrenie in ihm, die Plakate vom Creedence Clearwater Revival und von Jean-Luc Godard an der Wand, ebenso wie in Frøydis' Mädchenzimmer höchstwahrscheinlich immer noch ein Portrait der Cellistin Jacqueline du Pré und des alten Tolstoi hingen und in Ingrids Zimmer vermutlich immer noch das lächerliche Plakat des Schauspielers Burt Reynolds in Playmate-Positur hing, samt einem Buchstabenplakat der Art, wie sie bei Optikern hängen und das für Erling Fall – in eigenartiger Weise – etwas mit Ingrids buchstabengläubigem, ein wenig rigidem und kleinlichem Charakter zu tun hatte. Ja, dachte Erling Fall, als er mit dem Koffer in der Hand am Bahnsteig der Haltestelle Lijordet stand und sich anschickte, die letzten hundert Meter zur Ruglandstraße zu gehen, zu Hause würde alles in gewisser Weise wie früher sein, während er sich in jeder Hinsicht skandalös verändert hatte: zu einem frisch geschiedenen, wegen Telefonterrors angezeigten Amtsrichter. Irgendwann würden möglicherweise auch die großen Zeitungen über die Sache zu schreiben beginnen, und dann, dachte Erling Fall, würde er nur froh sein können, daß seinen Vater bereits der Schlag getroffen hatte und er damit nicht fähig war, die ganze Reichweite der Tragödie zu ermessen. Eine solche Heimkehr, dachte Erling Fall beim Anblick des Elternhauses, war pathetischer als alles, was Mitglieder der Familie Fall je erlebt hatten. Hier stand er mit seinem Koffer und klingelte an der Tür seiner Eltern. Sein einziger Aktivposten war jetzt trotz allem der geachtete Nachname Fall und ein nicht zu verachtender Gutshof in der Kommune Søndre Land an der Ostseite des Randsfjorden. Doch war es die ältere Schwester Frøydis gewesen, die ihm geraten hatte, »heim zu Mutter« zu fahren. Jetzt öffnete Ingeborg Fall die Tür; eine elegante, hochgewachsene, ältere Dame, eine starke Person, eine neurotische Frau, die nach dem Schlaganfall des Ehemannes bitter geworden war. Sie konnte nicht akzeptieren, was aus ihrem Leben geworden war. Besonders gespannt war ihr Verhältnis zu Erlings Schwester Ingrid und deren Ehemann Torgeir Berget, die ihrer Meinung nach nicht oft genug zu Besuch kamen und sich außerdem etwas zu offensichtlich für das Erbe interessierten, das Haus in der Ruglandstraße, das Ferienhaus auf Hvaler. Ingeborg Fall, endlich wagte sie es, ihren Mann offen zu kritisieren, jetzt nach seinem Schlaganfall, jetzt, wo er sich nicht wehren, nicht sprechen konnte. Nach über vierzig

Jahren Ehe war jetzt endlich Ingeborg Fall der Chef, konnte jedenfalls über die Pension des Ehemannes verfügen, die Versicherungsgelder, all die monatlichen Beträge, die sie als ehemalige Sprechstundenhilfe so verteilte, wie es ihr angebracht schien.

Kaum war die Haustür hinter ihm zugefallen, begriff Erling Fall, daß er wahrscheinlich einen neuen Fehler begangen hatte, daß er nicht hätte nach Hause kommen sollen, jedenfalls nicht auf diese Weise. Er hatte sich vorgestellt, selbst zu erzählen, daß die Scheidung nun Tatsache war, doch Frøydis hatte vor Tagen bereits angerufen und die Neuigkeit ausgeplaudert. Erling Fall konnte sehen, daß seine Mutter mehr als wütend war. »Ich habe versucht, in Lillestrøm anzurufen«, sagte sie, »aber weder dieses Luder noch der verhungerte Jazzklimperer haben geantwortet, feige, wie sie sind. Und was ist mit den Zwillingen? Ich begreife nicht, daß sich die armen Mädels das gefallen lassen.« Erling Fall kannte das Temperament seiner Mutter gut. Sie hatte Merete auch früher schon angerufen und ihr deutlich Bescheid gegeben. Auch Skjalg Antonsen hatte sicher sein Teil abbekommen. Erling Fall stand im Flur seines Elternhauses und roch den unverkennbaren Geruch nach gebratener Leber und Johannisbeersaft, nach Kohleintopf mit Hammel und gerauchten Zigarren. Es war ein dunkles Haus, so dunkel, daß Erling Fall seinen Vater gar nicht sah, als er mit dem Rollstuhl aus dem Wohnzimmer gefahren kam. Das Begrüßen des Vaters war immer ein beklemmender Augenblick. Sich zu umarmen war in dieser Familie nicht üblich, seine Mutter hatte ihn kaum mit der Wange gestreift. Jetzt starrte der Sohn den Vater mit der gleichen Hilflosigkeit an wie damals, als sie noch bedeutend jünger gewesen waren. Sie hatten nie miteinander reden können. Von allen in der Familie war es der

Vater, mit dem sich Erling Fall am meisten verwandt fühlte, doch für einen Dialog zwischen ihnen hatte es nie Ort oder Gelegenheit gegeben. Erling Fall wußte, daß der Vater in all den Jahren als ein langweiliger und nie ins Kreuzfeuer geratender, fast ängstlich wirkender Gerichtsrat betrachtet wurde. Er spielte gern Klavier, Chopins Präludien und Schuberts Impromptus, fragmentarische und melancholische Klavierstücke, die gut zu seinem Charakter paßten, dachte Erling Fall, während er dem Vater einen Augenblick über die Schulter strich und das blasse Gesicht mit dem riesigen, klaffenden Mund vor ihm zu deuten versuchte, nicht wissend, ob er lächeln oder zu weinen anfangen sollte. Erling Fall hatte das deutliche Gefühl, daß er seinen Vater tatsächlich kannte und verstand, sogar jetzt, viele Jahre, nachdem Christian Fall mitten in einem der kompliziertesten Mordfälle Norwegens einen Schlaganfall erlitten hatte. Eine Frau hatte ihren Mann mit einigen Messerstichen getötet. Sie berief sich auf Notwehr, aber die Familie des Opfers schrie nach Strafe. Die Freundinnen der Frau konnten allerdings schlimmste Übergriffe über einen langen Zeitraum hinweg bezeugen.

Als Amtsrichter verfolgte Erling Fall diese Strafsache mit besonders großem Interesse, weil er wußte, daß er in seinem Distrikt jederzeit mit ähnlichen Fällen rechnen konnte. Er ahnte, wie schwer es dem Vater meist fiel, Richter zu sein. Deshalb überraschte es ihn eigentlich nicht, als ihn eines Vormittags plötzlich seine Mutter anrief, die auf einmal unartikuliert sprach, guttural schrie, aber doch noch fähig war, ihrem Sohn mitzuteilen, daß Oberlandesgerichtsrat Christian Fall am gleichen Morgen im Gericht einen schweren Schlaganfall erlitten hatte, mitten im Plädoyer des Verteidigers. Jetzt, im Flur, während er seinem Vater in die Augen schaute und hoffte, einen Funken des Wiedererkennens zu sehen, erinnerte sich Erling Fall, wie schockartig er damals reagiert hatte; er war ins Vorzimmer seiner Kanzlei gestürzt und hatte gerufen: »Herrgott, es ist etwas Tragisches passiert!« Alle hatten ihn gefragt, was denn passiert sei, aber er war unfähig gewesen, zu antworten, fuhr nur in halsbrecherischem Tempo zu seinem Hof, hätte bei einer etwaigen Kontrolle sicher den Führerschein verloren, und dann, endlich auf dem Hof, wo die Zwillinge noch nicht von der Schule heimgekommen waren, hatte er Meretes Ateliertür aufgerissen, ohne Vorwarnung, ohne anzuklopfen, und Merete, die vor der Staffelei saß, war aufgesprungen und hatte wie von Sinnen geschrien: »Mach das *nie* wieder!« Er war wie betäubt stehengeblieben, hatte nicht gewußt, was er sagen sollte. Zu seinem eigenen Schrecken hatte er zu weinen begonnen. Da erschrak auch Merete und bat um Verzeihung, sagte, daß sie es eigentlich nicht so brutal gemeint habe, aber in Gedanken versunken dagesessen sei, wie alle Künstler dies bisweilen tun, was jemand, der selbst kein Künstler ist, sicher nicht so leicht verstehen könne. Er hatte ihr zugehört und genickt und zu lächeln versucht und alles akzeptiert, was sie gesagt hatte, und sie schien völlig den Grund vergessen zu haben, weshalb er so hereingestürzt war. Sie waren in die Küche gegangen; dort hatte sie Teewasser aufgesetzt, braunen Ziegenkäse und Haferbisquits, Butter und Marmelade auf den Tisch gestellt, all das, wovon sie wußte, daß er es gern mochte, und dann hatten sie dagesessen und geredet, fast eine Stunde lang, bis ihr plötzlich einfiel, daß er doch einen Grund haben müsse, so zeitig am Vormittag von der Arbeit nach Hause zu kommen, und erst *da* hatte er es erzählt, daß sein Vater am selben Morgen einen Schlaganfall erlitten habe, daß er deshalb so früh nach Hause gekommen sei, und als Merete Bøver *das* erfuhr, war sie wieder wütend geworden: »Aber warum in aller Welt hast du das nicht *früher gesagt*? !« Und Erling Fall hatte gedacht, aber nicht gesagt: weil du mir keine Gelegenheit gegeben hast.

Jetzt stand Erling Fall im Elternhaus und sagte wieder nichts, berührte nur die Schulter des Vaters und dachte, daß es im Gesicht des Vaters etwas gab, was ebenso ein Lachen wie ein Weinen sein konnte. »Ich werde eine Weile hierbleiben«, sagte Erling Fall in der Gewißheit, daß genau *das* eine positive Neuigkeit war, denn es war nicht zu übersehen, daß die Eltern etwas Abwechslung im Alltag nötig hatten. Die Mutter nahm ihn sofort mit in die Küche, und in der ersten Zeit seiner Rückkehr ins Elternhaus hatte Erling Fall das Gefühl, vor allem in der Küche zu sitzen und seiner Mutter zuzuhören, während Gerichtsrat Christian Fall sie vom Rollstuhl aus beobachtete. »Das ist unerhört«, sagte Ingeborg Fall, ihrem Mann dabei kräftig auf die Schulter schlagend, als wolle sie ihn ins Gespräch einbeziehen, obwohl ihr verbittertes Gesicht zeigte, daß sie um die Vergeblichkeit ihres Tuns wußte. Der Ehemann war physisch nicht in der Lage, auf diese Schläge zu reagieren, sie wirkten in dieser Situation eher wie eine Strafe dafür, daß er nicht mehr reden konnte, als sei der Schlaganfall aus Ingeborg Falls Sicht absichtlich erfolgt, und Erling Fall versuchte lautstark zu protestieren, ohne daß die Mutter sich stoppen ließ. »Unerhört«, wiederholte sie, »daß dieses ... Luder ...« »Mutter, bitte«, flehte Erling Fall zaghaft, ohne erhört zu werden, »... daß dieses Luder, das sich benimmt wie ein Luder, anzieht wie ein Luder und sogar *malt* wie ein Luder, so vor ihrer Verantwortung davonläuft. Was ist denn nun mit Lotte und Siri? Wenn du auch nicht ihr leiblicher Vater bist, so doch immerhin ihr *rechtmäßiger* Vater.«

Er hörte sich die Tiraden der Mutter an, es schien, als versuche der Gerichtsrat mit einem plötzlichen, langgezogenen Heulen am Gespräch teilzunehmen, was Erling Fall überraschte, weil er Derartiges bisher von seinem Vater noch nicht gehört hatte. Ingeborg Fall schlug ihren Mann besonders fest, entweder um ihn anzufeuern oder um ihn zu stoppen. Lotte und Siri, dachte Erling Fall, mit diesem Verlust fertig zu werden fiel ihm am schwersten. Er betrachtete das Gesicht der Mutter, das noch zerstörter als sonst war, als fordere sie in dieser Angelegenheit das rechtmäßige Trauerniveau der Großmutter, als hätte man ihr mit Lotte und Siri ihr eigen Fleisch und Blut entrissen, als sei *sie* es, die den größten Verlust erleide.

Erling Fall wußte selbst noch nicht genau, was er darüber denken sollte. Lotte und Siri waren jetzt Teenager. Sie waren damals, als er praktisch die Vaterschaft übernommen hatte, drei Jahre alt gewesen. Die Wochenenden bei ihrem leiblichen Vater glichen mehr und mehr Ausflügen nach Disneyland, von Anfang an ging es nur um Vergnügen und die Freude, Geld zu verpulvern. Einar Skjåk war nach der plötzlichen Scheidung von Merete Bøver lange Zeit ziemlich verzweifelt. Er trank zu viel und hatte es wohl auch mit nächtlichen Telefonanrufen an seine Ex-Frau versucht, die ihn aber strikt abgewiesen hatte. Erling Fall merkte, daß es ihm nicht guttat, an diese Zeit seines Lebens zu denken, es machte ihn nervös, als würde er an einen Sprung von der Skischanze denken, dem er in keiner Weise gewachsen war und den er dennoch einigermaßen heil überstanden hatte. Obwohl Einar Skjåk kein außergewöhnlich begabter Arzt gewesen war, hatte es ihn doch zutiefst erschüttert, daß Erling Fall ihm Merete Bøver direkt vor seinen Augen weggeschnappt hatte. Es hatte zwischen allen dreien den Versuch einer Aussprache gegeben, kurz bevor Merete und Erling mit den Zwillingen hinauf nach Søndre Land zogen. Das war nicht so gut gegangen. Obwohl Einar Skjåk nach zwei Wochen Ferien auf Lanzarote braungebrannt war, und obwohl er fast auffällig gut gekleidet war, gelang es ihm doch nicht, seine Verzweiflung zu beherrschen, und dort, im Restaurant Storyville, brach sie völlig aus ihm heraus, er warf alle Weingläser auf dem Tisch um und führte sich so bedrohlich auf, daß die Bedienung es für angebracht hielt, die Polizei zu rufen. Doch als die Polizei schließlich eintraf, war Einar Skjåk verschwunden, und zu Erling Falls Überraschung hatte er, bevor er auf die Straße lief, Drohungen gegen sie beide ausgestoßen, Drohungen, die weder Merete noch er selbst damals ernst genommen hatten, weil sie sich in der neuen Konstellation so souverän gefühlt hatten, die aber für Erling Fall jetzt, zwölf Jahre danach, des Nachdenkens wert waren: »Ihr werdet keinen Frieden haben ... Ihr braucht nicht zu glauben, daß das *so* leicht geht ... Ihr werdet schon noch sehen ...«

Die Erinnerung an Lotte und Siri, die seine Mutter wachgerufen hatte, setzte Gefühle in Gang, die äußerst destabilisierend wirkten. Er hatte von Lotte und Siri nichts mehr gehört, seit Merete sie vor einem Jahr mitgenommen hatte. Am Anfang ihrer Trennung hatte Merete über seine Telefonanrufe geklagt und sie bei den Zwillingen gegen ihn verwendet. Dabei hatte sich Erling Fall den Mädchen nie näher gefühlt als gerade damals. Zwei hübsche, gesunde junge Menschen, die, so wagte er jetzt zu behaupten, gerade *ihm* dankbar sein mußten für ihren weiten Horizont, ihr Wissen, ihren Lebensmut. Lotte und Siri, die er geliebt hatte und die er immer noch liebte, weil sie ihn in mehrfacher Hinsicht an Merete erinnerten, weil Merete wollte, daß sie ihr glichen, sogar bis ins kleinste Detail; das lange, wallende Haar, die aufrechte Haltung, die unaufdringliche aber dennoch nicht zu übersehende Weiblichkeit. Immerhin war *er* es, dachte Erling Fall dort in der Küche in der Ruglandstraße, der ihnen das Schwimmen beigebracht hatte, das Skilaufen, das Eislaufen, der sie gelehrt hatte, zu lesen und Musik zu hören. Für ihn waren sie nie etwas anderes gewesen als seine rechtmäßigen Töchter. Selbst wenn sie jedes zweite Wochenende zu ihrem leiblichen Vater fuhren, hatte Erling Fall das Gefühl, daß es seine eigenen Töchter waren, die er zum Bus brachte. Er dachte an sie, auch später am Abend noch, als er wieder einmal festgestellt hatte, daß seine Eltern einander inzwischen zur Qual geworden waren, daß sie es schafften, sich ständig mit kleinen, gemeinen Dingen gegenseitig zu reizen, so hatte Christian Fall die Angewohnheit, den Kopf wegzudrehen, wenn seine Frau sprach, und Ingeborg Fall pflegte ihren Mann ständig zu schlagen, damit er zuhörte, ihr zuhörte, auch wenn sie ihn verhöhnte.

»Na was sagst du, Christian? Ist es nicht schön, Erling für eine Weile hier zu haben? Jetzt kann *er* dich zur Altentagesstätte begleiten. Schon morgen, Christian.«

Erling Fall spürte, wie unangenehm selbstverständlich er seinen Platz im Elternhaus fand, das Essen zu bereiten half, Fleischklöße, Broccoli und Kartoffelbrei, danach Rote Grütze, auch abwusch. Ingeborg, seine eigene Mutter, die ihn zuerst über alles, was geschehen war, ausfragte und danach seine ganze Aufmerksamkeit verlangte. Er hörte ihrer lauten und neurotischen Stimme zu, hörte sich alle Einzelheiten an, mit denen sie ihn überschüttete, die allerneuesten Neuigkeiten aus dem Frauenverein für Krankenbetreuung oder aus den Kaffeekränzchen mit den anderen Juristenwitwen, wie sie das nannte. Davon gab es nicht mehr sehr viele. So gesehen wurde das Abonnement in der Philharmonie immer wichtiger. Es ging natürlich nicht an, den Ehemann dorthin mitzuschleppen, auch wenn er der Musikalischere von ihnen war. Doch sie behielt den zweiten Sitzplatz, lud abwechselnd Freundinnen ein, sie zu begleiten. Erling Fall fiel auf, wie sie dasaß, gerade und aufrecht, als müsse sie dem Schicksal die Stirn bieten. Sie hatte, wie auch ihr Mann, immer etwas Aristokratisches an sich gehabt, die kleine, gerade Nase, der noch immer fein gezeichnete Mund, sogar der Hals hatte seine Anmut behalten, auch wenn er faltig und das Kinn etwas schlaff geworden war. Erling Fall hatte nie erlebt, daß sie etwas Häßliches anhatte. Sie nahm es in allem genau. Die grauen, grünen und schwarzen Kleider, die sie trug, waren nach wie vor sorgfältig ausgewählt. Nur den Ehemann hatte sie verkommen lassen. Der auf seinen Jakkettkragen getropfte Speichel war nicht zu übersehen, und seine Sachen bügle sie, wie sie sagte, schon lange nicht mehr, außer, wenn sie ihn in die Altentagesstätte begleiten müsse. Sie warf ihm seinen Schlaganfall regelrecht vor, als wäre alles anders, wenn er sich früher beim Rotwein, beim Whisky und den Zigarren zurückgehalten hätte oder ganz einfach weniger Musik gehört hätte. Egal, wo die wirkliche Ursache lag, es waren die *Laster* des Ehemannes, die ihn gelähmt hatten. Erling Fall merkte es ihr an, als er nach dem Abwasch fragte, ob er nicht zusammen mit seinem Vater, wie in alten Zeiten, etwas Musik hören könne. Die Mutter starrte ihn an, als habe er etwas Beleidigendes gesagt, aber weil Gerichtsrat Christian Fall sofort einige nachdrücklich zustimmende Laute von sich gegeben hatte, setzten sich Vater und Sohn gemeinsam vor den alten Huldra 9-Verstärker mit Radioteil, bei dem die Musik ab und zu durch russische oder kosmische Laute gestört wurde, und hörten sich das erste Klaviertrio von Brahms an, das in H-Dur, das, trotz der heiteren Stimmung des ersten Satzes, melancholisch bis an die Grenze des Unerträglichen war. Ingeborg Fall hatte sich ans Fenster gesetzt, starrte die Straße hinunter nach Jar, und nie, dachte Erling Fall verärgert, während ihn die Logik der Musik überwältigte, waren die Eltern einander fremder gewesen als gerade jetzt.

Einige Stunden später, nach Tagesschau, Studio 21 und den Spätnachrichten, versuchte sich Erling Fall in seinem alten Kinderzimmer zurechtzufinden, das so viele Jahre unberührt gestanden und auf ihn gewartet hatte. Er stand da und versuchte sich mit den alten Plakaten von Creedence Clearwater Revival, von Jean-Paul Belmondo in Jean-Luc Godards »Außer Atem«, zu versöhnen, Plakaten, die ihm geradezu provozierend jugendlich vorkamen. Er ging einen Augenblick in das Zimmer seiner Schwester Ingrid und betrachtete auch *ihre* Jugendidole, Jane Fonda und Warren Beatty, Burt Reynolds und das Optikerplakat, den rosa Krimskrams, die Puppen, mit denen sie einmal gespielt hatte, und eine unsägliche Traurigkeit überkam ihn, ein Gefühl von etwas Vergangenem, Verlorenem, das ihn wieder an Lotte und Siri denken ließ, daran, wie es ihnen jetzt wohl ging, in ihrem neuen Dasein in Lillestrøm. Besonders Siri hatte in der Zeit vor dem Bruch mit Merete bei Erling Fall den Eindruck erweckt, als brauchte sie ihn wirklich, mit einer rauhbeinigen, fast maskulinen Neugier. Sie war immer aktiv an seiner Meinung interessiert gewesen, hatte ihn über die seltsamsten Dingen ausgefragt, hatte lange Spaziergänge hinauf nach Vardalsåsen mit ihm gemacht, »nur um zu reden«, wie sie gesagt hatte. Und jetzt stand Erling Fall in seinem Kinderzimmer und sah sie leibhaftig vor sich, und er wußte, daß gleich auch Lotte und danach Merete vor seinem inneren Auge auftauchen würden. Dieser Verlust war nicht zu überwinden, dachte er, und setzte sich fassungslos nieder aufs Bett, kleidete sich langsam und unbeholfen aus, wie ein kleiner Junge. Hinter jedem Gedanken, den er dachte, lag eine so große Leere und eine so große Verlassenheit, daß es kaum zu ertragen war.

Am nächsten Tag, nach einigen Stunden unruhigen Schlafs und mehreren Versionen des alten Traums, in dem er immer plötzlich entdeckte, daß er in einem dunklen Zimmer eingesperrt war (oder war es in einer Kabine tief im Bauch eines gesunkenen Schiffes?) und ihn eine panische Todesangst übermannte, entschloß er sich zu einer Radtour. Beim Frühstück sagte er seinen Eltern, daß er, nach allem, was geschehen war, etwas frische Luft brauche. Die Mutter hatte nichts dagegen einzuwenden, und ein paar Minuten später hatte Erling Fall das alte DBS-Fahrrad aus dem Kellerverschlag geholt, hatte die Reifen aufgepumpt und die Kette geölt. Er war viele Jahre nicht mehr Fahrrad gefahren. Die Reichsstraße 34 war zu gefährlich, und die Waldwege hinter dem Haus waren zu steil und ohne Mountainbike nicht zu bewältigen. Dennoch erschien ihm das alte Fahrrad nicht ungewohnt, als er die übliche Route hinauf nach Sørkedalen einschlug. Zwar merkte er, daß er einen lächerlichen Anblick bieten mußte, wie er da in seiner steifen Kleidung des Amtsrichters fuhr, die er aus alter Gewohnheit trug, und dem zwei Jahre alten Burberry-Mantel, das einzige, was fehlte, war der Hut; aber wie er aussah, störte ihn nicht mehr. Die Ereignisse der letzten Tage hatten ihn aus seinen Gewohnheiten herausgerissen. Er war Amtsrichter, zur Zeit beurlaubt, die Ermittlungen liefen. Plötzlich hatte er Zeit in Hülle und Fülle. Die Schwester hatte ihm geraten, bei den Eltern unterzuschlüpfen, also sich davonzumachen, ohne zu bedenken, daß er hier in Bærum nicht länger von den Tatorten einiger ganz wesentlicher Ereignisse in seinem Leben getrennt war. Hier war schließlich Merete aufgewachsen, auf der anderen Seite von Brunkollen, und ohne daß er sich das bewußt gemacht hätte, war ihm jetzt klar, daß er natürlich den Weg nach Sørkedalen radelte, um die Stelle im Anstieg hinauf zur Kobberhaughütte zu finden, wo er vor vielen Jahren Merete Bøver eingeholt hatte, wo er in der Loipe neben sie gefahren war, außerstande zu verbergen, daß er ganz gezielt versucht hatte, sie einzuholen, so außer Atem wie er war. Welch krampfhafte Anspielungen hatte er nicht allein auf ihr Haar bezogen gemacht, daß es natürlich sei, daß sie, mit dem kupferfarbenen Haar, unterwegs sei zur Hütte mit dem kupfernen Namen. Jetzt radelte Erling Fall bei strahlendem Sonnenschein bis zur Sørkedalen Schule und weiter steil bergauf an Finnerud vorbei. Dann kam der Zeitpunkt, wo er absteigen und das Fahrrad neben sich schieben mußte. Er war außer Atem, bereits ziemlich erregt, konnte nicht anders als sich vorstellen, daß auch Merete, ausgerechnet heute, das Bedürfnis hatte, zu der Stelle zurückzukehren, an der sie ein Paar wurden, an diesem Anstieg, einige Minuten bevor sie zusammen Kakao tranken. Von da an gab es ja sowieso nur noch Merete Bøver und Erling Fall. Von da an unternahmen sie nichts mehr, ohne den anderen genauestens darüber zu informieren. Von da an band sich jeder mit allen möglichen Fäden an das Leben des anderen, nähte zwei verschiedene Wirklichkeiten mit einer feinen, genauen Naht zusammen. Erling Fall schob schwer atmend das Fahrrad den Berg hinauf. Der Himmel ist viel zu blau, dachte er. Und die Bäume sind zu gelb und kupferfarben, als wäre es ein ganzes Zeitalter, das sterben sollte.

Erling Fall blieb an der Stelle stehen, von der er wußte,

daß er sie hier eingeholt hatte. Sie war nicht da. Nur der große Felsblock, an den er sich damals einen Augenblick hatte lehnen müssen. Von hier konnte man durch das Tal bis hinaus zum Oslofjord sehen. Erling Fall war immer gern hier oben gewesen. Es war gleichsam ein gutes Vorzeichen, daß er Merete Bøver an einer Stelle begegnet war, die nach Südwest zeigte und erfüllt war von Licht. Sie war ja bereits eine bekannte Person, und Erling Fall spürte, daß ihre Berühmtheit ihn reizte, auch wenn er angestrengt, und damit vergeblich, versuchte, verbale Banalitäten zu vermeiden, was ihn im Nu von einem künftigen Liebhaber zu einem der beliebigen, kunstinteressierten Speichellecker schrumpfen lassen konnte, die das Casino und das Theatercafé frequentierten. Aber dann stellte sich schon einige Minuten später, als sie auf der Hütte zusammen Kakao tranken, heraus, daß sie an seiner Juristerei beinahe mehr interessiert war als er an ihren Bildern. Vielleicht war das der Druck von zu Hause, das Bürgerliche, sie war ja trotz allem mit einem Arzt verheiratet. Stand ein Jurist höher im Kurs als ein Arzt? Kaum. Aber Gerichtsrat Christian Fall war ein häufig genannter Name in den Zeitungen, besonders bei aufsehenerregenden Spionage- oder Mordprozessen. Und auf die eine oder andere Weise – auch nach zwölf Jahren Ehe wußte Erling Fall nicht, warum – hatte Merete Bøver eine gewisse Achtung vor dieser Seite von ihm und seiner Familie. Das Juristische faszinierte sie, das Gesetz als Phänomen. Vielleicht war sie deshalb ein so guter Gesprächspartner bei schwierigen Gerichtsverfahren gewesen. Bereits hier, auf der Kobberhaughütte, hatte sie diese Faszination durchblicken lassen, als sie ihn gefragt hatte: »Gefallen dir meine Bilder? Gefallen sie dir wirklich?« Es war dennoch nicht die Unsicherheit, die ihm hätte helfen können, sich rein psychologisch einen

Vorteil zu verschaffen. Selbst einer offensichtlich interessierten und kokettierenden Merete Bøver gegenüber hatte Erling Fall das Gefühl gehabt, kämpfen zu müssen, um in die bessere Gesellschaft aufgenommen zu werden, und so, wie er *jetzt* dastand, viele Jahre später, wußte er, daß er ausgeschlossen war, daß ihm das Minimum an Selbstbewußtsein genommen war, mit dem er in der Gemeinschaft mit anderen hätte funktionieren können.

Erling Fall schwang sich aufs Fahrrad und sauste den steilen Berg hinunter, daß der Burberry-Mantel flatterte. Er sah sich wie von außen. Er saß auf einem Fahrrad und die bergab führende Spur, der er folgte, stellte sein eigenes Leben dar. Sollte er die Bremsen loslassen und direkt auf die gewaltige Fichte unten in der Kurve zusteuern? Was würde in diesem Fall von ihm übrigbleiben? dachte er. Würde man ihn in Erinnerungen, Orten, Zeiten bewahren können? Hatte er für irgend jemanden etwas bedeutet? Er sauste dahin, zog kräftig an den Bremsen und fühlte, mit einer kalten Leere irgendwo in sich, daß er bereits ausradiert war, daß die wenigen, die an ihn denken würden, von ihm nur eine vage, undeutliche, bereits zum Fragment gewordene Erinnerung hätten. Sogar Siri, von der er trotz allem wußte, daß sie die Scheidung zwischen ihm und Merete am schwersten nahm, würde ihn nach relativ kurzer Zeit vergessen. Wer sich vielleicht am genauesten an ihn erinnerte, würden die sein, die er einmal verurteilt hatte, die noch im Gefängnis saßen, die ihm in die Augen gestarrt hatten, während er das Urteil verlas, die ihn schon damals gehaßt hatten. Erling Fall steckte so tief in dieser Lawine von Gedanken des Selbstmitleids, daß er erst merkte, wohin er gefahren war, als er erkannte, daß er weit draußen in Bærum war, auf Haslum, direkt vor dem Haus, in dem Merete Bøver ihre Kindheit verbracht hatte. Herrgott, murmelte er vor sich hin, ich mußte das alles einfach noch einmal sehen. Sie hatte das Haus längst verlassen, in dem sie mit ihren Eltern und ihrem Bruder Atle gelebt hatte, der jetzt im Pflegeheim war. Ihm schien, als könne er hinter den Fenstern einen Schatten erkennen, eine winzige Bewegung der Vorhänge. Jetzt hatten sie ihn gesehen, jetzt legte er sich wieder Steine in den Weg, jetzt würde sie zur Polizei gehen und sagen können: »Nicht einmal meine *Eltern* läßt er in Frieden!« Und er saß da, wie erstarrt auf dem Fahrrad, und wußte, daß er nichts zu seiner Verteidigung vorzubringen hatte, daß er auf einem Fahrradsattel saß und auf jemanden wartete, der kommen sollte, das aber nie tun würde. Er suchte ihre Kindheit und seine eigene. Jetzt schmolzen sie zu einem Verlust zusammen. Einer schmerzenden Wunde, die ihn fühlen, ihn erkennen ließ: den Rest seines Lebens würde er ohne sie sein. Obwohl sie längst mit seinem Gewebe verwachsen war. Aber in all den Jahren, die sie hier draußen in Haslum verbracht hatte, in dieser langweiligen, gewöhnlichen Vorstadt, hatte er nichts von ihr gewußt.

Jetzt wußte er mehr über sie als jeder andere Mensch, und jetzt wohnte sie nicht mehr hier. Sie wohnte an einem Ort, an dem er, Erling Fall, für immer unwillkommen sein würde. Und gerade als er diesen Gedanken gedacht hatte, kam Merete Bøvers Mutter heraus auf die Treppe vor der Eingangstür. Sie sagte nichts. Sie starrte ihn nur an, fast selbstgerecht und grau, mit der alten, müden Haut. Er wollte ihr zurufen, wie sehr er alles bedauere, was geschehen war. Er wollte ihr erzählen, daß er nicht wußte, wie er es jetzt schaffen sollte, weiterzuleben. Aber er sagte nichts, weil er etwas in ihrem Blick zu sehen vermeinte, eine Angst, Mein Gott, hatte sie wirklich Angst vor ihm, Angst vor *ihm*!? Plötzlich holte sie tief Luft und rief: »Terrorist!« Und nach einigen Sekunden dasselbe noch mal, aber mit weniger Nachdruck, als sei sie es nicht gewohnt, soviel Aufmerksamkeit zu beanspruchen. Er sah, daß sie wütend war. Sie versuchte, das Wort, die Verachtung, die Wut über die Felder von Bærum zu schleudern, über diese schönen, ewig gleichbleibenden Felder. »Du zerstörst ihr Leben! Laß uns bitte in Frieden!«

Else Bøver, seine ehemalige Schwiegermutter, mit der er immer so gut ausgekommen war, die jedes Weihnachten speziell für *ihn* Sandkuchen gebacken hatte, ging weinend und kopfschüttelnd wieder ins Haus, schlug die Tür hinter sich zu.

Lange blieb Erling Fall auf seinem Fahrrad sitzen. »Ich?« dachte er. »Habe wirklich ich *ihr* Leben zerstört?«

Danach radelte er, ohne eine Antwort auf die Frage zu finden, zurück zu seinen Eltern in die Ruglandstraße. Vielleicht ängstigten sie sich seinetwegen, dachte er. Auf der Hauptstraße dichter Autoverkehr. Die Abgase ätzten seine Lunge. Er stellte fest, daß er viele Stunden unterwegs gewesen war. Die Sonne war bereits dabei, unterzugehen.

ZWEITER TEIL

Erling Fall hatte keine Vorstellung mehr, wie lange er eigentlich schon bei seinen Eltern wohnte, als ihn eines Abends Gudmund Kværnland anrief und sagte, daß er seinen alten Freund zum Essen in die Norske Selskab einladen wolle, damit sie sich verdammt noch mal *aus*sprechen könnten, nach allem, was geschehen war. Nein, dachte Erling Fall, jede Zeitvorstellung war ihm abhanden gekommen. Diese ersten Wochen zu Hause bei den Eltern hatte er sich stundenlang in seinem Zimmer aufgehalten. Er war in der Buchhandlung gewesen und hatte sich Literatur besorgt, deren Lektüre er zwar als unter seiner Würde empfand, die er aber trotzdem zu brauchen meinte, um sein Gleichgewicht wiederzufinden. Als ob das überhaupt möglich war! Am liebsten hätte er seine Verzweiflung laut herausgeschrien. Er hatte sich so einigermaßen in der Gewalt, rief nicht mehr nachts in Lillestrøm an. Statt dessen begann er Phantasien zu entwickeln, wie er sich am besten an Merete Bøver rächen könnte. Die Bücher, die er sich besorgt hatte, handelten alle von Scheidungen und Trauerarbeit, und er konnte in ihnen lesen, daß er sich momentan in der Wutphase befand, einer durchaus notwendigen Phase, wie da stand, in der sich der »Verlassene« oder »Verschmähte« (warum schrieben sie nicht einfach »Hahnrei«?) erlauben könne, auch Rachegedanken zu hegen. Rachegedanken? dachte Erling Fall. Er träumte davon, Merete Bøvers Atelier zu verwüsten, er wußte, daß er, wenn es darauf ankam, dazu fähig war, auf alle ihre monumentalen Bilder mit dem Messer loszugehen, er hätte die Arbeit von Jahren zerschneiden und zerfetzen und vernichten können. Er könnte dasselbe Messer auch dazu benutzen, Streifen ins Gesicht des Jazzgitarristen zu schneiden, ihm eine gehörige Hasenscharte zu verpassen, die Stirn und die Wangen mit einem blutigen Muster zu verzieren. Und bei dieser Gelegenheit könnte er die Zwillinge kidnappen und sie mitnehmen nach Australien. So etwas hat es schon gegeben, das geschah ständig, warum sollte es nicht auch mit einem Amtsrichter vom Randsfjorden geschehen?

Es erschreckte Erling Fall, daß er imstande war, solche fürchterlichen Phantasiegebilde heraufzubeschwören. Er hatte versucht, sich abzureagieren, indem er zusammen mit seinem Vater aggressive Musik spielte, Strawinsky, Prokofjew, Schostakowitsch, doch das half nicht, und Erling Fall merkte außerdem, daß der Vater unruhig davon wurde. In dieser schwierigen Phase rief nun also Gudmund Kværnland an und lud ihn zum Essen in die Norske Selskab ein, und Erling Fall wußte natürlich, daß es eine Ehre war, von Gudmund Kværnland in die Norske Selskab eingeladen zu werden, denn Gudmund Kværnland war ein Freund, ja mehr als ein Freund, er war jemand, den Erling Fall nicht aus seinem Leben streichen konnte, der ihn während der Schulzeit dominiert hatte und der immer noch, wie er merkte, eine seltsame Macht über ihn besaß.

»Erling«, sagte Gudmund Kværnland mit der gleichen hellen, ein wenig kindlichen Stimme, »endlich habe ich dich ausfindig gemacht. Du dachtest wohl, du könntest dich verstecken?«

Erling Fall merkte, wie er stotterte, als er zu erklären versuchte, warum er nicht hatte anrufen wollen, und wurde sofort unterbrochen: »Erling, erspar mir das. Du brauchst dich nicht zu entschuldigen. Ich habe einige

Kommentare im Dagbladet und der Verdens Gang gelesen. Natürlich ist mir klar, daß es dir beschissen gehen muß. Wir müssen uns *sofort* treffen!«

Das war der Grund, warum Erling Fall die Straßenbahn hinein in die Stadt nahm, die Ra-Bahn, wie sie früher hieß, und wie immer dem Freund gehorchte. In Oslo fand an diesem Abend ein Fackelzug statt, eine große Manifestation vor der entscheidenden Volksabstimmung darüber, ob sich Norwegen der Europäischen Gemeinschaft anschließen solle oder nicht. Als Erling Fall in der Straßenbahn saß, ganz für sich, mußte er fast lachen. Und wenn es ein Lachen war, dann war es das erste seit vielen Monaten, wie ihm bewußt wurde, ausgelöst durch den Gedanken, daß sich Gudmund Kværnland, in seiner Position, nicht zu gut gewesen war, mit ihm Kontakt aufzunehmen, obwohl er sicher nicht verstand, daß Erling Fall den Wunsch gehabt hatte, mit Merete alt zu werden, so wie die alten Eheleute, die er während seines Aufenthalts bei den Eltern hatte beobachten können, die auf einer Parkbank oder in einem Café beisammen saßen und miteinander plauderten. »Mit wem soll ich mir *jetzt* meine Bilder ansehen?« hatte er aus sich herausgestoßen, als er wieder einmal hinauf nach Brunkollen geradelt war. Er fürchtete sich davor, allein alt zu werden, und er wußte, daß Gudmund Kværnland solche Gefühle überhaupt nicht nachvollziehen konnte. Zwar war Gudmund verheiratet und hatte zwei Kinder, aber der Freund, der einige Jahre entweder die größten Verbrecher oder die widerlichsten Prominenten vor Gericht verteidigt hatte, war nicht der Typ, der in die Knie ging. Vielleicht hatte Erling Fall deshalb immer das Gefühl gehabt, ihm nacheifern zu müssen, als sei es das Besondere in seinem Leben, daß er den Stärkeren wählen mußte, in der Freundschaft und in der Liebe. Merete Bøver war ja offensichtlich stärker gewesen als er, und wenn er sich an die Schulzeit erinnerte, war es Gudmund Kværnland, der den Ton angab. Es gab solche Typen, dachte Erling Fall, als er an diesem feuchten und nebligen Novemberabend des Jahres 1994 durch Studenterlunden ging, die die Fähigkeit besitzen, ihre Umgebung auf allen Ebenen zu dominieren, die sich, ohne daß man recht wußte, wie es zuging, eine über jeden Zweifel erhabene Position eroberten und allein dadurch zu einem Menschen wurden, über den alle sprachen. Was ihn betraf, so hatte Erling Fall schon als Sechzehnjähriger sein gesamtes Leben den ästhetischen und emotionalen Forderungen Gudmund Kværnlands untergeordnet. Gudmund, der Aufrührer, war der Sohn des ziemlich bekannten Soziologen Professor Rasmus Kværnland, Ehrendoktor in Cambridge und an der Princeton. Schon auf der Katta[*] hatte Gudmund etwas Weltläufiges an sich gehabt, dachte Erling Fall, etwas so Unerschrockenes in seinem Wesen, daß er schon mit sechzehn mit dem skandalumwitterten Autor Jens Bjørneboe und dem angesehenen Philosophen Arne Næss per du war. Erling Fall erinnerte sich, daß Gudmund bereits damals ein Mensch von besonderer Intensität gewesen war, jemand, der sich selbstverständlich nahm, was ihm geboten wurde, sei es Rauschgift, Alkohol oder Tabletten, ein Mensch also, von dem man gemeinhin annahm, er würde sich zugrunde richten, der aber diese Prophezeiungen Lügen strafte, sich im Gegenteil als außerordentlich erfolgreich beweisen sollte, während Erling Fall, jedenfalls in dieser Zeit, lediglich mitzuhalten versuchte, so gut er konnte. Denn, dachte Erling Fall und ließ Studenterlunden und das Storting hinter sich und

* Katta, Schule in Oslo (Katedralskolen – Anm. d. Ü.).

ging die letzten Meter hinauf zu dem schönen Gebäude, in dem die Norske Selskab ihre Räume hatte, er hatte zu allen Zeiten gewußt, daß die meisten Männer stärker waren als er, vor allem aber Gudmund. Daß es Erling Fall schließlich zum Amtsrichter gebracht hatte, einer Person also, vor der *andere* Respekt haben mußten, war für ihn selbst eine Absurdität. Bereits als Sechzehnjähriger, als er Gudmund Kværnland begegnete, kannte Erling Fall seinen Platz, er wußte bereits damals, daß er allzu oft in Nase und Ohren bohrte, daß er ständig, mit kleinen Handbewegungen, seine Unsicherheit verriet. Sich in Nase und Ohren bohren, die Augenwinkel von Schlafresten säubern, ein ständiges Bedürfnis, sich von Schlacke zu reinigen. Gudmund Kværnland hatte die Route abgesteckt. Gudmund, der Aufrührer, hatte ihn mitgenommen auf die Isle of Wight, fiel Erling Fall ein, während er an der Glocke zur Norske Selskab läutete und, zum ersten Mal seit vielen Jahren, anzeigte, daß er dabei war, diesen noblen Klub erneut zu betreten, in dem er zwar seit langem Mitglied war, sich aber nicht als ein solches gefühlt hatte. Das hing vielleicht mit seinem Vater zusammen. Gerichtsrat Christian Fall liebte »Norsken«, er hätte eigentlich dort seinen Lebensabend verbringen sollen, in der altehrwürdigen Bibliothek mit all den Büchern, unter Gleichgesinnten, und damit zugleich unter Leuten, mit denen er nicht zu streiten brauchte. Gerade wegen der Vorliebe des Vaters für diesen Klub, in dem Frauen nur an besonderen Tagen Zutritt hatten, fiel es dem Sohn schwer, diesen Ort aufzusuchen, natürlich auch, weil »Norsken« mitten in Oslo lag und nicht am Randsfjorden. Aber die Freude darüber, diese noblen Räume wieder zu betreten und ungestört und in absoluter Diskretion einen alten Jugendfreund wiedersehen zu können, hatte etwas Versöhnliches an sich, so, als könne er dort und augenblicklich, noch bevor er Gudmund wiedergesehen hatte, zu wagen hoffen, daß eines Tages doch ein Leben nach Merete Bøver möglich sein würde.

Gudmund Kværnland stand im Billardsalon, als Erling Fall eingelassen wurde. Doch er spielte nicht. Gudmund Kværnland war ein raffinierter Beobachter. Er stand mit dem Rücken zum Spiel, das einen Anwalt am Höchsten Gericht und einen Börsenmakler beschäftigte, und empfing den Freund mit einer Umarmung, die Erling Fall unangemessen intim vorkam. Sie waren trotz allem beide über vierzig Jahre alt, und an einem Ort wie diesem gab es genügend Menschen, die um ihrer beider Position in der Gesellschaft wußten. Übertriebene Umarmungen sind etwas für sentimentale Fußballspieler und empfindsame Politiker, dachte er.

»Erling«, sagte Gudmund, und wie immer, wenn er mit Erling Fall sprach, klang in seiner Stimme etwas wie Spott mit, »du siehst Gott sei Dank nicht so beschissen aus, wie ich dachte.«

Gudmund Kværnland hielt den Freund von sich weg, musterte ihn mit Besitzermiene. Erling Fall wurde verlegen, wunderte sich nach wie vor, daß er auserwählt worden war, daß der Freund einen neuen Versuch startete, an dieser Freundschaft festzuhalten, die mit den Jahren dazu tendiert hatte, ganz von selbst einzuschlafen. Jetzt sprach Gudmund Kværnland mit offenkundigem Ernst darüber, wie gut sich Erling Fall trotz allem gehalten habe, wie trostlos es mit all den anderen Kameraden aus der Schulzeit sei, die nur älter, häßlicher und jedenfalls nicht klüger würden. Ja, dachte Erling Fall, Gudmund Kværnland hatte leicht lachen, er war der absolute Gewinner in der Klasse. Erling Fall zerbrach sich abermals den Kopf, warum er sich stets ganz bewußt starke Freunde gesucht hatte, mehr als glücklich darüber, sich in ihrem Glanz einfach mit sonnen zu können. Selbst der Besuch der Katedralschule hätte ihm eigentlich nicht zugestanden. Wie alle anderen mit der Adresse von Lijordet hätte er auf das Eikeli Gymnasium gehen müssen, auch das kein schlechtes Gymnasium, doch nicht annähernd so gut und renommiert wie die Katta. Die Katta war als Gymnasium all denen vorbehalten, die einen ordentlichen Stammbaum besaßen, und den hatte Erling Fall. Außerdem war Gerichtsrat Christian Fall selbst Katta-Schüler gewesen. Das sicherte dem Sohn einen Platz auf dem ehrwürdigen Gymnasium. So als würde Gudmund Kværnland seine Gedanken lesen, fragte er den Freund, wie es um den Vater stünde, während er ihn in das schöne Kaminzimmer mit den Bildern von Edvard Munch geleitete. Erling Fall merkte, daß er wehmütig wurde, als er vom Vortag erzählte, an dem der Vater siebenundsiebzig Jahre alt geworden war und die Mutter keinerlei Anstalten machte, das Ereignis in irgendeiner Weise zu begehen. Schließlich hatte Erling Fall fragen müssen: »Was machen wir mit Vaters Geburtstag?« Ingeborg Fall hatte die Schultern gezuckt und gesagt: »Wir können ja eine Rakete abschießen. Etwas anderes fällt mir auf die Schnelle nicht ein.« Das Schreckliche war, daß die Mutter das tatsächlich ernst gemeint hatte. Ein paar Stunden später stand Erling Fall draußen im Garten und bastelte an den Überresten einer Silvesterfeier vor mehreren Jahren herum. Der Vater saß in sicherer Entfernung hinter dem Wohnzimmerfenster im Rollstuhl und sah zu, wie dieses erbärmliche Feuerwerk, das jemand billig erstanden haben mußte, in die Luft zischte und vom Nachthimmel verschluckt wurde. »Aber ich merkte, daß ich mit meinem Vater über die Musik kommunizieren kann«, sagte Erling Fall zu seinem Freund. »Nach dem Feuerwerk spielte ich Beethovens letztes Streichquartett für ihn.«

»Das würde ich ein Nah-Todes-Erlebnis nennen«, konterte Gudmund Kværnland. Er hatte bereits zwei große Whisky bestellt, die im Salon serviert wurden, das erfahrene Bedienungspersonal im Norsken wußte genau, wie man die mächtigen Männer der Gesellschaft oder die zumeist senilen Greise behandelt. Erling Fall kannte die beruhigende Wirkung des Whiskys und genoß es aufs neue, in diesen Räumen zu weilen, wo überall die Bilder von bedeutenden Malern hingen und wertvolle Bücher in der Bibliothek standen. Er genoß den Atem der Geschichte, all die kostbaren Andenken an Johan Hermann Wessel und die Norske Selskap in Kopenhagen. Er genoß die Ruhe und die Freiheit hier drinnen, daß die Türen verschlossen waren, daß jeder, der diese Räume betreten durfte, zuvor gewogen und für würdig befunden worden war. Er genoß es, daß sich in diesen Wänden alle mit Respekt begrüßten. An einem Ort wie diesem hätte er seine Scheidungspapiere entgegennehmen sollen, dachte er. Die Norske Selskap war außerdem ein Ort, der trotz seiner ehrwürdigen und noblen Prägung auch eine spannungsvolle Atmosphäre hatte, von jungem und neuem Leben, das von der Straße hereinsickerte, erfolgreichem Leben, neuen Erwartungen! – neuen Börsenmaklern und Spekulanten! – neuen Bankchefs und Investoren! Gudmund Kværnland war einer von diesen Investoren. Er war nicht mehr der Anwalt für die Allergrößten, denn er war selbst dabei, einer von den Allergrößten zu *werden*. Jetzt saß er, mit einer Selbstverständlichkeit, wie sie Erling Fall bei weitem nicht empfand, in diesen Räumen und fragte den Freund über seinen persönlichen Zustand aus. Ja, er benutzte tatsächlich diesen Ausdruck. »Wie ist dein Zustand, Erling?« Bereits hier ein Hauch von Klinischem, von Therapie, gute Freunde waren ja dazu da, einander aus der Patsche zu helfen, wenn es darauf ankam. Der Zustand, dachte Erling Fall – ja in welchem Zustand befand er sich eigentlich? Er mußte jedenfalls sofort Meretes Namen ins Spiel bringen, um überhaupt etwas über seinen Zustand sagen zu können. Er hörte seine eigene Stimme im Raum, wie deutlich angespannt sie bereits klang, als er zu erklären versuchte, daß ihm die Scheidung ungerecht erschien, weil er in dieser Beziehung *alles* gegeben zu haben meinte. Aber noch während er das sagte, hörte er, wie pathetisch es klang. Es gab schließlich genügend Männer, die eine über jeden Tadel erhabene Haltung zeigten und es nie schafften, sich in die Situation der Gegenseite zu versetzen. Erling Fall hatte zwar das Gefühl, daß er immer wieder auch alles, was geschehen war, aus Meretes Blickwinkel zu betrachten versuchte. Doch selbst dann, das wagte er sich jedenfalls zuzugestehen, kam ihm ihre Entscheidung, sich von ihm zu trennen, völlig unbegreiflich vor, jedenfalls wenn sie das, was sie einmal gesagt hatte, ernst gemeint hatte, die Komplimente, die sie trotz allem einmal über sein Benehmen als Mann und über sein Einfühlungsvermögen gemacht hatte. »Mit dir verhält es sich nun mal so«, unterbrach Gudmund Kværnland, »daß du immer versucht hast, so verdammt *nobel* zu sein, Erling.« Erling Fall nickte zögernd. Der Freund hatte vielleicht recht. Er stellte hohe Anforderungen an sich selbst, wahrscheinlich deshalb, weil er sich in jeder Hinsicht als mittelmäßig betrachtete. Plötzlich merkte er, daß er es nicht schaffte, Fassung zu bewahren, daß er am liebsten zu heulen anfangen würde. Vielleicht war Gudmund Kværnland der einzige Mensch, dem er zu zeigen wagte, daß er weinte. Er hatte zwar auch im Beisein von Merete geweint, aber das war ihm noch immer äußerst peinlich. Vor Gudmund Kværnland wollte er in aller Offenheit weinen, weil das Leben so traurig war, weil er frisch geschieden war, weil er einen Elch überfahren und verendend auf der Straße liegengelassen hatte, weil er in extremem Maße die Menschen vermißte, die ihn verlassen hatten, auch wenn das jetzt über ein Jahr her war.

Aber er weinte nicht. Gott bewahre. Norsken war nicht der Ort, an dem ein Mann von siebenundvierzig Jahren in Sentimentalität ausbrach. Er trank statt dessen den letzten Schluck Whisky, nickte in vagem Wiedererkennen einem Verfassungsrichter zu, der am Fenster saß und die Herald Tribune las. Zum Glück kam im selben Moment die Bedienung und verkündete, daß der Tisch im Speisesaal gedeckt sei.

Dort konnte Gudmund Kværnland einige Minuten später, am Rotwein schnuppernd, seinen Freund mit seinen spitzfindigen Überlegungen zur anstehenden EU-Abstimmung unterhalten, warum er natürlich, mit Rücksicht auf »die norwegischen Werte«, mit Nein stimmen würde, da er, trotz allem, die Erfahrung mache, daß von der Globalisierung der Wirtschaft weder die kleinen noch die armen Länder profitierten, daß die Verbrecher aber ganz offensichtlich auf der Ja-Seite standen, obwohl auch die Nein-Seite ihren Überschuß an Hanswursten und Nationalisten habe. Gudmund Kværnland saß absolut sicher, das mußte er einräumen. Und gerade diese Sicherheit war ein Problem, wie er dem Freund Erling Fall an diesem Novemberabend in der Akersgasse anvertraute. »Wer ein derart normales Leben führt, sehnt sich nach Fällen wie deinem, bei dem alles zusammenbricht, verstehst du das, Erling? Das gibt uns ein Gefühl von Leben, von Existenz. Vielleicht hätte ich Arzt werden sollen, Chirurg auf einer Krebsstation. Ärzte können sich daran berauschen, weißt du. An dem verdammt großen Unterschied zwischen Leben und Tod. Stell dir vor, Menschen in den Tod zu schicken oder sie zurückzuholen ins Leben, und das tagtäglich! Als ich den taktlosen Meldungen in den Zeitungen entnehmen konnte, daß du tatsächlich von Merete geschieden warst, atmete ich *erleichtert* auf. Das Zusammenleben, diese starre Konstruktion zwischen zwei Menschen, ist dem Untergang geweiht, Erling. Für mich bedeutet die Ehe in erster Linie Rücksicht auf die Kinder. Aber es lastet so viel auf einer Ehe. Oft schon habe ich gedacht, daß die eheliche Gemeinschaft ein Ort ist, wo die Gefühle langsam verkümmern, wo man in den Fernseher starrt, krampfhaft ein Gespräch versucht, bei dem man nicht streitet. Ja, die Ehe wird überbewertet. Aber Kinder brauchen eine Mutter und einen Vater. Deshalb sind Britt-Elin und ich noch immer zusammen.«

Erling Fall hörte Gudmund Kværnland zu und dachte, was Selbstbewußtsein aus einem Menschen machen kann. Der Freund war bisher anscheinend ohne jede Angst durchs Leben gegangen, hatte sich ohne einen Anflug von Unsicherheit seine Beute ausgesucht. Als Gudmund Kværnland damals in der Schulzeit mit seinen ersten physischen Annäherungen gekommen war, hatte Erling Fall nicht die blasseste Ahnung von der Reichweite dessen gehabt, was da geschah. Die Selbstsicherheit des Freundes räumte alle Bedenken aus dem Weg. Gudmund Kværnland zählte in jugendlichem Übermut alle die Berühmtheiten auf, die er auf die eine oder andere Weise schon hatte verführen können, Schriftsteller, Professoren und Filmregisseure, bevor er in seinem wohlbekannten, derben, verbalen Stil seinen Bericht über den Größten, Shakespeare selbst, schloß, der sogar ein Theaterstück über Homophilie geschrieben hatte, nämlich: »*Ass*, you like it?« Doch Erling Fall war es nicht möglich gewesen, über längere Zeit auf Gudmund Kværnlands heftige Annäherungen einzugehen, und allmählich fand das Verhältnis seine Form in einer *Freundschaft*. Etwa gleichzeitig sah sich Gudmund Kværnland, aus Karrieregründen, wie er sagte, nach einer passenden weiblichen Bekanntschaft um. Er war bekannt für seine raschen Entscheidungen. Und so war die Ehe mit Britt-Elin, bereits zwei Monate nachdem er sie zum ersten Mal im Aula-Keller getroffen hatte, beschlossene Sache.

Die Erinnerungen wurden plötzlich unangenehm scharf und lebendig für Erling Fall, wie er da in dem venezianisch inspirierten Speisesaal der Norske Selskap saß und sich Gudmund Kværnlands intimes Geständnis anhörte, wie schwierig es sei, in einer so langweiligen und konformen Gesellschaft wie der norwegischen zu leben, wie ihn diese Scheidung zwischen Erling Fall und Merete Bøver aus seiner Lethargie gerissen, ihm neuen Lebensmut gegeben habe, obwohl er natürlich Respekt vor der Trauerarbeit des Freundes habe, ha ha. Nun kamen Rindersteaks auf den Tisch, noch ganz blutig, und Gudmund Kværnland saß und beherrschte die Situation, ließ das Gespräch vom Ernsthaften zum beinahe Vulgären springen, um sich schließlich auf das zu konzentrieren, was ihm eigentlich am Herzen lag, nämlich das Bergsteigen.

»In einer Welt wie dieser«, sagte er ernst, »bleibt dem Mann nur eine Chance, er muß sich die absolute Kontrolle erkämpfen.«

»Kontrolle?«

Gudmund Kværnland nickte. »Kontrolle über sich selbst, Erling. Und dadurch Kontrolle über andere. Manche nennen das Macht. In einer chaotischen Gesellschaft wie dieser kann Macht wichtig sein.« Er aß von dem Steak, schnitt das Fleisch in kleine Stücke und führte sie schnell zum Mund, zerteilte die Spargelstangen, bevor er sie verzehrte, zerdrückte die Kartoffeln in der Sauce. Es war methodisch, fast pathologisch, wie er das machte.

»Du hältst mich vielleicht für einen Romantiker«, fuhr er fort, »doch ich wurde bei den Klassikern weise. Das hat etwas mit der Knappheit und Klarheit zu tun, mit der sie sich ausdrücken. Denk nur an all das, was du gerade durchgemacht hast, Erling, an die Scheiße, in der du immer noch steckst, das ewige und übertriebene Analysieren von Gefühlen, manchmal von Gefühlen, die wir nicht einmal haben, diese sentimentale Verwechslung von Begehren und Wollen, Sehnsucht und Denken, das kommt mir alles so bekannt vor, daß es mir weder etwas Neues bringt, noch mich beruhigt. Sobald ich etwas Starkes fühle, will ich, vielleicht gerade weil ich es fühle, etwas anderes fühlen.« Gudmund Kværnland zuckte mit den Schultern.

Erling dachte nach über das, was der Freund gesagt hatte. Vielleicht traf es zu, daß er in all diesen Jahren zu schwärmerisch gewesen war, daß er zu viel gefühlt hatte. Sein Engagement für Merete Bøver war ja vom ersten Moment an ziemlich außergewöhnlich gewesen. Hochzeit im großen Stil. Andere Männer, die er kannte, hatten sich mit ihren Frauen verheiratet, ohne viel Aufhebens davon zu machen. Manche wurden auch geschieden, ohne daß es zu irgendwelchen Skandalen kam. Vielleicht hatte er Merete Bøver einfach viel zu ernst genommen.

»Mallory«, sagte Gudmund Kværnland und ging plötzlich dazu über, Wasser zu trinken. »Er versuchte 1921 und 1922 den Gipfel des Mount Everest zu erreichen. Er versuchte es ein drittes Mal 1924, und das kostete ihn das Leben.«

»Und warum machte er das?«

»›Because it is there.‹ Jedenfalls war es das, was er direkt vor der Expedition sagte. Zusammen mit einem Freund verschwand er an einer Stelle, die achttausendfünfhundert Meter über der Meeresoberfläche liegt. Es hieß, er sei ›going strong for the top‹, aber wer weiß, ob er den Gipfel erreichte? Wahrscheinlich nicht. Ist im Grunde auch egal.«

Erling Fall merkte, daß sich Gudmund Kværnland jetzt warmgeredet hatte. Er hörte sich die begeisterte Rede des Freundes vom Sinn des Bergsteigens an, was es hieß, am Leben zu sein, konzentriert zu sein auf jeden neuen Schritt, alles zu vergessen, ausgenommen das Wissen um das, was vor einem lag. »Wieder die Klassiker«, wiederholte Gudmund Kværnland. »Das Unterscheiden von Begehren und Wollen. Ich bereite für das Frühjahr eine neue Expedition vor. Ein ziemlich schwieriges Projekt, einer von den berühmten Achttausendern. Der Name sagt dir nichts, aber er liegt natürlich im Himalaya, an der Grenze zwischen Nepal und Tibet. Ich finde, du solltest mitkommen. Du hast schon zu viele Jahre als selbstherrlicher Amtsrichter gelebt. Vielleicht war es richtig, daß es ging, wie es ging, zwischen dir und Merete. Sie war eine elegante Frau, aber vielleicht etwas anstrengend? Bergsteigen bedeutet im Grunde, mit wenig zufrieden zu sein, alle falschen Gefühle über Bord zu werfen, die für einen Mann gefährlich werden könnten.« Erling Fall achtete auf die Formulierungen des Freundes. Gudmund Kværnland liebte Sprachnuancen. Erling Fall war sogar einige Male zu Gerichtsverhandlungen gegangen, nur um seine rhetorische Begabung zu erleben, seine offensichtliche Fähigkeit, das Wesentliche zu fokussieren, alles Überflüssige auszusondern, zum Kern der Sache vorzustoßen, sofern es *ihm* paßte, ihn zu finden. Erling Fall wußte, daß Gudmund Kværnland imstande war, für jede kriminelle Handlung eine Begründung zu finden. Allein, daß sie hier in diesen feierlichen Räumen zusammensaßen, bewies, daß der Freund natürlich begründen konnte, warum Erling Fall nicht fähig gewesen war, sich zu kontrollieren, warum er Merete Bøver nachts hatte anrufen müssen, warum er ihre wahrscheinlich genau überlegte Entscheidung so schwer akzeptieren konnte.

Erling Fall merkte, daß er wieder einmal vom Willen des Freundes eingeholt wurde. Er dachte über das eben von ihm Gesagte nach. Er wußte, daß er zumeist mit Wenigem zufrieden war. Pünktlich ins Büro kommen, spüren, wie die Sonne plötzlich wärmte, sich am Kiosk von Brandbu ein Kvikklunsj* kaufen, bevor er zu Merete und den Mädchen nach Hause fuhr. Er wußte, daß er ein Mann für den Alltag war, daß er den Rhythmus des Alltags schon von früher Kindheit an in sich gehabt hatte. Er fühlte sich zwar von allem Kraftvollen und Unvorhersehbaren geradezu angezogen, es war vielleicht auch der Grund, warum er sich damals in Merete verliebte, doch war er zu feige, selbst Verantwortung für Dinge zu übernehmen, die außerordentlich oder ungewöhnlich wirken konnten. Der Gedanke, zusammen mit Gudmund Kværnland einen Berg im Himalaya zu besteigen, war nicht nur absurd, er war darüber hinaus einfach unverantwortlich, denn es war lange her, daß Erling Fall seine letzten unsicheren Versuche am Kolsåsgipfel gemacht hatte. Seine Erfahrung im Bergsteigen war äußerst gering. Er hatte nicht einmal Muskeln dazu,

* Beliebte norwegische Schokoladenwaffel (Anm. d. Ü.).

schon gar nicht die Nerven, aber dennoch saß er da im Norsken und versuchte, sich sachlich zu dieser wahnsinnigen Einladung zu verhalten, und merkte auf einmal, daß ihm Merete fehlte, schmerzlich fehlte, weil er jetzt keine Möglichkeit hatte, mit ihr zu reden, sie um Rat zu fragen wie früher. Was war er doch für ein Schwächling von Mann, dachte er wieder. Er fühlte, wie er bei jedem Wort, das der Freund sagte, kleiner wurde, unsichtbarer und vielleicht sogar feiger. Er war nicht vorbereitet auf neue Herausforderungen, war es eigentlich nie gewesen. Er zog es vor, Bücher zu lesen, die er schon einmal gelesen hatte, Landschaften zu betrachten, die er kannte, sein Leben mit einer Frau zu leben, mit der er schon viele Jahre verheiratet war. Vielleicht war gerade *das* für ihn als Amtsrichter von Vorteil, daß er in gewissem Maße das Verbrechen *kannte*, auch wenn es von einem anderen begangen wurde. Er besaß nämlich Einfühlungsvermögen, dachte er, und er hatte ein gutes Gedächtnis. Er wußte, was das für ein Gefühl war, all diese hinterhältigen Verbrechen zu begehen, die in einem Land wie Norwegen zu dieser Zeit begangen wurden: raffinierte Einbrüche, ausgeklügelte Postraube, brutale Überfälle. Ja, er konnte sich sogar, in gewissem Sinne, in die Situation hineinversetzen, wie man sich fühlte, wenn man gewaltsam in die Wohnung der geschiedenen Frau eindringt, völlig die Selbstkontrolle verliert und sie NIEDERSCHLÄGT! SCHLÄGT, WAS DAS ZEUG HÄLT! SIE VERPRÜGELT! wie es gar nicht so wenige Männer in diesem kleinen Land im Laufe eines Jahres tun. Vielleicht war es gerade dieses unheimliche Einfühlungsvermögen, das ihm jetzt einen Streich spielte, das dazu führte, daß er hier im Norsken saß und sich gewissenhaft all die verrückten Vorschläge von Gudmund Kværnland anhörte, scheinbar verständnisvoll nickte, dem Freund in den Salon folgte, um dort bei einem letzten Whisky weiterzureden.

Es war Gudmund Kværnland, der redete, und mit jedem Wort, das er sagte, wurde der Plan konkreter. Erling Fall sollte mitmachen, nicht um den Gipfel zu bezwingen, sondern um zusammen mit den Trägern im Basislager zu bleiben. Erling Fall sollte mitmachen, weil Gudmund Kværnland davon überzeugt war, daß ihm das guttun würde, weit weg von Frauen, in einer Natur, die so gewaltig war, daß kaum mit auch nur *einem* gleichförmigen Tag zu rechnen war. Er sollte mitmachen, weil sein Leben ohnehin auf dem Kopf stand und weil er es offensichtlich nicht schaffte, das Durcheinander seiner Probleme allein zu entwirren. Lijordet, sagte Gudmund Kværnland, man müsse sich davor hüten, in Lijordet hockenzubleiben, sagte er, weil alle Vorstellungen von Leben, in einer so mittelmäßigen und inzwischen neureichen Siedlung von Einfamilienhäusern, Erling Fall schließlich jeder Urteilskraft berauben würden, es ihm unmöglich machen würden, einen Tag vom anderen zu unterscheiden und weiterzukommen. Was war das für ein makabrer Einfall, heim zu seinen Eltern zu flüchten? Es war ein offensichtlicher Irrtum, den er möglichst schnell überwinden müsse. Gudmund Kværnland redete noch eine weitere Stunde. Vor den Fenstern hing ein dichter und für die Jahreszeit erstaunlich warmer und feuchter Nebel, traurig, ohne bedrohlich zu wirken. Erling Fall spürte das Gewicht eines Gefühls, das er nicht zu benennen wußte, und als er später mit der letzten Straßenbahn nach Hause fuhr, spürte er, fast euphorisch, weil der Gedanke so plötzlich und befreiend war, daß er sich am meisten danach sehnte zu sterben.

Dennoch wollte Erling Fall kein Mann am Rande des Abgrunds werden. Als er eine Woche später mit den Eltern, der Schwester Ingrid und dem Schwager Torgeir Berget sowie deren übergewichtigem und äußerst verschüchtertem Sohn Truls bei einem Familienessen saß, versuchte er alles zu mobilisieren, was er an positiven Kräften besaß. Er hatte seiner Mutter bei den Vorbereitungen geholfen, hatte Kartoffeln geschält, das Fleisch und den Kohl geschnitten, den Pfeffer dazugegeben. Die Mutter hatte sich um das Dessert gekümmert, Verschleierte Bauernmädchen, eine Lieblingsspeise des Schwiegersohns Torgeir Berget, dieses Schwachkopfs, den Erling Fall in all den Jahren zutiefst verachtet hatte und den auch Merete Bøver nie hatte leiden können. Es war Erling Fall unverständlich, wie seine Schwester Ingrid trotz ihres buchstabengetreuen, etwas rigiden und kleinlichen Gemüts, Gefallen an so einem Typen finden konnte, einem gierigen und gefräßigen Krämer, der mit Kühlschränken und Küchenmaschinen reich werden wollte, das aber nicht schaffte, und der deshalb, ähnlich wie Ingrid, offenkundig am Erbe interessiert war, das sie erwartete, wenn Ingeborg und Christian Fall eines Tages nicht mehr waren. Torgeir Berget trug stets pastellfarbene Baumwollkleidung, sogenanntes casual-wear, als wolle er zeigen, daß er sich überall zu Hause fühlte. Er war auch im Haus seiner Schwiegereltern sofort zum Fernseher gegangen und hatte den Apparat eingeschaltet, um ein Fußballspiel zu sehen. Auch wenn Erling Fall sich in all den Jahren, wie er zugeben mußte, nach familiärer Zusammengehörigkeit gesehnt hatte, so war ihm der Umgang mit seiner Schwester Ingrid und deren Ehemann und Sohn doch stets ein Greuel gewesen. Es sah der Schwester ähnlich, dachte Erling Fall, sich einen Mann wie Torgeir Berget auszusuchen, Ingrid hatte ja nie auch nur den geringsten Ehrgeiz gezeigt. Nach einjähriger Ausbildung zur Sekretärin war sie bereit für die Ehe, und der Kühlschrankmann trat in Aktion. Ingrid, dachte Erling Fall, war genauso frei von Ehrgeiz wie er selbst. Ihr einziger Ehrgeiz bestand darin, im Einvernehmen mit ihrem Ehemann, seine Eltern all dessen zu berauben, was sie an irdischen Gütern besaßen. Schon früh in ihrem Leben war Ingrid in die Gewalt eines totalen und alles verschlingenden Materialismus geraten. Ab und zu hatte sie am Randsfjorden angerufen, aber trotz ihrer durchaus akzeptablen Einkünfte als Sekretärin in einer Keksfabrik stets vorgegeben, sie könne es sich nicht leisten, und Erling Fall gebeten, er möge doch sofort zurückrufen, er sei schließlich besser gestellt, wie sie sagte. Jetzt saß sie an der Seite ihres Ehemannes und schlang auf ihre bekannte, gierige Art das in Kohl gekochte Hammelfleisch in sich hinein, sie nahm sich jedesmal so große Portionen wie möglich, und Erling Fall ließ den Blick über den Tisch schweifen. Er sah seine Mutter, die mit voller Absicht zu wenig Fleisch gekauft hatte, er sah seinen Vater, der in Gegenwart seiner jüngsten Tochter immer bedrückt wirkte und sich beharrlich weigerte, etwas anderes anzustarren als die Pfefferdose in der Mitte des Tisches. Er sah den ewig gleichen Torgeir Berget, der mit einem fast bösartigen Ausdruck im Gesicht dasaß und mit seiner Frau beim Essen konkurrierte, obwohl beide wußten, daß einfach zu wenig Fleisch da war, und schließlich sah er seinen Neffen, den jungen, dicken Truls, der neben seinen beiden anderen Neffen Rikard und Bjørn der ihm am nächsten stehende Nachkomme in diesem Leben war. So wie Truls dasaß und aß, auch er mißraten und feindselig, mußte Erling Fall denken: Was in aller Welt verbindet uns eigentlich? Warum sitze ich hier? Worüber reden wir? Was *wollen* wir eigentlich miteinander? Und weil er auf keine dieser Fragen eine Antwort wußte, fiel ihm Gudmund Kværnlands Warnung ein, was ein Bleiben in Lijordet bedeuten würde, und plötzlich merkte Erling Fall, wie intensiv er sich nach dem Himalaya sehnte, sich danach sehnte, unter Sherpas, Börsenmaklern, Ärzten und Glücksjägern zu sein und die Zwänge dieser Zivilisation hinter sich zu lassen, wohl wissend um die Verrücktheit des Vorhabens, einen Berg zu besteigen.

Aber ihn erfaßte einfach Panik. Nach dem sinnlosen Essen der Familie, wenn auch ohne Frøydis und ihre Familie, bei dem in den über vier Stunden des Zusammenseins absolut nichts von Bedeutung gesagt worden war und nach dessen Ende Erling Fall, als eine Art Läuterung, trotz der geifernden Proteste der Mutter für seinen Vater Strawinskys *Frühlingsweihe* hatte spielen müssen, beschloß er, Gudmund Kværnlands Angebot anzunehmen, unter der Voraussetzung, daß ihm vom Lensmann in Lunner erlaubt werde, das Land für einige Zeit zu verlassen. Er war stolz auf sich, weil er in diesen Wochen in Lijordet weniger getrunken und Merete Bøver wahrscheinlich kein einziges Mal angerufen hatte. Das hieß nicht, daß er nicht an sie gedacht hätte, er unterhielt sich in Gedanken ständig mit ihr, aber es gelang ihm, darauf zu verzichten, sie spätabends anzurufen, vielleicht auch, weil das Telefon direkt vor dem Schlafzimmer seiner Eltern stand und er jetzt nach der Anzeige vorsichtiger geworden war. Und es schien, als hätte diese Therapie gewirkt, hätte etwas in ihm verändert, so daß er sich allen Ernstes darauf vorbereiten konnte, in den Himalaya zu fahren, obwohl ihm beim bloßen Gedanken daran die Knie schlotterten.

Der Winter war gekommen und war schnell vorübergegangen, Norwegen stand nach wie vor außerhalb der Europäischen Union und Gudmund Kværnland kletterte mit seinem Freund Erling Fall in der Kolsåswand, hänselte ihn damit, daß er es vielleicht doch schaffen könne, den Gipfel dieses mächtigen Berges zu erklimmen, dessen Name nur aus unverständlichen Symbolen bestand. In solchen Augenblicken hatte Erling Fall das Gefühl, daß er tatsächlich am liebsten sterben würde, wovon aber keine Rede sein konnte, weil er dafür einfach zu feige war. Er fühlte sich alt, während Gudmund Kværnland sich als jung definierte. Der erfolgreiche Rechtsanwalt und Investor war bei der großen Mahlzeit, die sein Leben darstellte, noch nicht einmal mit der Vorspeise fertig, während Erling Fall das Gefühl hatte, daß alles vorbei sei, Grund genug, daß er sterben wollte. Aber er hatte nicht das Alter dazu, und außerdem hatte er Angst, weil er Schmerzen im linken Hoden hatte, nicht imstande war, die Blase richtig zu entleeren. Jeden Tag las er etwas über Brustkrebs in der Zeitung. Er wußte, wie hysterisch Merete Bøver fürchtete, plötzlich einen Knoten in der Brust zu tasten, aber sie hatte auch, mit einem fast schadenfrohen Grinsen, festgestellt, daß Prostatakrebs noch gefährlicher war, daß Tausende von Männern daran starben, weil sie irgendwo im Unterleib Geschwülste bekamen. Erling Fall vermutete, daß es vielleicht die Kastration war, die ihn nervös gemacht hatte, ja, er sprach jetzt ganz bewußt von Kastration, dachte oft an das Skalpell, das den Schnitt vorgenommen hatte, das vielleicht am Vortag dazu benutzt worden war, einen Tumor zu entfernen, und das man möglicherweise nicht ordentlich sterilisiert hatte, und wer wußte schon, ob es nicht übertragbare Krebsformen gab? Solche Gedanken tauchten jedesmal auf, wenn er den stechenden Schmerz im linken Hoden oder an anderen Stellen im Unterleib spürte. Er war bereit zu sterben, doch von Angst erfüllt, denn es war ja immer das Bekannte, was er liebte, und immer das Unbekannte, was er haßte. Oben am Randsfjorden gab es nichts Unbekanntes. Während er in der Kolsåswand hing, schritt Gunnar Hov über die Äcker und kontrollierte den Lauf der Natur. Alle zwei Wochen rief Erling Fall bei Gunnar Hov an, doch es gab nichts Neues, kein Ereignis, kaum einen Kommentar über das Wetter, denn Gunnar Hov wollte nicht reden, jedenfalls nicht mit Erling Fall. Je mehr Erling Fall fragte und bohrte, um so weniger erfuhr er. Es *geschah* ja nichts da oben, nicht einmal ein *Fuchs* wurde auf der Straße überfahren, und es war genau diese Ereignislosigkeit, die Erling Fall geliebt hatte, so, wie all die trivialen Schriftstücke im Büro des Amtsrichters, all die Rechtsstreitigkeiten um Unterhaltszahlungen, die Eigentumszwistigkeiten und die periodisch wiederkehrenden Gerichtsverhandlungen mit den armen Gesetzesbrechern nur einen Zustand der Unveränderlichkeit bestätigten, als würde es, in einer solchen Landschaft, keinem in den Sinn kommen, einen Mord zu begehen. Und diese Gedanken hatte Erling Fall schon früher häufig gedacht, mit einem plötzlichen Gefühl, daß die Hölle selbst in ihm zu lachen begann, daß er selbst, außerhalb dieser Sicherheit, trotz allem, Tag für Tag Ruhe und Ordnung wiederherstellen mußte, denn im tiefsten Innern war er für das Chaos geschaffen.

Der Frühling kam. Für einen kurzen Augenblick erkannte Erling Fall: ich bin nichts, absolut nichts. Vielleicht war das der Grund, warum er so oft das Gefühl hatte, er träume das alles nur, seine Freunde, seine Eltern, und daß selbst Merete Bøver ein Traum gewesen war. Es erschien absolut normal, daß Merete Bøver vom

Randsfjorden nach Lillestrøm gezogen war. Zugleich erschien es absolut unvorstellbar, da Erling Fall selbst nie eine Beziehung zu Lillestrøm gehabt hatte. Es kam ihm unbegreiflich vor, daß seine frühere und vermutlich einzige Frau in seinem Leben an einem Ort ansässig werden sollte, der für ihn ohne jede Bedeutung war. Während er sich auf die Abreise vorbereitete, dachte Erling Fall, daß er sich seine Frau lieber in einer Umgebung vorstellen würde, die ihm rundum vertraut war, am Randsfjorden, mit den Geranien, dem Flieder und den Hängelobelien. Er würde sie gern als Hausfrau auf einem Hof sehen, den *er* gekauft hatte, und nirgends sonst. Noch wagte er es, sich in kurzen, übermütigen Augenblicken vorzustellen, daß er berühmt und umschwärmt war, ein Triumphator. Gudmund Kværnland benutzte solche Termini, und vielleicht war das der Grund, warum Erling Fall soviel Zukunft in den verlokkenden Visionen des Freundes sah, warum er eines Tages plötzlich auf dem Flugplatz Fornebu stand, zusammen mit all den anderen Bergsteigern, alten Hasen, wie man so sagt, für die es im Gegensatz zu ihm eine *Notwendigkeit* war, den Gipfel zu erreichen.

Zu diesem Zeitpunkt hatte sich Erling Fall die ausdrückliche Genehmigung besorgt, das Land für sechzig Tage zu verlassen. Er hatte an allen vorbereitenden Seminaren und Übungstouren teilgenommen. Er war nachts jäh erwacht und hatte gedacht: Will ich wirklich mitmachen? – an diesem kalkulierten Risiko? – an dieser männlichen Verrücktheit? Erling Fall wußte, daß ein Epileptiker stark wie ein Riese sein konnte, wenn der Anfall kommt, daß ein Paranoider klarer denken kann als die meisten normalen Menschen. Jetzt sollte also er eine äußerste Grenze des Daseins erfahren, aber war er nicht eher für die Niederlage auf einer schönen Blumenwiese in der Kommune Søndre Land geschaffen als für einen Sieg in einer unfruchtbaren Landschaft des Himalaya, verblendet in der Seele und allein mit seiner Ohnmacht?

Es war offensichtlich, daß Gudmund Kværnland etwas für ihn tun wollte, ihn beeinflussen oder verändern wollte, ihn neu erschaffen wollte, wie der Knopfgießer. Der Freund schien zu wissen, wie selbst die unbedeutendste Kleinigkeit ihn quälen konnte, wie Erling Fall bereits von Wehmut verzehrt wurde, wenn eine Wolke sich langsam vor die Sonne schob. Sie hatten sich darüber unterhalten, während Kværnland dem Freund die elementarsten Regeln für den Aufenthalt in extremen Höhen beibrachte. Erling Fall wußte, daß er am glücklichsten war, wenn er sich nach nichts sehnte, wenn er nicht einmal davon träumte, sondern sich in einem fast vegetativen Dämmerzustand befand, sich fühlen konnte wie Moos, das auf Steinen wächst. Er wollte nicht den Gipfel, er sehnte sich nach dem *Tiefstpunkt*. Er versuchte Gudmund Kværnland zu erklären, daß er nie jemanden gehabt hatte, den er mit »Meister« ansprechen konnte. Wie der portugiesische Fernando Pessoa in seiner selbstquälerischen Einsamkeit fühlte Erling Fall, daß kein Christus für ihn gestorben war, kein Buddha ihm den Weg gezeigt hatte, kein Apollon, keine Athene auf den Berg seiner Träume gekommen war, um seine Seele zu erleuchten. Und Gudmund Kværnland schien das alles zu verstehen, doch ohne daß ein solches Lebensgefühl für ihn im Gegensatz zur Besteigung eines Berges im Himalaya stand, eher umgekehrt. Und Erling Fall hatte diese Prämissen akzeptiert, hatte sie auch akzeptiert, weil diese Tour, paradoxerweise, passend für ihn war. Gudmund Kværnland hatte recht. Lijordet war auf Dauer nicht der richtige Ort. Er hatte im Zimmer seiner vergangenen Kindheit keinen Seelenfrieden gefunden. Er lief im Kreis, merkte, daß er genau das gleiche fühlte wie am Vortag, daß er war wie ein lebender Leichnam, unfähig zum Leben, unfähig, neben dem Vater zu sitzen und Hindemiths *Mathis der Maler* zu hören, weil sich damit nichts mehr bewegte, weil sich die Lähmung und die Sprachlosigkeit des Vaters allmählich auf ihn übertrug, weil er merkte, daß es immer weniger gab, worüber er mit seiner Mutter reden konnte, und weil die ewigen Besuche von Ingrid und Torgeir und ihrem ekligen, dikken Kind nur noch deutlicher entlarvten, wie gierig sie waren, wie sie sich jetzt tatsächlich angewöhnt hatten, sogar mehrmals in der Woche zu kommen, um gratis verköstigt zu werden. Während dieser Monate wurde Erling Fall bewußt, daß er in eine Depression gefallen war, daß er sein eigenes Selbst in einem Maße abgelegt hatte, daß zu existieren das gleiche war wie sich anzukleiden. Er nahm die Natur nicht mehr wahr. Selbst wenn er mit den Skiern hinein durch Sørkedalen und weiter hinauf zur Kobberhaughütte gelaufen war, konnte er sich nicht über das zarte, schöne Winterlicht freuen. Er war oft stehengeblieben an der Stelle, an der er Merete Bøver eingeholt hatte. Da stand er dann und dachte an all die zahllosen, sanften Sonnenuntergänge, die ihren Glanz über Landschaften warfen, die er nie zu sehen bekommen würde.

So war es leicht, das alles hinter sich zu lassen und, gemeinsam mit all diesen durchtrainierten Männern, abzureisen, die so lässig über Stress, Logik, Taktik und Koordinierung redeten, über Jak-Ochsen, Baumwollzelte, Verbindungsoffiziere und all dieses Geheimnisvolle, über das Leute mit einem Wissen über Tibet, Pakistan und Nepal gern miteinander sprachen. Erling Fall stellte fest, daß er seinen Platz in dieser Gemeinschaft ohne Schwierigkeiten fand, und ihm war klar, daß Gudmund

Kværnland das vorausgesehen hatte. Er war der geschiedene Amtsrichter, der die Verantwortung für die Funkverbindung im Basislager hatte. Sie wußten um seinen Skandal, daß er, ironischerweise, wegen Telefonterrors angezeigt war. Das spielte keine Rolle. Fast jeder von diesen Männern hatte irgendeinen dunklen Punkt, einer soll sogar wegen Versicherungsbetrugs ein paar Monate gesessen haben, wenn man Gudmund Kværnlands Andeutungen glauben konnte. Er war unter Männern, die begriffen hatten, daß es im Leben auf und ab ging. Einige waren außerdem geschieden wie er. Erling Fall hörte sich ihre Geschichten an. Im Flugzeug, als der Wein zu wirken begann, wurden es beinahe vertrauliche Gespräche. Es ist leicht, im Flugzeug zu reden, wenn man zusammen eine Expedition vor sich hat, dachte Erling Fall, während er in sechsunddreißigtausend Fuß Höhe auf dem Weg nach Bangkok war. Ihm graute vor der Begegnung mit Asien. Er war vor fast zehn Jahren mit Merete Bøver in Asien gewesen. Damals hatte er gemerkt, daß seine Empfindlichkeit gegenüber allem Neuen fast beängstigend war. Merete Bøver war nach Thailand gekommen, um zu *sehen*, um sich, wie sie sagte, zu neuen Bildern inspirieren zu lassen, und sie hatte sich in der Tat einige Buddhistentempel, einige Märkte, einige Reisfelder und einige Restaurants angeschaut, aber sie hatte nichts *gesehen*, und sie hatte auch den plötzlichen, hohen und bedrohlichen Laut nicht *gehört*, der vielleicht von ihm her kam. *Er* dagegen hatte ihn gehört, wie eine Vorwarnung, und danach: den Laut vom Erlöschen aller Dinge, die Luft, die vibrierte, oder war es nur das Geräusch seiner Lungen und seines klopfenden Herzens? Er konnte nicht schlafen in Asien. Alle diese Menschen hatten ihre Geschichte, und es gab so viele davon. Drückende Luft, unbewegliche Wolken, und dennoch: eine glückliche Landschaft, die jederzeit aus der Trockenheit oder dem Regen auferstehen konnte, die großen Extreme – und all die Menschen, die ungeachtet ihrer Schicksale zuversichtlich wirkten, fast heiter.

Er hatte damals einen Abstand zu Merete gespürt. Sie kam zurück von der Reise und erzählte von vergangenen Kulturen, von denen sie, dies sein Verdacht, eigentlich nichts verstanden hatte. Sie hatte einen kleinen Zipfel von Asien gesehen, und es waren Kulissen, in die sie sich verliebt hatte, die Häuser, die gebratenen Hühnchen, das gute Bier, während er sich in der Landschaft und den Gesichtern der Menschen verlor, die in so erstaunlichem Maße über die Freude und den Schmerz erhaben waren. Er hatte diese Menschen um ihre Würde beneidet, und er hatte gedacht, daß er sich sogar vorstellen konnte, dort zu leben, weit weg, weil er sich plötzlich nicht mehr als Amtsrichter Erling Fall fühlte, sondern als ein glücklicher Mensch, der in diesem Moment wußte, daß er unglücklich war.

Sie hatten einige Monate lang mit dem Gedanken gespielt, dorthin zu ziehen. Es war ja so billig dort. Aber was sollte mit Siri, was mit Lotte geschehen? Und wovon sollte Erling Fall leben? Er konnte ja schlecht ein Amtsrichterstipendium beantragen. »Werde Wirtschaftsanwalt«, war Merete Bøvers Vorschlag, da Erling Fall sein Leben lang die Börsengeschäfte verfolgt hatte. Und jetzt, viele Jahre später, wurde ihm klar, daß *das* vielleicht gar nicht so dumm gewesen wäre, denn genau dasselbe hatte Gudmund Kværnland gesagt: »Ich könnte dich da drüben brauchen, denn ich steige dort ein bißchen unternehmerisch ein, und ich weiß, daß du den Markt kennst, aber darüber können wir reden, wenn der Berg bezwungen ist.«

Ja, zuerst mußte der Berg bezwungen werden, und Erling Fall versuchte, die unangenehmen Gedanken an Merete Bøvers ichbezogene und oberflächliche Beziehung zu Asien abzuschütteln, daran, wie sie sich noch Jahre danach über Buddha ausließ, über eine Weisheit, die schließlich zum Nichts verdampfte, zu einem trunkenen Lachen. In Asien hatte er zum ersten und einzigen Mal einen Hauch von Verachtung für sie empfunden. Aber jetzt war er mit Bergsteigern zusammen, Spitzenkräften aus der Wirtschaft mit dicken, kräftigen Armen und Oberschenkeln, Lars Martin Høinæss von DnB, Alf Brubekk von Leo Burnett, dem Fotografen des Teams, Nils Petter Drangedal von der steinreichen Dreimannfirma Multible Offshore und dem Neumilliardär Leif Erik Sundal von der Maklerfirma mit dem fast unerträglich hochtrabenden Namen Inside Trading a/s. Der Arzt hieß Bjarne Gade und war Pathologe am Gerichtsmedizinischen Institut. *Das* nun erschien Erling Fall etwas makaber, und auch Gudmund Kværnland, der Expeditionsleiter, machte oft und gern seine Witze darüber, wer von ihnen zuerst von Gade zerlegt werden würde. Diese Norweger waren alle über einsneunzig groß und strotzten vor Energie, auch wenn einige einen schon ziemlich düsteren Lebensappetit an der Grenze zur Verzweiflung hatten. Die Träger Lhakpa Tshering und Ang Gyalu wollte man in Katmandu treffen. Zusammen mit einem Dutzend Helfern und weiteren Trägern setzte sich daraus die Kværnland-Expedition 1995 zusammen. Die Presse hatte natürlich ausgeschlachtet, daß gegen ein Mitglied der Expedition ein Verfahren lief, aber das hatte Gudmund Kværnland zu einer Sache der persönlichen Moral erklärt. Der Amtsrichter Erling Fall sei seit vielen Jahre ein enger Freund von ihm, hatte er betont.

Ja, dachte Erling Fall im Flugzeug nach Bangkok, diese Freundschaft war nicht zu Ende. Gudmund Kværnland hatte, so wie er es jetzt sah, eine Hand ausgestreckt, und Erling Fall hatte sie bereitwillig ergriffen. Und wie das eigentlich alles gehen sollte, konnte sich Erling Fall schwer vorstellen, obwohl er sich auf dem Flug und bei der Ankunft in Bangkok und der Einquartierung in dem großen, internationalen Hotel unten am Fluß wohl fühlte. Doch Bangkok war nur eine Zwischenstation. Nach zwei Tagen des Akklimatisierens mit Hühnchen Satay, Sihnga Beer, dem Besuch einiger Tempel und einem idiotischen Treffen mit der Botschaft ging es weiter nach Norden, nach Katmandu, wo der Rest der Expedition wartete. Und Erling Fall dachte, sofort als er die gewaltige Silhouette dieser Berge sah und während das Flugzeug im steilen Anflug auf die Rollbahn herunterging, daß sich etwas in ihm gewendet hatte, daß die bloße Distanz ihn von Merete Bøver weg und dem nähergebracht hatte, das er sein Selbst zu nennen wagte, daß die von Gudmund Kværnland für ihn getroffene Wahl richtig gewesen war, daß ein Seufzer aufstieg aus dem tiefen Tal seines Bauchs.

Er merkte, daß die Fenster des Flugzeugs zitterten, daß er fiel und fiel und daß der Wind blies.

DRITTER TEIL

Das Tal war karg und grau und lag versteckt zwischen zwei Bergen. Auf der Südseite bestand es aus einem zusammenhängenden steilen Hang, der sich vom Talgrund bis hinauf zum eigentlichen Paß zog. Extrem, dachte Erling Fall. In jeder Hinsicht furchteinflößend, besonders wenn der Wind in gewaltigen Stößen von oben herunterfegte. Als würden alle Entfernungen kürzer, rückten die Horizonte näher. Etwas wie Klaustrophobie, trotz der Dimensionen. Stein auf Stein. Schnee. Plötzlich blauer Himmel. Wieder Schnee. Die Berge wirkten so nah, weil sie so hoch waren und unerreichbar. Plötzliche Stille, und auf einmal der Lockruf des Dovrealten persönlich: Wagst du es? Kommst du? Um gleich darauf, mit sirenenartig heulendem Wind, zu warnen: O nein, du kleines Menschengewürm; wage nicht die Kraftprobe mit mir!

Wie ein Hauch von Angst, dachte Erling Fall, sich wundernd darüber, daß er sich tatsächlich hier befand, eine Angst, die in die Adern kroch; und zugleich die Befreiung, die Erwartung, die alle in einen Rausch versetzte. Ein Schatten, scharf wie ein Messer, zerschnitt das Licht. Das war der Berg, auf den sie wollten.

Das Basislager mußte auf der Westseite des Passes eingerichtet werden, in einer Höhe von fast fünftausendfünfhundert Metern. Erling Fall spürte, daß er bereits angestrengter war als gewöhnlich. Sogar hier auf dem Himalaya-Plateau schleppte er seine alte, triviale Ängstlichkeit mit sich herum: Die Schmerzen im linken Hoden. Die Vorstellung eines möglichen Prostatakrebses der aggressiven Sorte war bereits in Katmandu aufgetaucht, nachdem er den ganzen Abend eine seltsame Mixtur, bestehend aus Butter-Tee, getrunken hatte, weil Bjarne Gade darauf bestand, daß es ihm guttun würde, und Reisschnaps, den ihm der Arzt weniger empfohlen hatte. Erling Falls psychischer Zustand besserte sich auch nicht durch die Influenza, die sich Alf Brubekk zugezogen hatte, und auch nicht durch die spürbare Angst des Arztes Bjarne Gade, als der, ebenso wie Erling Fall, zum erstenmal zu dem mächtigen Berg hinaufschaute, dessen Besteigung sich Gudmund Kværnland vorgenommen hatte. Bjarne Gade war zwar groß und massig, aber mit einer Haarfarbe an der Grenze zum Albino und einem offensichtlich sehr sensiblen Gemüt machte er nicht gerade einen robusten Eindruck.

Trotz der Krankheitssymptome hatte Erling Fall das Gefühl, in erstaunlichem Grade zu einem Teil des Teams geworden zu sein, ja von diesen Männern tatsächlich in hohem Maße geschätzt zu werden, sicher wegen Gudmund Kværnlands Einsatz. Er empfand es jetzt fast als eine besondere Qualifikation, sowohl geschieden als auch Amtsrichter zu sein. Denn keiner von ihnen schaffte es, seine banalen Geschichten hinter sich zu lassen. Jeder schleppte seine Frustrationen mit im Gepäck. Geschiedene Männer. Enttäuschte Männer. Lars Martin Høinæss von DnB hatte ihm bereits im Flugzeug nach Bangkok anvertraut, daß er sich, nachdem seine Frau die Scheidung verlangt hatte, tagelang mit dem Gedanken trug, seine Frau durch einen Stromschlag umzubringen, und Nils Petter Drangedal von Multible Offshore war eines Abends in Katmandu vehement über den Feminismus im allgemeinen hergezogen und im besonderen über Frauen, die wieder ins Berufsleben zurückwollten. So fühlte sich Erling Fall plötzlich in einer seltsamen und maskulinen Gemeinschaft aufgenommen. Diese Männer wollten, genau wie er, weiterkommen in ihrem Leben, hatten es aber noch nicht geschafft, sich mit der Vergangenheit auszusöhnen. Er hatte sich seine Gedanken gemacht, was Merete Bøver wohl sagen würde, wenn sie in diese Gemeinschaft von Bergsteigern geraten würde, und das war nicht erfreulich. Es waren dies Männer, die sich darauf vorbereiteten, einen Berg zu bezwingen. Sie hatten alle ihre Gründe dafür; vielleicht würde ihnen der Berg vergessen helfen, und auch wenn Erling Fall in erster Linie für die Funkverbindungen zuständig war, so hatte er doch das Gefühl, daß er wirklich zu dieser Gemeinschaft gehörte, daß er Furcht und Hoffnungen mit seinen neuen Kameraden teilte. Sie waren schon ziemlich weit gegangen, gestiegen und geklettert, und obwohl sich Erling Fall von Anfang an elend gefühlt hatte, merkte er, daß er in der Gemeinschaft seinen Platz gefunden hatte. Das Licht war grell, das Terrain inzwischen so gefährlich, daß sogar seine Angst, sich einen Prostata- oder Hodenkrebs zugezogen zu haben, lächerlich wirkte. Das Wiedersehen mit Asien. Dem gewaltigen Asien. Besonders mit einem der Träger, Ang Gyalu, verstand er sich gut. Ang Gyalu war zweimal auf dem Everest gewesen, einmal auf dem K2, dem Kanchendzönga, und dreimal auf dem Annapurna I. Ang Gyalu bestimmte die Geschwindigkeit der Expedition und konnte bestätigen, daß das, was Gudmund Kværnland zu Hause in Oslo behauptet hatte, zutraf, daß nämlich die mit der besten Kondition oft die größten Schwierigkeiten mit dem Akklimatisieren hatten. Erling Fall meinte einen Anflug von Ironie in der Stimme des Freundes bemerkt zu haben, als Gudmund Kværnland ausgerufen hatte: »Dann bist tatsächlich du der *Stärkste* von uns, Erling!« Damit war es plötzlich leichter verständlich, warum es so viele, in Erling Falls Augen verweichlichte, Millionäre geschafft hatten, zum

Beispiel auf den Gipfel des Mount Everest zu gelangen. Es ging also vielleicht weniger um die Kondition und vielmehr um psychische Faktoren, darum, den am meisten Energie sparenden Bewegungsrhythmus finden zu können. Außerdem mußte Erling Fall nicht bis ganz hinauf zum Gipfel. Bjarne Gade hatte sich interessiert erkundigt, wie sich Erling Fall damit abfinden konnte, *nicht* für den Gipfel bestimmt worden zu sein. Erling Fall hätte beinahe gesagt, es sich aber verbissen, daß er nie, egal in welcher Situation, dazu bestimmt worden war, den Gipfel zu erreichen, und genau das hatte Gudmund Kværnland vermutlich erkannt und begriffen. Er sollte keiner Gefahr ausgesetzt werden. Dabei zeigte sich Ang Gyalu besorgt darüber, wie hoch das Basislager gelegen war. Auf fünftausendfünfhundert Metern Höhe nimmt der Luftdruck um die Hälfte ab, und die Menge an Sauerstoff, die man einatmet, reduziert sich entsprechend. Wie Ang Gyalu sagte: »Wir sind nicht geschaffen für Höhen über fünftausenddreihundert Meter. Der Mensch geht dort langsam zu Grunde. Nirgends auf der Welt findet sich eine Ansiedlung über dieser magischen Grenze.« Es schwang etwas Unheimliches in diesen Worten, nicht zuletzt, weil Erling Fall wußte, daß die Grenze bald hinter ihnen lag. Sie waren langsam aufgestiegen, etwa dreihundert Höhenmeter pro Tag, und Erling Fall wußte, daß jeder von ihnen jetzt unter Kopfschmerzen und Übelkeit zu leiden hatte. Alle hatten sie ihre reichliche Dosis Diamox bekommen, ein Mittel, das eigentlich zur Behandlung von Grünem Star gedacht war. Erling Fall hatte nun lange genug die verschiedensten Geschichten über die Leiden und Schicksale anderer Bergsteiger gehört, wie Gudmund Kværnland bei seinem Versuch, den Annapurna zu besteigen, ständig mit Kopfschmerzen, Übelkeit und Apathie zu kämpfen hatte. Die Harnproduktion verringerte sich ebenfalls deutlich, und einmal war er überzeugt gewesen, sich ein Höhenlungenödem mit Flüssigkeit in der Lunge zugezogen zu haben. Der Arzt hatte jedenfalls gurgelnde Laute gehört, die Atmung war schnell und der Puls war hoch gewesen. Die Niederlage am Annapurna war der eigentliche Anlaß, warum sich Gudmund Kværnland ausgerechnet *diesen* Berggipfel ausgesucht hatte. Dennoch hatte es nicht den Anschein, als würde ihm die Expedition sehr viel bedeuten. Für Erling Fall hatte sich der Freund eher nonchalant benommen, seinen makabren Humor zu den unpassendsten Gelegenheiten eingesetzt, jedesmal mit den Schultern gezuckt, wenn jemand von früheren Katastrophen auf genau diesem Berg zu berichten wußte. Immerhin hatten seit dem Zweiten Weltkrieg sieben Bergsteiger in derselben Nordwand, die sich die Kværnland-Expedition vorgenommen hatte, den Tod gefunden. Ang Gyalu erzählte, wie schlecht es ihm gegangen war, als er vor fünf Jahren den Australier Andrew Watkins zum Gipfel begleitete. Bei jedem Atemzug hatte er gemeint, einen Stacheldraht durch die Lunge zu ziehen, und fünfhundert Meter unter dem Gipfel hatten sie auf einem Felsblock den sterbenden Howard Pratt entdeckt, den legendären englischen Millionär, der einige Tage vor ihnen aufgestiegen war und jetzt mit Sehstörungen bei dem kleinen Zelt lag, das sein Sarg werden würde. Pratts Gehirn war zu diesem Zeitpunkt geschwollen, und die Beine waren teilweise gelähmt. Ang Gyalu und Andrew Watkins hatten nicht genug Sauerstoff dabei, um etwas unternehmen zu können, konnten aber Howard Pratt zumindest dabei helfen, über das Basislager seine Frau in Sydney anzurufen und ihr Lebewohl zu sagen. Als Erling Fall diese Geschichte zum ersten Mal hörte, hatte er gedacht, warum haben wir Männer diese Todessehnsucht, warum war er *selbst* in eine Höhe mitgegangen, die ihn in den nächsten Tagen fertigmachen würde. Seine Fähigkeit, Angst zu haben, hatte ihn von jeher verwundert, und er hatte deshalb sein Leben lang versucht, alle Situationen zu vermeiden, die ihn in Schrecken versetzen konnten. Was war das nur für eine Macht, die Gudmund Kværnland über ihn besaß, wenn er jetzt irgendwo in Nepal an der Grenze nach Tibet mit diesen Leuten ging, in einer Landschaft, in der Menschen nicht gehen sollten. Er *hatte* sogar dem Freund gegenüber einmal seine Zweifel geäußert, doch da hatte Gudmund Kværnland gesagt: »Wer kann dich davor retten, zu existieren? Du hast keine Todessehnsucht, Erling, aber es ist etwas in dir, das sich auch nicht nach dem Leben sehnt. Verstehst du? Ich spreche von diesem anderen, das in der Tiefe der Unruhe glitzert, ha ha, wie ein möglicher Diamant in einem Bergwerk, in das niemand hinunterkann.« Erling Fall hatte einen Moment lang über dieses Bild nachgedacht und auf der Stelle das Gewicht dieses schmerzhaft wirklichen und zugleich unmöglichen Universums gespürt, dem er für eine Weile angehörte. Und dann hörte er sich laut und deutlich wie die Gans im Märchen sagen: »Ich komme mit.«

Aber es war ja die Gans, die gebraten wurde! Und wer weiß, ob es dem Huhn gelang, die Welt vor dem Untergang zu retten, wenn es hinaufkam zum Dovrefjell. Während Erling Fall in der grellen Sonne und dem eiskalten Wind mit dem schweren Rucksack durch eine Landschaft marschierte, die eine schockartige Wirkung auf ihn hatte, wurde ihm klar, daß sich keiner der Männer, deren Rücken er vor sich sah, zum Ziel gesetzt hatte, mit dieser Expedition die Welt zu retten. Trotzdem fühlte sich Erling Fall hin- und hergerissen zwischen einer Zwangsvorstellung und dem Gedanken an Merete Bøver. Nicht einmal *hier* gelang es ihm also, nicht an sie zu denken! Nicht einmal die plötzlichen Eiswinde konnten sein Hirn freiblasen! Denn hatte er nicht endlich, nach all den plötzlich so intensiven und vertrauten Gesprächen mit dem Arzt Bjarne Gade, begriffen, daß es wirklich ganz einfach *war*: es *war* Merete Bøver, der er imponieren wollte, er wollte endlich jemand sein für sie, wollte ein für alle Mal diesen Skjalg Antonsen fertigmachen, denn jetzt machte Erling Fall tatsächlich etwas, was Merete Bøver ihm nie zugetraut hätte! Er befand sich in einer Natur, gegen die das heimische Rondane-Gebirge sanft gerundete, idyllische Hügel waren. Er hatte eine unbändige Lust, sie anzurufen, um zu hören, was sie eigentlich dachte, nachdem nun schwarz auf weiß zu lesen stand, daß Amtsrichter Erling Fall ein Teilnehmer an der Kværnland-Expedition war. Wurde er *jetzt* interessant genug? Es gab ja auch ein psychologisches Moment, das Gudmund Kværnland kurzerhand ausgenutzt hatte: »Gegen dich läuft eine Anzeige, Erling, weil deine Ex-Frau dich für einen Telefonterroristen hält. Aber wenn du mitkommst mit mir, schlägst du zwei Fliegen mit einer Klappe: Du zeigst damit Merete, daß ein Jazz-Gitarrist aus Lillestrøm niemals Teilnehmer an der Kværnland-Expedition werden wird. Außerdem signalisierst du, daß du wahrhaftig bereit bist, etwas Dramatisches mit deinem Leben anzustellen, ins Innere Asiens fährst, wo noch immer der Geist des Buddhismus über den Gipfeln schwebt, kurz: daß du bereit bist, dich zu *verändern*, ein Mann wirst, mit einer gewissen Aura. Frauen mögen so etwas, verstehst du? Wir benehmen uns vielleicht wie Böcke, wie Stuten, aber viele Frauen wollen uns so *haben*, und Merete Bøver gehört zu ihnen, ist eigentlich eine kleine Möse, die einen Macho-Liebhaber will, Erling, eine, die eigentlich nie bei einem netten, hilfsbereiten und pflichtbewußten Amtsrichter hätte anbeißen dürfen, der noch dazu seinem Beruf in der Provinz nachgeht, sondern bei einem Künstler-Schwanz auf Hvaler*. Ja, Erling, du hättest am *Meer* leben und ein großer, dunkelhäutiger Kerl sein müssen, der Schnaps säuft, und du hättest sie ficken müssen, wenn sie gerade nicht will, denn das vor allem hätte sie gewollt.« Erling Fall hatte zugehört und den Kopf geschüttelt und gegen all die absurden Behauptungen des Freundes protestiert, doch zugleich gewußt, daß in allem, was Gudmund Kværnland sagte, ein Körnchen Wahrheit steckte, und deshalb, dachte er weiter, ohne sich in irgendeiner Weise an die Landschaft gewöhnen zu können, in der er ging, war er hier unter Männern, die, vielleicht ein wenig übertrieben, etwas kompensieren mußten. Das hatte er bereits bei den mehr existentiellen Gesprächen mit Ang Gyalu festgestellt. Es klang nicht freundlich, wenn der Neumilliardär Leif Erik Sundal von Inside Trading a/s anfing, über Buddha zu sprechen. Lars Martin Høinæss wirkte ebenfalls ziemlich hilflos, wenn es um die vier Wahrheiten ging oder die internationalen Beziehungen, Tibets Situation in bezug auf China und Nepals Situation in bezug auf den Tourismus. Es klang nicht freundlich, weil es *zu* freundlich war. Außer Gudmund Kværnland war allein Bjarne Gade in der Lage, eine echte Kommunikation mit Ang Gyalu zu führen. Alf Brubekk von Leo Burnett war erstaunlich ungebildet und hatte noch immer gewisse Probleme, Hinduismus und Buddhismus vom Islam zu unterscheiden. Aber Bjarne Gade, der Mann, der täglich im Gerichtsmedizinischen Institut Leichen sezierte, schaffte es, Ang Gyalus Augen zum Leuchten zu bringen, dieser

* Hvaler: Unter Künstlern beliebte Inselgruppe an der Einfahrt zum Oslo-Fjord (Anm. d. Ü.).

vierzig Jahre alte Gebirgler, von dem Gudmund Kværnland auf seine gemeine und trotzdem zum Lachen reizende Art meinte, er sei insgeheim Homo. Warum würde er sonst sein Leben damit verbringen, ständig mit Männern herumzulaufen? Wenn Ang Gyalu nichtsahnend neben ihm saß, scherzte Gudmund Kværnland gern, daß er mit Unterstützung von Bergführern demnächst die Expedition »Die ersten Homos auf dem Mount Everest« leiten würde, und auf dem Gipfel würde er über Satellit seine Frau Britt-Elin in Oslo anrufen und die Scheidung verlangen. Es überraschte Erling Fall, daß der Freund seine eigene sexuelle Identität noch so wenig geklärt hatte, und er begann sich zu fragen, was der Freund eigentlich für die anderen Expeditionsteilnehmer empfand. Erling Fall hatte immer noch Schwierigkeiten, zu verstehen, was damals in der Schulzeit zwischen ihm und Gudmund Kværnland passiert war. Und die übrigen Teilnehmer der Kværnland-Expedition waren ganz offensichtlich Männer, die sich, jedenfalls erotisch gesehen, vor allem für Frauen interessierten. Ja, dachte Erling Fall mit einem plötzlichen, schmerzlichen inneren Lachen, alle zusammen schindeten sie sich wegen irgendeiner Frau hinauf zum Basislager, wollten eine Frau erobern oder hofften sich nach einem Zusammenbruch von einer Frau zu erholen. Bjarne Gade, zum Beispiel, der in so schockierender Weise zum Hahnrei gemacht wurde. Während er in den irdischen Resten vergewaltigter und mißhandelter Frauen herumschnippelte, trieb es seine Frau Ulrikke in der Nordbergstraße mit dem pittoresken Nordnorweger, den sie im Vorjahr auf Beitostølen* kennengelernt hatten. Bjarne Gade erzählte diese

* Gebirgsort in Jotumheimen, wo die höchsten Gipfel Norweggens liegen (Anm. d. Ü.) .

Geschichte mit einer gehörigen Prise Resignation und Humor, nicht zuletzt, weil er so offensichtlich ein Ästhet war, sowohl in seiner Wahrnehmung wie in seinen Formulierungen. Er gab gern zu, daß er die Sache besonders heikel fand, weil ihn die Frau mit einem Möbelhändler betrogen hatte, denn wenn dieser Möbelhändler ästhetisch etwas gebracht hätte, wäre er zweifellos schwul gewesen. Es sind bekanntlich Homophile, die heute tonangebend in der Welt der Mode und der Inneneinrichtung sind. Also verkaufte dieser Mann zwangsläufig häßliche Möbel, was Bjarne Gade mit eigenen Augen feststellen konnte, als er kurz darauf dem Möbelhaus in Alnabru einen Besuch abstattete. Bjarne Gade sagte, er habe die ganze Zeit gewußt, daß seine Frau nicht viel Grips im Kopf hat, aber daß sie wirklich in der Nordbergstraße *auszog* und mit diesem neureichen, nach Trockenfisch stinkenden Krämer zusammenging, der einen großen Erbhof an der Helgelandküste hatte und mehrmals die Woche dicke Annoncen im Aftenposten, ging über seinen Verstand. Ja, dachte Erling Fall, und war plötzlich dankbar, daß es den Pathologen Bjarne Gade gab, wenigstens zum Trost: jeder hatte seinen Antonsen in Lillestrøm. Als die Kværnland-Expedition die magische Grenze von fünftausenddreihundert Metern erreicht hatte und Alf Brubekk von Leo Burnett alarmierende Symptome von Höhenkrankheit zeigte, unnormal kurzatmig und mit sichtbarer Flüssigkeitsansammlung im Körper, machte plötzlich der verschlossene und steinreiche Nils Petter Drangedal von Multible Offshore seinem Herzen Luft und bekannte bei einer Tasse Buttertee, daß der Weg zu seinen Millionen keineswegs leicht gewesen sei und daß auch *er* seinen Antonsen in Lillestrøm habe, eine Formulierung, die Erling Fall in einem Anfall von Selbstironie lanciert hatte und die bereits zur Redensart geworden war. Doch in dem ängstlichen und ein wenig spastischen Leben des Nils Petter Drangedal tauchte Antonsen erst auf, *nachdem* sich Nils Petter Drangedal selbst lächerlich gemacht hatte. Er hatte nämlich jahrelang eine Geliebte gehabt, die mit allen Mitteln erreichen wollte, daß er sie heiratete. Als sie schließlich merkte, daß das nicht passieren würde, lud sie Nils Petter Drangedals Frau zu sich ein und erzählte ihr die Wahrheit. Als Nils Petter Drangedal kam, versteckte sich seine Frau in einem Schrank, und der Rest dieser fürchterlichen Geschichte braucht nicht erzählt zu werden, ausgenommen die Tatsache, daß seine Frau danach, obwohl Nils Petter Drangedal mit Millionen und »so manch anderem«, wie er sagte, gewunken hatte, nichts mehr mit ihm zu tun haben wollte und ein Verhältnis mit einem berüchtigten Nachtklubbesitzer im Zentrum von Oslo begann. Obwohl Nils Petter Drangedal in keinster Weise ein Ästhet vom Kaliber des Pathologen Bjarne Gade war, verstanden die anderen auf fünftausenddreihundert Meter Höhe, daß es für keinen angenehm wäre, wegen eines umstrittenen Nachtklubbesitzers abgewiesen zu werden, der vielleicht sogar als Zuhälter tätig war.

Erling Fall fragte sich, ob es im Grunde eine Folge der Höhenkrankheit war, daß alle diese Geschichten so spät erst herauskamen, zuerst im Flugzeug und dann in dieser extremen Landschaft, und nicht bei den vorbereitenden Treffen, als sie gemütlich beim Dinner in der Stortingsgata in Oslo gesessen und bei einigen Flaschen Rotwein versucht hatten, den richtigen Ton miteinander zu finden. Vielleicht, dachte Erling Fall, war es eine Art Todesangst, der all dieser Bekennerdrang entsprang. Der Gedanke an die schlimmste Höhenkrankheit, das sogenannte *Höhenhirnödem*, hatte Erling Fall einen gewaltigen Schrecken eingejagt, obwohl er zu Hause in Oslo den Ernst der Sache noch gar nicht abzuschätzen vermochte, aber hier, in einer Umgebung, in der Menschen eigentlich nicht mehr existieren konnten und wo dessenungeachtet Tag für Tag eine Schar von Männern höher und höher hinaufstieg, in eine Höhe, wo keine Hubschrauber mehr fliegen konnten, wurde der Gedanke an all diese Symptome womöglich noch erschreckender. Alf Brubekk von Leo Burnett zeigte noch keine auffallenden Veränderungen seines Verhaltens, doch stellte Erling Fall sich lebhaft vor, wie er aussehen würde, wenn das Gehirn tatsächlich anzuschwellen begann, wenn sich Kopfschmerzen, Übelkeit, Erbrechen, Gleichgewichtsstörungen und Flüssigkeitsansammlungen, über die er bereits klagte, paarten mit beeinträchtigtem Bewußtsein, geringem Appetit, merkbaren Persönlichkeitsveränderungen, Sehstörungen, Lähmungen und schließlich mit Bewußtlosigkeit. Es war schlimm genug, daß der Fotograf der Expedition kaum einsatzfähig war und man über Alternativen nachzudenken begann. Eventuell konnte Erling Fall einspringen. Der am schlechtesten Trainierte war zu diesem Zeitpunkt angepaßter als alle anderen. Ang Gyalu hatte recht. Die Gewichtszunahme und all das Konditionstraining, das die übrigen Teilnehmer hinter sich hatten, nutzten ihnen nicht ohne weiteres. Erling Fall mußte daran denken, daß es nichts Schlimmeres gab als einen durchtrainierten Mann, der langsam Richtung Gipfel steigt und den plötzlich ohne erkennbaren Grund alle Kräfte verlassen. Ein Flugkapitän hatte ihm einmal erklärt, was mit einem Jumbo-Jet passieren würde, der zu hoch flog. Zuerst würde er zu zittern anfangen, dann würde er abstürzen. Wo es keine Luft gibt, hat ein Flugzeug natürlich keine Chance. Erling Fall beobachtete seine Bergsteigerkameraden in der Kværnland-Expedition und dachte, daß der eine oder andere bald schon zu zittern anfangen und dann abstürzen würde, und dabei war man noch gar nicht im Basislager, weil der Zugang zu diesem verdammten Berg so umständlich war. Deshalb mußte also das Basislager sehr hoch aufgeschlagen werden, keine günstige Situation, auch wenn es, zugegebenermaßen, in viertausenddreihundert Meter Höhe ein Notlager gab, wo es durchaus möglich war, etwas zu Kräften zu kommen, wenn es wirklich nötig sein sollte. Doch die Lage war schwierig, die Expedition offensichtlich viel gefährlicher als Gudmund Kværnland seinem Freund Erling Fall in Oslo vorgespiegelt hatte, und außerdem mußte Erling Fall an all die Geschichten denken, die ihm erzählt worden waren und die sich vermischten mit Merete Bøvers Vorwürfen, daß er und auch andere Männer so *verschlossen* seien. Und Erling Fall dachte: Ist eine Situation vorstellbar, in der man noch offener und noch bloßgestellter war? Irgendwie hatten alle diese äußerst offenherzigen Gespräche der Männer etwas Unwirkliches und ein wenig Sonderbares. Auch wenn sicher vieles mit der Höhe und dem schwierigen Akklimatisieren zu tun hatte, zweifelte Erling Fall, ob dies als Erklärung ausreichte. Man kam sich näher, natürlich, und man war beteiligt an den einfachen praktischen Arbeiten, baute Zelte auf, grub Abtritte, wurde beinahe reihum von starken Kopfschmerzen geplagt, und wenn es Abend wurde, schwirrten die Gedanken mit dem heulenden Wind, und der eine oder andere fing zu reden an. Erling Fall erschien das Ganze aber eher so, als würde hier Vogeldreck aus einer Kuckucksuhr geräumt. Nichts von dem Gesagten war eigentlich absolut überzeugend, die wenigsten der Geständnisse waren wirklich glaubwürdig, und überdies hatte Alf Brubekk von Leo Burnett die gefährlichen Symptome jetzt völlig überwunden, so behauptete er zumindest, und war damit plötzlich fit, den Berg so schnell wie möglich zu bezwingen. Erling Fall spürte eine zunehmende Spannung um sich herum, vielleicht war es die Zeit, die Gewißheit, daß die Expedition Tag für Tag gefährlicher wurde, oder vielleicht war es die Landschaft, die Einsamkeit zwischen den Bergen, der endlose Moränenrücken des letzten Gletschers vor dem eigentlichen Anstieg zum Gipfel, über den sie liefen, nicht länger belästigt von den unheimlichen Aasgeiern, die ihnen bisher gefolgt und zeitweise unangenehm nahe gekommen waren, gewohnt, bei den tibetischen Himmelsbestattungen die Leichenreste zu verzehren. Ende April war die gesamte Kværnland-Expedition schließlich oben im Basislager, und Erling Fall stellte fest, daß es auch für *ihn* nicht unbedingt die Endstation sein mußte, daß auch *er* jetzt insgeheim hoffte, mit auf den Gipfel zu dürfen, diesen Aufstieg zu wagen, den nicht einmal die widerstandsfähigen Jak-Ochsen schafften. Denn bisher, dachte Erling Fall, war es ja hauptsächlich ein Gehen, Steigen und Kriechen gewesen, und ihr jetziger Standort mit eigenem Küchenzelt und Wärmeofen und Gebetsfahnen, mit eigener Bar, bestehend aus nepalesischem Rum, chinesischem Brandy, indischem Whisky und norwegischem Aquavit, war nun mal noch nicht die wilde Natur, und vielleicht war auch Erling Fall dazu ausersehen, den Gipfel zu erreichen. Er spielte jedenfalls mit dem Gedanken, als er das Funkgerät aufbaute und Verbindung bekam mit den Stimmen in anderen Lagern, die meldeten, daß es auch in diesem Frühling Todesfälle auf dem Mount Everest gegeben habe und zwar wegen einer Lawine. Um Himmels willen, dachte er, da sind ja überall Bergsteiger im Himalaya, Bergsteiger und Leichen, Expeditionen aus allen

Ecken der Welt, doch im Basislager waren sie allein, kein »Hilton-Hotel« mit Schaumgummimatratzen, und auch keine andere Expedition in der Nähe. All die falsche Geborgenheit gab es an anderen Orten, die Kværnland-Expedition war ganz *allein*, und das hätte fast gemütlich sein können, wie ein Hüttenausflug, hätten nicht wirklich alle Teilnehmer zu diesem Zeitpunkt unter Kopfschmerzen und Übelkeit gelitten. Lars Martin Høinæss von DnB hatte außerdem beim Training übertrieben und war wegen Rückenproblemen nicht einsatzfähig. Leif Erik Sundal von Inside Trading a/s hatte trockenen Husten und blutigen Auswurf gehabt. Und in der Nacht hatte man sogar den Expeditionsleiter im Schlaf schreien hören, und obwohl Gudmund Kværnland am nächsten Tag nur darüber gelacht und es auf einen Traum von einer längeren Sitzung mit seinen Kreditgebern geschoben hatte, herrschte im Basislager eine etwas gedrückte Stimmung. Gudmund Kværnland konnte gesondert für jeden einzelnen eine gute Führergestalt sein, aber nicht für alle gleichzeitig. Erling Fall stellte fest, daß er sich in zunehmendem Maße Sorgen um die Führereigenschaften des Freundes machte. Der frühere Rebell, der regelmäßig in der kritischen Gateavisa Artikel schrieb, war nicht durch Berechnung und Willensstärke im Leben so weit gekommen, sondern eher, weil er einfach Schwein gehabt hatte. Damit hatte er sich auch die Verspieltheit bewahrt, die sich auf längere Sicht möglicherweise als Falle herausstellen könnte. »Die ersten Homos auf dem Mount Everest« war insofern eine exakte Demonstration dessen, wer Gudmund Kværnland heute war, dachte Erling Fall; eine Person, der es ein leichtes sein würde, eine Expedition zum Mount Everest zu finanzieren, mit allem, was Sponsoren und den unvermeidlichen Rummel mit Werbung und der Wirtschaft betraf, aber auch eine Person, in der ein unausgegorener Aufrührer steckte. Er liebte es zu sagen: »Wenn du deine Eltern wirklich verletzen willst und dir der nötige Mut fehlt, homosexuell zu sein, kannst du dich wenigstens zur Heilsarmee melden.« Für Erling Fall haftete Gudmund Kværnland ein gewisser Zynismus an, ein Zynismus, der sicher mit einem tieferen, existentiellen Schmerz zusammenhing, einem Verlusterlebnis, dem Gefühl, ausgestoßen zu sein, was vielleicht erklärte, warum Gudmund Kværnland tatsächlich Erling Fall zu dieser Expedition eingeladen hatte. Auf dem Weg durch das Tal hinauf zum Basislager hatte es mehrmals Augenblicke gegeben, in denen Erling Fall meinte, es würde sich ein Gespräch zwischen ihnen ergeben, ein richtiges Gespräch, wie früher einmal; doch es war, als würde sich Gudmund Kværnland entziehen, und das machte Erling Fall unsicher. Wenn er dachte, es hätte sich etwas wie Nähe entwickelt, sagte Gudmund Kværnland nur: »Und wie steht es mit deinen Fingern als zweite Geige, Erling? Hast du nicht Angst, dir auf dieser Expedition deinen Schubert zu ruinieren?« Oder er sagte, fast zu sich selbst, während er Erling Fall und die anderen Teilnehmer dabei anstarrte: »Ich frage mich nur, warum so viele starke Männer freiwillig zusammenkommen, um sich schwach zu fühlen.« In solchen Augenblicken wurde Gudmund Kværnland fremd und gefährlich, wurde von Ambitionen bestimmt, die für die Umwelt nicht deutlich waren, und Erling Fall überfiel dann eine gewaltsame und fast sentimentale Identifikation mit seiner Schwester Ingrid, mit ihrer Ambitionslosigkeit, ihrer Art, sich treiben zu lassen und wirklich diesen Torgeir Berget zu heiraten, der sie zu nichts anderem benutzte als zum Kochen und zum Kinderzeugen. Ohne Gudmund Kværnlands absolute Unterstützung fühlte sich Erling Fall hier im Basislager verraten und fast hinterhältig zur Teilnahme an einer Expedition verführt, die für einige der Anwesenden durchaus mit dem Tod enden konnte. Er fühlte sich zum Narren gehalten, als sei er hier, hilflos verloren in Asien, nur weil Gudmund Kværnland ihn hatte testen wollen, zu seinem eigenen Vergnügen hatte herausfinden wollen, wie weit ein armseliger Amtsrichter aus Lijordet bereit war zu gehen. Vielleicht auch, um, zu seinem eigenen Vergnügen, herauszufinden, ob Erling Fall später einmal mitkommen würde auf die Expedition »Die ersten Homos auf dem Mount Everest«. Es war ein erschreckender Gedanke für Erling Fall, daß Gudmund Kværnland genügend Geld besaß, auch für diese Expedition keinen Sponsor gebraucht hätte, nur zum Spaß der Sparkasse NOR erlaubt hatte, ihren Namen auf die orangefarbenen Zelte zu schreiben. Ihm war klar, daß Gudmund Kværnland im Innersten sehr konkurrenzorientiert war, doch welche Disziplin war es eigentlich, in der er gewinnen wollte? Wenn Erling Fall beobachtete, wie Gudmund Kværnland sich mit den Trägern unterhielt, sah er einen Mann, der an dieser Welt kaum noch interessiert war. Gudmund Kværnland wußte bereits alles über Asien, was er wissen wollte, über den Buddhismus, über Jak-Ochsen und über Aasgeier. Er behandelte die Asiaten, vielleicht mit Ausnahme von Ang Gyalu, als ein notwendiges Übel. Er gab nicht mehr preis, als absolut notwendig war, und jedesmal, wenn er lachte, zeigte er mehr Zähne als wirkliche Herzlichkeit. Erling Fall stellte für den Freund die Telefonverbindung her, wenn Gudmund Kværnland anrufen wollte, und jedesmal, wenn er hörte, wie der Freund mit Britt-Elin sprach, hatte dessen Stimme einen Beiklang von unausstehlicher Nachsicht, als wollte er eigentlich zu ihr sagen: »Für solche Gespräche bin ich mir eigentlich zu schade, aber ich tue das *dir* zuliebe.« Die Situation wurde auch dadurch nicht besser, daß Gudmund Kværnland keine Gelegenheit versäumte, auf die hohen Unsicherheitsfaktoren der Expedition hinzuweisen und darauf, daß das Wetter, wenn sie Pech hatten, ohne weiteres für *alle* Expeditionsteilnehmer bedrohlich werden konnte. Selbst im Basislager bestand theoretisch die Gefahr von Lawinen, und da sich die Symptome der Höhenkrankheit bei jedem einzelnen so stark gezeigt hätten, ließe sich nach Gudmund Kværnland schwer vorhersagen, wer plötzlich während der Expedition in einen lebensgefährlichen Zustand geraten könne.

Insgeheim hatte Erling Fall plötzlich das Bedürfnis, seine Mutter in Lijordet anzurufen, doch kaum hatte er die Nummer gewählt, wohl wissend, wieviel ein solches Gespräch kostete, fand er es albern. Wenn überhaupt, dann müßte er in einer Situation wie dieser seine Schwester Frøydis anrufen. Gerade jetzt erschien Frøydis Bilden vor Erling Falls innerem Auge als stoisch und ruhig, so wie Erling Fall sein Leben lang gewünscht hatte zu sein, völlig kontrolliert, mit Söhnen, die Rikard und Bjørn hießen, mit der Klugheit und Gelassenheit, wie sie nur Frauen vom Format einer Frøydis Bilden ausstrahlen konnten. Frøydis Bilden war es auch gewesen, die Erling Fall am meisten zur Teilnahme an dieser Expedition gratuliert hatte, aber wenn sie ihn jetzt sehen würde, dachte Erling Fall, würde auch sie Bedenken haben. Die Aasgeier waren verschwunden, doch der Tod brauchte keine Aasgeier, um bedrohlich zu wirken. Erling Fall legte den Telefonhörer auf und dachte an die Leiche des englischen Millionärs Howard Pratt, die irgendwo fünfhundert Meter unterhalb des Gipfels lag, mit erfrorenem, geschwollenem Gehirn, ein wirklicher Leckerbissen für einen Pathologen von Bjarne Gades Format. Überhaupt war das hier oben eine ausgesprochen männlich geprägte Bedrohlichkeit, dachte Erling Fall. Hier wollten Männer der Reihe nach ihre Großartigkeit unter Beweis stellen, doch wenn er die Teilnehmer der Kværnland-Expedition in ihren Zeltöffnungen stehen sah, wie sie da standen und beratschlagten, wie man die Nordwand am besten anpackte, wirkten sie so klein, waren sie nur dunkle Flecken in all diesem Weiß und Schwarz, mitleiderregend klein wie Ameisen. Hatte Erling Fall nicht in seiner Kindheit King Kong gespielt und Ameisen mit einem Stöckchen geärgert, beobachtet, wie sich die kleinen Insekten auf die Hinterbeine stellten und furchtlos gegen die gewaltige Waffe kämpften? Erling Fall stand in der Zeltöffnung und dachte, daß die Kværnland-Expedition ein putziger kleiner Haufen war, nicht einmal besonders männlich, wenn es darauf ankam. Diese selbst auferlegte Isolation, diese wahnsinnigen Anstrengungen, die sowohl hinter wie vor ihnen lagen, waren kein Streben nach Glück, auch kein Suchen nach einem Seelenfrieden. Jeder wußte, wie flüchtig und abstrakt die Freude über das Bezwingen eines Berges letztlich war. Amundsen war bis zum Südpol gegangen, um zu erkennen, daß der Südpol ein grausiger Ort war. Aber war er den langen Weg um seiner selbst willen gegangen? War er der seriöse Forscher, der männliche Eroberer oder der eitle Romantiker? Einer der Romantiker, der stets davon träumt, die Ausnahme zu sein. Ein Romantiker, der sich über kurz oder lang immer danach sehnt, gefeiert zu werden, von einem Balkon im ersten Stock herab auf die bunte Menschenmenge zu blicken. Ein Romantiker, der immer davon träumt, den Nobelpreis zu bekommen, entdeckt zu werden in seiner elenden Dachkammer, von dem einzigen Menschen, der ihn *erkannt* hat, ihn *gelesen* hat, ihn *verstanden* hat, und der nun der ganzen Welt die

Augen öffnet. Ein Romantiker, der mehr als jeder andere, ständig fürchtet, nie entdeckt zu werden, mit einem Abonnement des Arbeiterblättchens und einer alten Katze sitzenzubleiben.

Aber das traf nicht zu, die Teilnehmer an der Kværnland-Expedition waren nicht in erster Linie Romantiker, mit Ausnahme von Lars Martin Høinæss von DnB vielleicht, der einen seltsamen Hang hatte, Lord Byron zu zitieren, wenn man es am wenigsten erwartete. Auch Gudmund Kværnland selbst, der mit dem Zukunftsprojekt von den »ersten Homos auf dem Mount Everest« kokettierte, konnte kaum als Romantiker bezeichnet werden. Er träumte weniger vom Nobelpreis in Ökonomie als von der Aktienmehrheit in Aker. Erling Fall hatte im Laufe der Zeit eine ganze Reihe von Wirtschaftsbossen kennengelernt, und es erstaunte ihn immer wieder, daß ihnen allen etwas Infantiles anhaftete, etwas Kindisches, fast Exhibitionistisches, als ob sie alle zutiefst wünschten, es sagen, ja in die Welt hinausrufen zu können: »Ich weiß, daß ich dumm bin, aber ich habe unverschämt viel Geld, und deshalb müßt ihr mir Respekt erweisen, hi hi.« Die meisten Wirtschaftsbosse liebten es, über ihre Albernheiten interviewt zu werden, erzählten gern zur besten Sendezeit im Fernsehen, daß sie Plastiktüten, Miniflaschen oder Autonummern sammelten. Das sogenannt *Flegelhafte* war ihr Jargon, und die Teilnehmer an der Kværnland-Expedition benahmen sich auch so, furzten, daß es das Tal hinunterdröhnte, rülpsten so laut, daß man Schneebrettgefahr befürchten mußte. Aber es gab keinen Ausgleich in den Ausdrucksformen, keinen Ort der Ruhe, und Erling Fall hatte das Gefühl, daß die Kværnland-Expedition in erster Linie aus einer Gruppe ziemlich *frustrierter* Männer bestand, Männern, die genau wie er selbst vor jemandem flohen und zugleich jemanden erobern wollten. Und weil keiner so richtig wußte, vor wem er eigentlich floh und wen er am liebsten erobern würde, schöne Frauen oder Gesellschaften mit guter Börsennotierung, eroberte man statt dessen einen Berg. Das war gefährlich und sinnlos. »Und deshalb tun wir es«, konstatierte Alf Brubekk, »weil es gefährlich und sinnlos *ist*.«

Aber vielleicht, dachte Erling Fall, war das Entscheidende die Flucht vor der Gleichförmigkeit. Die Gleichförmigkeit, die Erling Fall liebte, aber von der er nicht wagte, den anderen zu erzählen. Er wußte, als er zum Randsfjorden kam, daß er dort oben den Rest seines Lebens verbringen konnte, ohne sich jemals wegzubewegen. Im Gegensatz zu Merete Bøver wußte er, daß derjenige, der in der Welt herumreist, nach fünfzigtausend Kilometern nichts Neues findet, denn er findet nur neue Dinge; wieder und wieder etwas Neues, und das Neue beginnt ihn zu langweilen, denn er sieht die gleichen neuen Landschaften allüberall. Merete Bøver, die nach Tahiti wollte, nach Mauritius, nach Hawaii, zu all den Orten, von denen sie glaubte, sie seien so verschieden voneinander. Aber schon als er die Bilder im Katalog sah, hatte Erling Fall angefangen, sich zu langweilen. Er wußte zu viel von der Welt, vom tropischen Regenwald, von den Wüsten in Afrika. Er wußte eine Menge über spanische Städte und Wolkenkratzer. Er konnte sich nicht vorstellen, daß Merete Bøver ehrlich war, wenn sie ganz verrückt vor Begeisterung von anderen, fernen Reisezielen träumte. Sie hatte Malerkollegen, die in Bali gewesen waren, dort mußten auch sie unbedingt hin! – in der Schilfhütte am Strand wohnen! Und Erling Fall dachte: Wir haben doch in Thailand in der Schilfhütte gewohnt. Was ist der Unterschied? Erling Fall wußte, daß er sich das Leben gleichförmig gestalten wollte, gerade deshalb, damit es *nicht* gleichförmig sein würde. Er wollte das Heimatlich-Vertraute so einschläfernd machen, daß selbst die winzigste Kleinigkeit Zerstreuung bot. Er hatte sich so viele Jahre mit den Leben *anderer* Menschen beschäftigt, hatte all diese Trivialitäten gesehen, die kleinlichen, schäbigen Erbschaftsstreitigkeiten zum Beispiel. Familien am Fjord, die sich *nie* einigen würden, über eine Kristallvase oder ein Außenklo. Er hatte das Gefühl, sich das alles vorstellen zu können, weil er niemand Besonderer war, er war nur Amtsrichter, ein scheuer und unauffälliger Mensch, der ab und zu hinaus ins Leben treten und Urteile fällen mußte, und der das haßte, weil er meinte, nicht das Recht dazu zu haben. Deshalb hatte er das Fällen von Urteilen Merete Bøver überlassen. Jetzt, tief im Himalaya, dachte er, es sei Wahnsinn gewesen, diese armen Autodiebe aus Gran und Brandbu Merete Bøvers Launen auszuliefern. In der Regel war sie mild und großzügig, aber bei schlechter Laune und mit einer Flasche Rotwein intus konnte sie schnell streitsüchtig und rechthaberisch werden. Dann konnte selbst das kleinste Verbrechen oder eine Vaterschaftssache als etwas Ungeheuerliches erscheinen. Vielleicht, dachte Erling Fall, hatte er sich dadurch in seltenen Fällen hinreißen lassen und am folgenden Tag ein strengeres Urteil gesprochen, als er sollte. Jetzt stand er in der Zeltöffnung und sah, wie sich all die Männer im modernsten Bergsteigerlook versammelt hatten, um den eigentlichen Aufstieg zum Gipfel zu diskutieren. Es war still, erschreckend still, und das, obwohl Sturm vorhergesagt war. Hoch oben am Himmel trieben leichte, rauchartige Wolken, die allmählich ein falsches Weiß annahmen. Und dann: eine plötzliche Punktierung der Luft. Die erste Vorwarnung eines starken Windes.

Oh, meine erbärmlichen Hoffnungen, dachte Erling Fall, alle dem Leben entsprungen, das zu führen ich gezwungen war. Sie sind wie dieser Moment und wie diese Luft: klar, farblos und ängstlich.

Der Sturm kam. Jeden Nachmittag fiel dichter Schnee, und der Wind heulte. Die Temperatur sank auf minus fünfzehn Grad, und Bjarne Gade wirkte nachdenklich. Er sagte, er habe an sich selbst gemerkt, daß die Urteilskraft geschwächt war. Es galt, den Berg rasch zu besteigen, sonst mußte die ganze Expedition runter auf viertausend Meter. Erling Fall dachte wieder, wie paradox es war, daß jetzt faktisch stark geschwächte Männer den lebensgefährlichen Berg bezwingen wollten. Der Sturm machte einen Strich durch die Rechnung. Zwei, drei Tage Aufschub, aber die Zeit war nicht unbegrenzt. Gudmund Kværnland und Nils Petter Drangedal hatten Ende Mai eine wichtige Generalversammlung. Man hätte schon weiter sein müssen. Eines Morgens zogen Ang Gyalu und Nils Petter Drangedal während einer kurzen Sonnenphase los, um Lager 1 einzurichten. Auf Biegen oder Brechen. »Der Gipfelsog«, sagte Nils Petter Drangedal. »Wir haben keine Wahl. Wir sind nicht zum Vergnügen hergekommen.« Sie schafften dreihundert Meter, ehe der Wind ernsthaft einsetzte. Die Kommunikation funktionierte perfekt. Erling Fall freute sich über seine Knöpfe, das Satellitentelefon und die Walkie-Talkies. Als Stümper der Expedition sollte er im Basislager bleiben, ohne irgendwelche Ambitionen auf den Gipfel, obwohl Gudmund Kværnland des öfteren betonte: »Du hast nach wie vor die Wahl.« Aber Erling Fall starrte hinauf und sah, daß der Gipfel von ventrikulären Wolken eingehüllt war. Dort oben mußte ein extremer Wind blasen, und Erling Fall ließ sich nicht von der allgemeinen Begeisterung anstecken, die Lager 1 vermittelte. Erling Fall war seiner Sache sicher, überzeugt davon, daß die Kunst der Begrenzung etwas war, was er beherrschte. Er wollte nicht dort hinauf. Er sah die zwei mit Seil gesicherten Abschnitte, die über den Gletscher und das Schneefeld führten. Wie die Böcke Bruse, die auf die Alm wollten. Die Träger brachten das Essen mit, das sicher einmal auf seinen eigenen Ziegenbeinen gestanden hatte. Die anderen kamen nach. Es würde ein langer und schwieriger Aufstieg werden. Die Nordwand fiel fast achthundert Meter ab auf ein Plateau, um dann nach weiteren fünfzehnhundert Metern auf den Talgrund zu treffen. Man mußte die Vormittage ausnutzen, bevor das Unwetter einsetzte. Es galt, Lager 1 und 2 einzurichten, die Ausrüstung zu ordnen und die Zelte zu vertäuen. Erling Fall beobachtete die Bergsteiger, als sie nacheinander aufbrachen. Alles verlief ohne viel Worte. Alf Brubekk von Leo Burnett fungierte wieder als Fotograf, und der Träger, der als Koch eingeteilt war, hatte Talent für Chapati und Ziegen-Curry. Als Gudmund Kværnland sich im Morgengrauen verabschiedete, nachdem Ang Gyalu und Nils Petter Drangedal Lager 1 eingerichtet hatten, und sich auf den Weg machte, herrschte eine besondere, nachdenkliche Stimmung im Basislager. Wieder beschlich Erling Fall ein merkwürdiges Gefühl, als habe Gudmund Kværnland die ganze Expedition nur um des Freundes willen organisiert, nicht um zu imponieren, aber um etwas zu signalisieren, als habe all das, was *jetzt* passierte, mit der Vergangenheit zu tun, mit etwas Unbeglichenem zwischen ihnen vielleicht, an das sich Erling Fall nicht mehr erinnerte. Erling Fall dachte sofort an alles, was er jetzt mit sich durchs Leben schleppte, was er sagen würde, wenn Merete Bøver plötzlich in dieser ungastlichen Umgebung auf einem Jak-Ochsen angeritten käme und sagen würde, sie wolle doch zurück zu ihm. Es waren diese unglaublichen und schwachsinnigen Gedanken, die Erling Fall so verlegen machten. Daß mir tatsächlich solche Gedanken durch den Kopf gehen, grübelte er im gleichen Augenblick, in dem er im stillen Gudmund Kværnland Glück wünschte auf seinem Weg zum Gipfel. Jetzt war es kein Spaß mehr, jetzt war es bitterer Ernst, und Erling Fall merkte, daß es ihm vor dem Aufenthalt im Basislager allein mit den Trägern graute. Die anderen hatten also den Berg in Angriff genommen, hatten die Aktion in Gang gesetzt, wegen der sie hergekommen waren, und Erling Fall verstand weniger als je zuvor, warum Gudmund Kværnland das eigentlich machte und warum er selbst dabei mitmachte. War dafür das Leben nicht zu kurz? Hätten Besseggen und Rondeslottet nicht auch genügt? Gleich auf der anderen Seite des Basislagers fielen blanke Eisrinnen Hunderte von Metern ab auf die große, furchteinflößende Gletscherterrasse. Hier konnte man ohne weiteres ausrutschen und mindestens tausend Meter in die Tiefe stürzen, bis hinunter zu den gewaltigen Felsen im Talgrund. Es war ein weiter Weg von dieser Wirklichkeit, diesen Ambitionen, dachte Erling Fall, zu der Wirklichkeit, die Erling Falls und Gudmund Kværnlands Jugend war. Erling Fall sah diese Punkte, die sich jetzt an der Flanke des Berges nach oben bewegten und dabei aufhörten, Individuen zu sein. Das waren keine Personen mehr mit politischen Überzeugungen und einer persönlichen Geschichte. Sie waren Vertreter einer Art, einer Art unter tausend Arten, wie sie in den Tierfilmen im Fernsehen vorkamen, die sich verhalten *mußten*, wie es vorbestimmt war; wie die Pinguine in der Antarktis in bestimmten Situationen ihre Jungen zertreten *mußten*, wie die Känguruh-Männchen in Australien sich die sexuelle Hegemonie erkämpfen und sich gegenseitig töten *mußten*, wie der Lofotenkabeljau jeden Winter im Vestfjorden laichen *mußte*. Und hier waren es Vertreter der Menschenmännchen, und wie man es bald auf Alf Brubekks Film sehen würde, mußten sie Berge besteigen. Das Weibchen mußte verlassen werden, sicher verwahrt im Reihenhaus in Oslo, wo die Kinder überdies von gedungenen Haushaltshilfen von den Philippinen oder anderen armen Ländern beschützt und versorgt wurden, während sich das Menschenmännchen aufmachte zu den höchsten Bergen auf dem Planeten, denn so war es nun mal bei dieser Art. Jetzt kletterten diese Männer im besten Alter nach oben zu einem lächerlich kleinen Plateau, das sich als Lager 1 herausstellen sollte. Danach würden sie Lager 2 einrichten. Und dann war alles bereitet für das unheimliche psychologische Spiel, bei dem das Menschenmännchen all sein Geschick und seinen Ehrgeiz daransetzte, bei dem jede getroffene Entscheidung einen tödlichen Ausgang haben konnte, bei dem das übrige Leben zu etwas Fernem und Abstraktem wurde und sich das Menschenmännchen nur zu der steilen, glatten und lebensgefährlichen Oberfläche verhalten konnte, auf der es sich befand. Und schließlich war nichts mehr zu holen; der Gipfel war erreicht, das Menschenmännchen mußte den mitgebrachten Sauerstoff einsetzen, um zu überleben, und oft überlebte es *nicht*.

Erling Fall stellte sich vor, was für eine phantastische Dokumentation über das Leben auf der Erde all diese Bergsteigerfilme sein könnten, als würde man mit den traurigsten aller Eulen in den Feuchtgebieten auf Tuchfühlung kommen, all diesen Formen von Leben, die von einer so deutlichen *Härte* geprägt und so begrenzt waren. Als die Nacht hereinbrach, ging Erling Fall wieder in sein Zelt und dachte weiter über all das nach, er gehörte zu diesen paar tausend Männern, die Formationen bildeten, die sogenannten Expeditionen, weil sie ein starkes Bedürfnis dazu trieb, gefährliche Berge des Planeten zu besteigen. Erling Fall hatte allerdings, wie er wußte, ein solches Bedürfnis nicht, deshalb blieb er im Basislager, wo er sich Nacht für Nacht zugestand, von Merete Bøver zu träumen, weil er nichts Besseres zum Träumen fand. Er gestand sich das zu, obwohl er es als schmählich empfand, zu träumen, wie alles einmal gewesen war, wie schön und offenbar einfach sich das Leben dargestellt hatte. Und der Traum wurde wieder zu einer Spekulation: Warum war das für *sie* nicht genug gewesen. Ein Gutshof am Randsfjorden, ein netter Mann, der (trotz allem!) gut verdiente, zwei fröhliche und aufgeweckte Töchter, dazu Haustiere, Ölfarben und ein Flugzeug, das jedesmal, wenn sie verreisen wollte, wartend am Flugplatz bereit stand. Das war doch, objektiv gesehen, kein schlechtes Leben. Trotzdem war es nicht genug. An einem der ersten Abende im Basislager hatte Erling Fall mit Ang Gyalu zusammengesessen. Der Träger hatte ihn über Norwegen ausgefragt, über den Lebensstandard und wo, um alles in der Welt, all das Geld herkam. Erling Fall hatte ein ungutes Gefühl gehabt, hatte versucht, zu erklären, daß Norwegen ursprünglich ein armes Land gewesen sei, ja nicht nur das, sogar ein *Ort der Verbannung*, wohin die mächtigen Nachbarländer ihre schlimmsten Verbrecher schickten. Es stellte sich heraus, daß Ang Gyalu seine Geschichte kannte. In Asien sei es umgekehrt, sagte er. Dort waren die reichsten Länder nun zu den armen geworden. Eine Weile hatten sie sich über den Gang der Geschichte gewundert. Dann hatten sie angefangen, über Bergsteigen zu reden, warum man überhaupt etwas machte, was so gefährlich und so wahnsinnig teuer war. Ang Gyalu hatte geantwortet, er mache es, um zu überleben, und er hatte durchscheinen lassen, daß er den großen Kick eigentlich nicht mehr erlebe. Er wisse jetzt, wie es Erling Fall wußte, daß der, der um die Welt fährt, nach fünfzigtausend Kilometern nichts Neues findet, er findet nur neue Dinge; wieder und wieder etwas Neues, und schließlich langweilt es ihn, denn er sieht die gleichen neuen Landschaften überall. Es erstaune ihn, fügte er hinzu, wie reiche Menschen immer wieder ihren Lebensüberdruß ausspielten. Das veranlaßte Erling Fall, Ang Gyalu zu fragen, von wie vielen Menschen auf diesem Planeten er glaube, daß sie ein Leben führten, das etwas wert sei. War es etwas wert, heute als Tibeter in Tibet zu leben? War es etwas wert, Bettler in Bangladesch zu sein? Oder aidskrank auf dem Hurenstrich von Bangkok? Ang Gyalu überlegte lange. Es sah aus als würde er kopfrechnen. Dann seufzte er schwer. »Ungefähr vierzehn Prozent«, sagte er schließlich.

Erling Fall sagte nichts. Ihm fiel auf, daß die Antwort in etwa richtig sein mußte, jedenfalls gemessen am materiellen Wohlstand. Aber dann mußte er doch fragen: »Und *unser* Leben hier? Das der Bergsteiger? Ist das lebenswert? Das Leben von uns Norwegern? Wenn wir geschieden und frustriert mit unseren Rucksäcken ankommen? Wenn wir auf die Gipfel eurer Berge wollen? Wenn wir riskieren, daß jederzeit unsere Gehirne anschwellen können? Gehören wir zu diesen vierzehn Prozent auf der Welt?«

Ang Gyalu lachte ein klingendes Lachen. »Ich habe einen Deutschen gekannt«, sagte er. »Er war mit mir auf dem Mount Everest. Als er auf dem Gipfel stand, sagte er, er sei der glücklichste Mensch der Welt. Er war so froh, den Mount Everest ohne irgendwelche Beschwerden geschafft zu haben. Er fühle sich, sagte er, wie der stärkste Mensch auf der Welt. Aber als er zwei Wochen später im Sheraton-Hotel in Katmandu ankam, ging er in sein Zimmer und blies sich mit einer doppelläufigen Schrotflinte das Gehirn aus dem Kopf.«

Erling Fall beobachtete den Aufstieg der anderen. Er konnte sie deutlich sehen. Sie erinnerten ihn jetzt an Ameisen, die eine Birke hinaufkrabbelten. Er merkte, daß er seine Freude an ihnen hatte, weil sie so klein erschienen. Wenn er über das Walkie-Talkie mit ihnen sprach, konnte er ihre Angst hören, die plötzliche Wut, die lebensgefährliche Gleichgültigkeit. Das Wetter war etwas besser geworden, es sah nicht nach größeren Hindernissen aus, auch wenn der Aufstieg schwieriger war, als sie gedacht hatten. Bjarne Gade blieb im Lager 1. Er sagte, er fühle sich als Arzt verantwortlich und könne es nicht riskieren, unter derart gefährlichen Verhältnissen auf den Gipfel zu gehen, aber Erling Fall hörte den Unterton, die Angst in der Stimme des Pathologen, die sich sofort auf Erling Fall übertrug. Genau in diesem Augenblick regte sich etwas weit Entferntes in ihm, als stünde er auf dem Balkon eines Hotels, das alle verlassen hatten, in einer Landschaft mit allzuviel Sonnenuntergang. Er sah vor sich, wie sich das Leben hinter den Berggipfeln entfaltete. In diesem Licht konnte er sogar in weiter Ferne den Mount Everest erkennen. Alles in ihm hatte auf einmal die Form einer unbestimmten Sehnsucht. Vielleicht träumte er sogar davon, eines Tages wiederzukommen – ja sogar, selbst den Mount Everest zu besteigen. Und er mußte daran denken, daß die Intensität der Gefühle stets schwächer gewesen war als die Intensität seines Bewußtseins von ihnen. Vielleicht hatte er deshalb soviel in das Zusammenleben mit Merete Bøver hineingelegt. Sein Zusammenleben mit ihr war ebenso ereignislos wie das Aufschlagen einer neuen Seite in einem Roman, und es war diese Ereignislosigkeit, die er geliebt hatte. Jetzt waren die für die letzte Etappe bestimmten Männer der Kværnland-Expedition auf dem Weg zum Gipfel, und aus der Distanz betrachtet, wirkte auch das ziemlich ereignislos, aber das war falsch. Man bezwang jeden Tag einige hundert Meter der Wand. Erling Fall verfolgte den Funkverkehr, vermittelte Gespräche nach Norwegen. Plötzlich wollte Leif Erik Sundal seiner Mutter zum achtzigsten Geburtstag gratulieren. Und am Tag darauf mußte Alf Brubekk mit seinem Sohn sprechen, der sieben Jahre alt wurde. Erling Fall war aus technischen Gründen gezwungen, diese Gespräche mit anzuhören, und ihm fiel auf, wie wenig man einander von einem Ende der Welt zum anderen zu sagen hatte. Alf Brubekk hing in einer Bergwand, während der Sohn mit der Modelleisenbahn spielte, und plötzlich mußte das Gespräch unterbrochen werden, weil die Kinderstunde im Fernsehen begann. Erling Fall dachte, daß es sicher nicht leicht war, in einer Bergwand auf achttausend Meter Höhe zu hängen und von seinem Sohn zu hören, daß er sich lieber eine Fernsehsendung angucke, als mit dem Vater zu reden. Ang Gyalus »vierzehn Prozent« klangen in seinem Kopf. Gehörte er zu den vierzehn Prozent dieser Welt? Er war auf fünftausendfünfhundert Meter Höhe momentan der Funker. Er konnte bei gutem Wetter den Mount Everest sehen. Er konnte seine Bergkameraden wie Ameisen auf einer Birke sehen. Er konnte hören, wie sie sich über das Walkie-Talkie etwas zuschrieen. In der Nordwand oben begann sich die Stimmung zu beruhigen, obwohl sämtliche Teilnehmer deutlich an starken Kopfschmerzen, ausgesprochener Übelkeit, Apathie, ungewohnter Atemnot, Flüssigkeitsansammlung im Körper, schlechtem Schlaf, reduziertem Appetit und elender Harnproduktion litten. Erling Fall konnte hören, wie gestreßt Bjarne Gade im Lager 1 war und Acetazolamit verordnete und, im Fall von Lars Martin Høinæss, einen schnellen Abstieg. Der Abgesandte von DnB hatte sich offenbar einen Rippenbruch zugezogen. Erling Fall hatte längst erkannt, daß diesem Mann die physische Stärke fehlte. Schon der Gedanke, seine Frau mit einem Stromschlag umbringen zu wollen, war ein Zeichen von Schwäche gewesen, und daß er sie später, als sie Brustkrebs mit Ausbreitung auf das Knochenmark bekommen hatte, dennoch verließ, obwohl sie nach fünf Monaten Scheidung wieder zusammengezogen waren, ließ seine sogenannte Stärke nicht gerade glaubwürdig erscheinen. Zusammen mit den Trägern empfing Erling Fall am nächsten Tag im Basislager einen ziemlich erschöpften Mann. Bjarne Gade fühlte sich ebenfalls gezwungen abzusteigen. Jetzt hingen oben in der Nordwand bei fast dreißig Grad minus außer Gudmund Kværnland nur noch Alf Brubekk, Nils Petter Drangedal, Leif Erik Sundal und Ang Gyalu und peilten den Gipfel an. Lars Martin Høinæss hatte Fieber bekommen und lag mit seltsamen Phantasien über die Schauspielerin Liv Ullmann im Zelt des Basislagers. Alles war auf einmal dramatischer geworden. Nicht einmal Bjarne Gade war ein gesunder Arzt, er litt im Gegenteil stark an Höhenkrankheit. Doch war er in der Lage zu erkennen, daß die Situation von Lars Martin Høinæss lebensbedrohlich werden konnte. Erling Fall überlegte, wie es wohl aus Ang Gyalus' Sicht aussehen würde, wenn er als Funker die todkranke Frau von Lars Martin Høinæss anrufen und ihr mitteilen mußte, daß ihr Mann tot war. »Aber trauern Sie nicht zu viel, er wollte Sie schließlich einmal mit einem Stromschlag ins

Jenseits befördern.« Erling Fall kicherte plötzlich über seinen Galgenhumor. Das war ein schlechtes Zeichen, vielleicht eine Vorwarnung, daß sich seine Höhenkrankheit verschlimmert hatte. Er konsultierte Bjarne Gade und bekam fünfhundert Milligramm Acetazolamit verschrieben. Am nächsten Tag ging es allen noch schlechter. Lars Martin Høinæss lag und kämpfte mit seinem Fieber, das jetzt auf über vierzig Grad plus gestiegen war, während die Temperatur fünfhundert Meter unterm Gipfel, wo sich die Kværnland-Expedition befand, nachts um vierzig Grad minus lag. Im Walkie-Talkie hörte Erling Fall, daß es jetzt ernst wurde. Gudmund Kværnland gab zu, daß das Bewegen seiner Füße alle Aufmerksamkeit erfordere, daß er sich eigentlich in einem Trancezustand befinde und kaum fähig sei, die Selbstsicherung zu lösen und sich langsam hinaufzuziehen zu Ang Gyalu, der jetzt respektvoll irgendwo unterm Gipfel wartete und nicht beabsichtigte, dort oben als erster die norwegische Flagge aufzupflanzen. Die Telekommunikation wurde auf ein Minimum reduziert, und Erling Fall hörte jedes Mal, wie schwer sie dort oben atmeten. Alf Brubekk erklärte, daß er Erstickungsanfälle gehabt hatte, und Leif Erik Sundal wäre bei einem unvorsichtigen Manöver an diesem Morgen beinahe zweitausend Meter die Nordwand hinuntergestürzt. Erling Fall wußte, daß den Bergsteigern jetzt nur ein Drittel des Sauerstoffs, den man gewöhnlich einatmete, zur Verfügung stand. Sie waren auf Flaschen angewiesen, und ihre Angst war hörbar. »Du hast erst die Hälfte hinter dir, wenn du auf einem Berg im Himalaya stehst«, murmelte Gudmund Kværnland, als er endlich neben Ang Gyalu, an einem Tag im Mai 1995, oben stand und die norwegische Flagge aufpflanzen konnte, dazu das Emblem der Kværnland-Gruppe und, eher als Pflichtübung, die Flagge der Sparkasse NOR. Und Erling Fall war der Funker, als Gudmund Kværnland zu der Zeit, als die anderen Bergsteiger sich mit *ihren* Emblemen und Requisiten die letzten Meter hinauf zum Gipfel kämpften, zu Hause bei Britt-Elin anrief, sie in Oslo mitten in der Nacht weckte, mit ihr und den Kindern sprach und danach mit der Verdens Gang, wo er wiederholte, daß du erst die Hälfte hinter dir hast, wenn du auf einem Berg im Himalaya stehst. Denn beim Abstieg geschahen die meisten Unfälle; jetzt galt es, sich wieder zurück ins Leben abzuseilen. Und Erling Fall dachte, während Lars Martin Høinæss mit hohem Fieber neben ihm lag und den anderen mit flüsternder Stimme gratulierte und Bjarne Gade in geradezu erstaunlicher Feststimmung eine halbe Flasche norwegischen Aquavit ansetzte, daß er sich freute, diese Burschen wohlbehalten wieder hier zu haben, daß er sich in diesem Augenblick erneut wie eine Glucke fühlte, so wie damals, als er am Randsfjorden versuchte, die kleine Familie Skjåk/Bøver/Fall zusammenzuhalten. Er merkte, daß ihm die Situation, in der sich alle befanden, als grundsätzlich bedrohlich erschien und er sich nach den Gefühlen sehnte, die er empfand, wenn er wußte, daß er im Gerichtssaal jemanden mit einem Freispruch überraschen konnte. Das geschah nicht oft, aber es kam vor und war jedesmal ein befreiendes Gefühl: »Bitte schön, Sie können gehen. Sie haben hier im Gerichtssaal nichts mehr zu tun.« Sein Leben ohne Beschränkungen zu leben! Nicht sagen zu müssen: »Ich bin geschieden«, oder »mein Kind ist an Blutkrebs gestorben«, oder »ich wurde von meinem Vater mißbraucht«. Vielleicht nicht sagen zu müssen: »Ich bin auf dem Gipfel eines Berges gewesen«, oder »ich tauche nach der Titanic«. Jetzt wußte Erling Fall, daß er im Basislager gemeinsam mit Bjarne Gade und den Trägern ein Wiedersehensfest vorbereiten mußte. Aber wenn nun Lars Martin Høinæss starb? Und was gab es eigentlich zu feiern? Erling Fall meinte eine gewisse Ironie in der Stimme des Journalisten gehört zu haben, der Gudmund Kværnland für die Verdens Gang interviewte. Dieser Berg war nicht so berühmt wie der Mount Everest und Gudmund Kværnland erregte öffentliches Interesse nur in seiner Eigenschaft als Milliardär. »Was haben Sie als nächstes vor, Gudmund Kværnland?« fragte der Journalist hinterhältig. »Die Besteigung des Himmelbjerget* mit Kjell Inge Røkke?« Erling Fall lauschte gespannt. Er wollte wissen, ob der Freund so verrückt war, anzukündigen: »Die ersten Homos auf dem Mount Everest«, aber Gudmund Kværnland sagte es nicht. Er sagte nur mit einem kleinen Lachen: »Vielleicht habe ich genug von den Bergen. Wie David und Jesus sollte ich eventuell jetzt in die Wüste gehen.«

Ach so? er dachte jetzt daran, in die Wüste zu gehen? wunderte sich Erling Fall, etwas irritiert, Gudmund Kværnland hatte immer einen Hang zum Kryptischen gehabt. Das war der Grund, warum er seine Umgebung leicht glauben machen konnte, er müsse um vieles intelligenter sein als alle anderen. Erling Fall wartete zusammen mit Bjarne Gade im Basislager. Der Pathologe hatte nicht mit Medikamenten gegeizt, und Lars Martin Høinæss wirkte endlich etwas kräftiger, das Fieber war gesunken, und das Vorhaben, ihn am nächsten Morgen weiter nach unten zu bringen und ihn mit dem Hubschrauber nach Katmandu zu fliegen, wogegen er lauthals protestiert hatte, wurde aufgegeben. Die drei Norweger warteten also zusammen mit den Trägern im

* Höchster Berg Dänemarks.

Basislager. Der Abstieg hatte begonnen. Erst eine Übernachtung im Lager 2. Das letzte Stück bis zum Basislager am nächsten Tag. Ein Gefühl wie eine große Leere, dachte Erling Fall, wie nach einem Fußballspiel, auch einer Sportart, die er nicht richtig verstehen konnte. Was mit der *Intensität* zu tun hatte, die man in diese Dinge legte, und die ihm so fremd war. Er sah, vielleicht weil er Amtsrichter war, in jedem erregten Menschen einen potentiellen Verbrecher, wobei es kaum eine Rolle spielte, *was* diesen erregt hatte, es war ein Mensch außer Kontrolle und bereit, Grenzen zu überschreiten, wenn sich die Gelegenheit dazu bot. Das hieß nicht, daß Erling Fall für einen erregten Menschen Verachtung empfand, nur Angst. Und erregte Frauen konnten ihn wahrhaft *zu Tode* erschrecken. Zu Merete Bøvers schwachen Seiten gehörte es, daß sie nicht allzuviel Alkohol vertrug. Sie wurde dann reizbar und wollte zerstören, was ihr in die Finger kam. Erling Fall hatte ihr das immer wieder gesagt, doch es half nichts. Im betrunkenen Zustand verlor Merete Bøver jede Selbstkritik, das hatte Erling Fall nur zu oft beobachtet. Wie erregte Schlachtenbummler verlor sie jedes Urteilsvermögen. Alles, was sie sah, war plötzlich genial. Sie hatte auch den etwas peinlichen Hang, sich vor fremden Männern ausziehen zu wollen; und am Ende fing sie schließlich, nachdem sie darauf bestanden hatte, mit absolut allen, die sich im Raum befanden, Tango zu tanzen, jedesmal zu heulen an. *Weshalb* sie eigentlich heulte, brachte Erling Fall nie richtig in Erfahrung. Sie erzählte dann oft von ihrem geisteskranken Bruder, aber Erling Fall bezweifelte, daß es damit zu tun hatte. Vielleicht war es nur eine Reaktion auf die Meldung des Unterbewußtseins, daß sie zu weit gegangen war, daß sie nicht hätte trinken sollen, daß sie nicht mehr wußte, wer sie war. Zu seiner Verwunderung waren es solche Dinge, die Erling Fall weit oben im Himalaya durch den Kopf gingen, während die Kværnland-Expedition mit dem Abstieg beschäftigt war. Er dachte, daß mangelnde Selbsterkenntnis eigentlich eine Gefahr für die Allgemeinheit war. Es gab zu dieser Zeit einundvierzig Amtsrichter in Norwegen, und die hatten jährlich im Durchschnitt zweitausendachthundert Strafverfahren, die vor Gericht kamen, und fünftausendachthundert Fälle, die dem Untersuchungsrichter vorgeführt wurden. Erling Fall hatte das Gefühl, daß er nur wenig von den Verhaltensmustern der Menschen verstand, auch wenn der Bezirk Oppland ein friedlicher Fleck auf Erden war. Kriminelle Handlungen waren immer das Ergebnis von Erregungszuständen, und die Erregung als Phänomen war ein weit über die Gerichtssäle hinausgehendes Studium wert. Im Laufe seiner langen und vertraulichen Gespräche mit Ang Gyalu zu Beginn der Expedition war Erling Fall klar geworden, daß mentale Erregung der eigentliche *Tod* unter Bergsteigern war. Die meisten von den Hunderten von Toten, die in den Bergwänden des Himalaya verstreut lagen, waren nach Ang Gyalus Meinung Träumer gewesen, die vor der Realität flüchteten, die in ihrer Vorstellung, den Gipfel zu erreichen, von zu großer Erregung und zu wenig Selbstkontrolle geprägt waren. Die Streitereien, die manchmal unter erfahrenen Bergsteigern ausbrachen, wenn man nur zweihundert Meter unter dem Gipfel war und ein Unwetter einsetzte, gehörte zum Deprimierendsten, was der nachdenkliche Buddhist erlebt hatte. Es war sinnlos, zwischen solchen Männern zu vermitteln. Sie forderten ihr Recht, sie brachen aus der Gemeinschaft aus, kletterten verzweifelt bis ganz hinauf zum Gipfel, während der Wind heulte, und gingen danach freiwillig in den Tod, wie die Gans im Märchen. Es tröstete Erling Fall in seinen Ängsten (wann im Leben hatte er *nicht* vor etwas Angst gehabt! ?), daß Ang Gyalu jetzt den Abstieg führte und dafür sorgte, daß alle diese Norweger, die ihm so überhaupt nicht ähnlich waren, sicher runter ins Basislager kamen. Es verwirrte Erling Fall, daß er nicht an diese Männer denken konnte, ohne die Firma vor sich zu sehen, die sie vertraten. Er konnte sich Leif Erik Sundal nicht vorstellen, ohne an Inside Trading a/s zu denken. Es war unmöglich, an Alf Brubekk zu denken, ohne im stillen Leo Burnett zu murmeln. Und Nils Petter Drangedal von Multible Offshore war *mehr* Multible Offshore als Nils Petter Drangedal, so wie sich Erling Fall oft versprach und RGI sagte, wenn er Kjell Inge Røkke sagen sollte, oder Orkla, wenn es um Jens P. Heyerdal ging. Nur Gudmund Kværnland war Gudmund Kværnland. Obwohl sie individuelle Persönlichkeiten waren, traten sie gleichzeitig als eine Verkörperung ihrer finanziellen Ambitionen auf. Sie waren, dachte Erling Fall, in absurdem Maße mit *Geld* verknüpft, und gerade deshalb kletterten sie im Himalaya. Und über eines bestand für ihn kein Zweifel, daß nämlich der Jazzgitarrist Skjalg Antonsen aus Lillestrøm niemals auf den Gipfel des Mount Everest kommen würde. Es bestand hier ein messerscharfer Klassen- und Milieuunterschied, und der plötzliche Gedanke, daß Merete Bøvers männlicher Liebhaber kein Mann des Himalaya war, versetzte Erling Fall unversehens in eine Hochstimmung, ja fast in Erregung. Er hatte die Idee, Merete Bøver bei nächster Gelegenheit anzurufen, hier vom Basislager aus, ihr ein paar zu Worte schicken, sozusagen eine Postkarte. Aber gleich darauf mußte er mit einem schmerzlichen und zugleich resignierten Lächeln denken: Es war ja die Erregung, die mich damals, als ich sie nachts anrief, zum Narren gehalten hat! Die Erregung und der Alkohol! Der Mangel an Selbstkontrolle! Und damit war er genauso weit wie zuvor. Er wußte außerdem, daß er in diesem Ermittlungsverfahren fast um Prügel *bitten* wollte, falls er es noch mal versuchte. Ach, dachte Erling Fall am nächsten Morgen, als er die Gipfelbezwinger der Kværnland-Expedition wie Ameisen irgendwo in der Nordwand erspähte, warum war es nicht möglich, ein für alle Mal mit Merete Bøver fertig zu werden, Lotte und Siri und all das Schöne zu vergessen. Das gab es ohnehin nicht mehr. Alle seine Zukunftshoffnungen hatten sich buchstäblich in Lillestrøm festgefahren. *Dort* war also Merete Bøver glücklich, mit einem Mann, an den Erling Fall nicht denken konnte, ohne gleichzeitig an Spermien zu denken. Nicht einmal ein Mann, dachte Erling Fall, nun mit etwas gerötetem Kopf, sondern ein riesiges *Stück Fleisch*, und wenn es daran überhaupt etwas Vegetabilisches gab, dann war es ein *Kohlkopf*, oder ein Klumpen Haschisch, und außerdem wackelte und drehte sich dieser erbärmliche Gitarrist wie eine *Gans* – ja, eine Gans auf dem Swing-Seminar! Der Pathologe Bjarne Gade vom Gerichtsmedizinischen Institut mußte Erling Falls Erregung bemerkt haben, denn während sie auf die mutigen Gipfelstürmer warteten, links und rechts neben dem fast fieberfreien Lars Martin Høinæss (DnB!), fragte Bjarne Gade plötzlich: »Brauchst du wirklich nichts für die Nerven?« Erling Fall konnte sich keine treffendere Frage vorstellen, und zugleich keine traurigere. Er war ja zur Entwöhnung hierher gekommen. Er sollte sich Merete Bøver abgewöhnen, und Gudmund Kværnland hielt dafür den Himalaya und fünftausendfünfhundert Meter für das richtige Sanatorium. Erling Fall hatte selbst in den ersten Tagen das Gefühl gehabt, am rechten Ort zu sein. Vielleicht war Gudmund Kværnland so schlau gewesen, die Höhenkrankheit einzukalkulieren. Ein geschwollenes Gehirn oder eine kräftige Hirnblutung genügten, um Merete Bøver tief hinein ins Dunkel des Bewußtseins zu verbannen. Doch Erling Fall fühlte sich gesund, akklimatisiert, wie es hieß, fast schade, jetzt den Abstieg anzutreten, und trotzdem hatte Bjarne Gade ihn eben gefragt, ob er wirklich nichts für die Nerven brauche. Erling Fall wußte nicht, was er antworten sollte. Ihm war dieser Pathologe sympathisch, der natürlich wie alle Pathologen ein sehr enges Verhältnis zur Musik hatte. In dieser Wartezeit hatten sie viel über Schubert gesprochen, auch Bjarne Gade war ein begeisterter Amateurmusiker mit Klavier als bevorzugtem Instrument, und Schuberts Klaviersonaten bereiteten ihm große Freude, obwohl sie nicht leicht zu spielen waren. Bjarne Gade und Erling Fall hatten abgemacht, nach der Heimkehr zusammen zu spielen. Erling Fall wollte besonders die drei großen Brahms-Sonaten ausprobieren. Wenn Bjarne Gade ein einigermaßen versierter Musiker war, und wenn Erling Falls Zweite-Geige-Finger von dieser Bergtour nicht allzusehr mitgenommen wurden, mußten sie unbedingt einen Versuch machen. Sie hatten also bereits Freundschaft geschlossen, und deshalb wurde Erling Fall bei der Frage nach einem Nervenberuhigungsmittel nicht wütend, obwohl sie, von einem anderen Menschen gestellt, leicht als Kränkung hätte aufgefaßt werden können. Er wandte sich statt dessen seinem neuen Freund zu und sagte: »Nein Bjarne. Nein danke, ich glaube, ich brauche nichts.« Er wußte, daß der Pathologe wußte, an was er dachte. Und gerade diese Entdeckung bewirkte, daß Bjarne Gade noch nachdrücklicher einen Platz als *Freund* in seinem Leben erhielt – ja einen Platz als Freund *über* diese verrückte Klettertour hinaus, die auf einen Berg führte, von dem fast niemand etwas wußte, und die sich, wenn Erling Fall ehrlich sein sollte, als ebenso nutzlos erwies wie ein chaotisches Fußballspiel. Erling Fall mußte nun an den Pathologen Bjarne Gade denken, an *sein* Schicksal, vor dem *dieser* geflohen war, an den Möbelhändler, der, weil er zufällig gleichzeitig mit Bjarne Gade und seiner Frau am Beitostølen gewesen war, plötzlich meinte, das Recht zu haben, in ihren Geburtskanal zu ejakulieren und sie aus einer sicheren und geordneten Reihenhausumgebung in der Nordbergstraße herauszureißen und in eine lebensgefährliche Wohnblockgemeinschaft in der Nähe von Alnabru zu bringen. Ja, dachte Erling Fall, über ihnen beiden schwebte eine Melancholie. Keiner von ihnen hatte bei der Kværnland-Expedition 1995 den Gipfel bezwungen, und es schien, als würde auch Bjarne Gade nicht sonderlich darunter leiden, so wie er jetzt neben Erling Fall stand und den Gipfelstürmern entgegensah, wie sie sich in Reihe hintereinander abwärts bewegten, sich langsam von Ameisen in Silhouetten verwandelten, die man als Menschen wiedererkennen konnte. »Vielleicht *wollte* ich instinktiv nicht auf den Gipfel«, sagte Bjarne Gade. »Vielleicht reizte es mich nur, so ungefähr zu wissen, wie es ist.« Erling Fall nickte. Das waren Worte, die er verstehen konnte. Etwas ungefähr zu wissen. Und trotzdem wußten sie es nicht, denn was diese Männer da oben in der Nordwand gemacht hatten, war lebensgefährlich gewesen. Sie hatten sich fast drei Kilometer weiter oben befunden, in einer Luftschicht, die ansonsten Orkanen und Wolken und Düsenjets mit Druckkabinen vorbehalten war. »Für mich war das wichtigste, daß sie es heil überstanden haben«, sagte Bjarne Gade und holte den Begrüßungschampagner. »Du ahnst ja nicht, welche Angst ich ausgestanden habe.«

Aber Erling Fall ahnte es durchaus. Jetzt sah er sie über den letzten häßlichen Gletscher auf das Basislager zugehen, mit weniger Gepäck als beim Aufbruch, aber trotzdem unter einer größeren Last. Erling Fall versuchte, Gudmund Kværnlands Blick aufzufangen, und erkannte sofort, daß dem Freund der Schreck noch in den Knochen saß, daß er fast nicht er selbst war, außerdem so erschöpft und höhenkrank, daß er kaum reden konnte. Und dahinter all die anderen, ursprünglich hochrangige Vertreter für Leo Burnett, Multible Offshore und Inside Trading a/s, in die Knie gezwungen, krummgebeugt und von oben bis unten verdreckt, abgerissen, stinkend und mit einigen Erfrierungen.

»Da oben hatte es vierzig Grad minus«, sagte Alf Brubekk kopfschüttelnd, als könne er nicht glauben, was er erlebt hatte. Die Leiche von Howard Pratt hatten sie auch gesehen, unerreichbar auf einem Felsvorsprung. »Begraben in seiner sportlichen Kluft, auf dem kältesten Friedhof der Welt, dem Himalaya, nur für Draufgänger«, sagte Nils Petter Drangedal mit einem traurigen Grinsen, um Sekunden später in ein hysterisches Lachen auszubrechen.

Das Ganze war fast unheimlich, dachte Erling Fall danach. Sie hatten den Berg bezwungen. Sie standen im Basislager und tranken den Champagner. Kaum daß sie in der Lage waren, sich nach dem Zustand von Lars Martin Høinæss zu erkundigen. Außerdem mußten sie alle auf der Stelle zur medizinischen Kontrolle durch Bjarne Gade. Auch die Erfrierungen mußten behandelt werden. Aber noch standen sie mit erloschenen Augen vor den Zelten und tranken Champagner. Sie hoben die Plastikgläser. Sie starrten hinauf zur Nordwand, zum Gipfel, der von dieser Stelle aus nicht zu sehen war. Sie hatten den Berg bezwungen. Sie hatten das getan, weswegen sie hergekommen waren. Jetzt starrten sie nur, brachten kein Wort heraus. Die Nachmittagssonne war grell und krankhaft gelb. Der Mount Everest lag weit, weit hinten, inmitten der weißen Silhouetten von einigen der höchsten Berge der Welt. Erling Fall wußte, daß sich in diesem Augenblick Bergsteiger aus der ganzen Welt verzweifelt bemühten, den Gipfel da drüben zu erreichen. Aber keiner aus der Runde der Kværnland-Expedition war in diesem Augenblick am Mount Everest interessiert. Sie starrten hinauf zu *ihrem* Berg. Dem Ziel der Expedition. Es war, als hätte jeder sich selbst da oben gesucht, doch nichts gefunden.

Die Leere wurde für einen Abend mit gleichgültigen Gesprächen ausgefüllt. Die Freude und die Erleichterung waren groß, die Stimmung etwas verkrampft. Erling Fall stellte fest, daß manche auf eine übertriebene, leicht hektische Weise witzig und kameradschaftlich waren. Aber keiner wurde erregt. Keiner wurde zu hitzig. Keiner wollte den Berg plötzlich noch einmal besteigen. Statt dessen trösteten die Teilnehmer des Gipfel-Teams Lars Martin Høinæss von DnB und kokettierten damit, daß der Berg eigentlich ein ziemlich *trauriger* Berg sei, daß Gudmund Kværnland und die andern ihr Geld eigentlich besser hätten investieren sollen. All diese Ideale, mögliche oder unmögliche, waren auf einmal nicht mehr da. Jetzt tranken sie auf das Wohl von Ang Gyalu und scherten sich den Teufel um Kopfschmerzen, Verdauungsbeschwerden und Atemnot, jetzt hörten sie auf, über das Bergsteigen zu reden, und redeten dafür wieder höflich über Buddha, weil der Job erledigt war und weil Ang Gyalu ihn durchgezogen hatte. Und als es auf Mitternacht zuging, gab es lange Telefongespräche nach Hause.

Erling Fall stand, in seiner Eigenschaft als Funker, da und hörte zu. Wie verlegen und hilflos das klang, dachte er. Denn es gab eigentlich nichts zu reden. Jemand war auf einem Berg gewesen, und die zu Hause waren es nicht. Alf Brubekk von Leo Burnett fing plötzlich heftig zu heulen an, während er mit seiner Frau, der Physiotherapeutin in der Nordraaksgasse auf Frogner, sprach. Jetzt ist es Zeit, sich schlafen zu legen, dachte Erling Fall, denn morgen stand ein weiterer Abstieg bevor.

Mit Unterstützung der Jak-Ochsen und der Träger begann die Kværnland-Expedition an einem Tag Ende Mai 1995 vom Basislager das Kar hinunter abzusteigen. Erling Fall erinnerte ihn als einen blassen, fast windstillen Tag, mit einer freundlichen, wärmenden Sonne. Alle waren erledigt. Man hatte vor dem Aufbruch einen Ruhetag gehabt, aber der genügte bei weitem nicht. Deshalb gab es das Kar hinunter keine tiefsinnigen Gespräch mehr über Buddha oder den Aktienbestand, abgesehen davon, daß Gudmund Kværnland auf einmal entzückt aufheulte, als Leif Erik Sundal von Inside Trading a/s erzählte, daß ein bankrotter Popstar, der gerne von ihm finanziert worden wäre, ein Jahr, nachdem er in Norwegen knapp zehntausend Platten verkauft hatte, plötzlich sagte, er brauche mindestens zehn Millionen für Cash-flow. Ja, dachte Erling Fall, das war der Tag für den ermüdenden und zu nichts verpflichtenden Tratsch, für ein paar kleine Witze unter Männern, langsames Vorbereiten auf das Wiedersehen mit der Zivilisation.

Erling Fall ging direkt hinter Bjarne Gade. Heute wirkte der Pathologe noch blonder als gewöhnlich, vielleicht, weil er erleichtert war. Keine lebensbedrohliche Krankheit. Aber nicht nur das helle Haar und die blasse Haut fielen auf; man meinte fast, einen Glorienschein um seinen Kopf zu sehen. Erling Fall fragte sich erneut, wie es sein würde, mit ihm Brahms zu spielen. Bjarne Gade war ein Mann, der Erling Fall nicht nervös machte. Gudmund Kværnland dagegen hatte ständig eine nervöse Wirkung, vielleicht weil er, wie Erling Fall nun begriff, jede Freundschaft als Projekt beurteilte. Irgendwo gab es einen Zweck, doch in der Beziehung zu Gudmund Kværnland wußte Erling Fall nicht, worin dieser Zweck bestand, denn er zeigte sich offenbar nicht hier, im Himalaya. Es war nicht die Rolle des Funkers, von der Gudmund Kværnland gewollt hatte, daß er sie den Rest seines Lebens spielen sollte. Es war etwas anderes, irgend etwas, was er mit dieser Expedition testen wollte. Vielleicht testete er auch die anderen Teilnehmer. »Wenn wir zurück sind, möchte ich mich bei dir als Patient anmelden«, sagte Erling Fall zu Bjarne Gade, vielleicht einfach deshalb, weil er so vertrauenswürdig wirkte, direkt vor ihm, mit aufrechtem Gang und erleichtert, daß jetzt alles hinter ihm lag. »Bist du denn krank?« fragte Bjarne Gade und drehte sich mit seinem offenen, freundlichen Gesicht zu Erling Fall um. Und in dem Augenblick geschah es. Erling Fall wollte gerade mit einer witzigen Bemerkung antworten: »Du wolltest mir doch selbst kürzlich etwas für die Nerven geben.« Aber er hatte den Satz erst zur Hälfte gesagt, da stolperte Bjarne Gade. Es war ein etwas größerer Stein, der auf dem Weg lag, sonst nichts, und sie gingen auf einem ziemlich breiten Pfad, breiter als die meisten Wanderwege zu Hause in den norwegischen Bergen. Aber Bjarne Gade stolperte nach vorne, etwas zu weit hin zum Abhang. Das ist nicht gefährlich, dachte Erling Fall. Der Abhang war nicht sehr steil. Erling Fall hatte außerdem Blickkontakt mit dem fallenden Bjarne Gade, und der Pathologe lächelte, zwar etwas erstaunt, aber als sei er bereit, den Rest von

Erling Falls witziger Bemerkung aufzunehmen. Aber der Abhang war blanker Fels, und Bjarne Gades Geschwindigkeit war größer, als Erling Fall erwartet hatte, und vielleicht war der Abhang trotzdem steiler, als man ahnte, wenn man auf dem Weg ging, denn jetzt hatte sich Ang Gyalu umgedreht, er sah, was passierte, und er schrie, denn Bjarne Gade rollte weiter, und der Abhang betrug nur fünfzig Meter, und dann kam ein Abbruch, vielleicht dreihundert Meter senkrecht bis in den Talgrund, wo der ausgetrocknete Fluß war, und der Pathologe Bjarne Gade vom Gerichtsmedizinischen Institut in Oslo rollte und rollte, und die Geschwindigkeit nahm zu, das war so komisch, so unwirklich, daß Erling Fall lachen mußte, und dann kam der Abbruch und Bjarne Gade verschwand in der Tiefe, und danach dachte Erling Fall, immer wieder, vielleicht bis zu seinem Todestag, daß nicht der geringste Laut aus seiner Kehle gekommen war.

VIERTER TEIL

Erling Fall landete 1995 an einem windigen Herbsttag in Taipeh. Er saß »vorn«, wie es hieß, dort, wo die Beinfreiheit größer und das Essen besser war, und auf dem Platz neben ihm in dem erschreckend großen Jumbo-Jet der Air-France saß Gudmund Kværnland, und Erling Fall wußte, daß der Freund um einiges nüchterner war als er selbst. Millionäre, stellte er fest, konnten durchaus ihre Drogen- und Alkoholprobleme haben und Skandale in Nachtklubs, aber Multimillionäre? Niemals. Multimillionäre, dachte Erling Fall, haben das Stadium hinter sich, in dem der Genuß für vierhundertfünfzig Kronen pro Flasche oder zweitausendfünfhundert Kronen für einen Schuß gekauft werden konnte. Der Kick war die Macht, die Kontrolle der Aktien; sich etwas ganz Unproportionales anzueignen, wie Gudmund Kværnland selbst sagte, ein großes Stück aus dem Kuchen, den man Weltwirtschaft nannte, so reich zu werden, daß ein eventueller Konkurs einen Ausschlag auf der Richterskala gibt. »Fühlen ist eine Belastung«, hatte Gudmund Kværnland gesagt, als der Jumbo-Jet nach der Zwischenlandung in Bangkok die Wolkengrenze durchstieß und auf das Südchinesische Meer zusteuerte, »vielleicht habe ich mich deshalb entschieden, reich zu werden. Es gibt Metaphern, die wirklicher sind als die Menschen, die auf der Straße gehen. Es gibt in Büchern verborgene Bilder, die lebendiger sind als so mancher Mann und so manche Frau. Mit all diesem Geld, von dem ich übrigens noch nie etwas gesehen habe, komme ich der Metaphysik näher.« Erling Fall hörte sich die Erklärungen des Freundes an. Es hatte ihn schon oft gewundert, warum diese Freundschaft trotz allem immer wieder gehalten hatte, in allen Stadien. Damals in der Katedralschule, als Gudmund Kværnland Spezialist für die Doors und für Thomas Mann gewesen war, hatte Erling Fall die gleiche Rolle gespielt wie jetzt. Die Rolle des Sancho Pansa oder die Rolle der Gans im Märchen vom Huhn, das zum Dovrefjell mußte, um die Welt vor dem Untergang zu retten. »Ich komme mit«, sagte die Gans. Ja, »ich komme mit«, sagte Erling Fall, weil es immer so gewesen war, wenn Gudmund Kværnland fragte. Erling Fall hatte sich in den letzten Monaten oft darüber gewundert, warum das so war, daß manche Menschen kommandierten, während andere gehorchten. Erling Fall konnte niemals kommandieren, ihm war klar, daß er dazu geschaffen war, zuzuhören, einfache Fragen zu stellen, und dann, jedenfalls was seinen Beruf anging, einen Schlußstrich zu ziehen und danach das *Urteil zu fällen*. Es war auch in seinem privaten Leben eine seiner geheimen Freuden gewesen: stets der zu sein, der die Fragen stellte. Es erstaunte ihn, wie bereitwillig die Leute redeten, wie fast alle Menschen, die er kannte, eigentlich unterernährt waren an Aufmerksamkeit und ständig die gleichen Geschichten über sich erzählen konnten, sobald sie jemanden hatten, der zuhörte. Erling Fall hörte zu! Er hatte seinen Platz in der Gesellschaft gefunden, wie er seinen Platz im Streichquartett gefunden hatte. Zweite Geige war nicht die erste Wahl eines Musikers, das wußte er genau, aber seine Geigenlehrerin in der Kindheit, die liebenswerte, aus der Schweiz stammende Frau Marlise Bøhn, die Mutter des hochgeachteten Geigers Ole Bøhn, hatte sein Ambitionsniveau und seine Fähigkeiten erkannt und gesagt: »Nimm doch nur von Beethovens letzten Quartetten die zweite Geige weg, wie, glaubst du, würden sie *dann* klingen?« Es war die Geigenpädagogin Marlise Bøhn, die Erling Fall seinen Platz in der Musik klargemacht hatte und dadurch vielleicht auch im Leben. Er wußte, welchen Platz er ausfüllte. Er wußte, wenn man ihn herausnahm, würde man ihn vermissen. Später, zu Hause bei Frøydis und Claus, wo sie über Kontrapunkte in Beethovens Rasumowski-Quartetten gesprochen hatten, die zu spielen sie damals wagten, hatte Erling Fall sie etwas verstohlen, unter dem Vorwand, er wolle zuhören, was die anderen unterwegs eigentlich machten, gedrängt, *ohne* ihn zu spielen. Sie hatten es versucht, jedenfalls ein paar Takte lang, und es hatte ganz schrecklich geklungen, wie wenn Gerichtsrat Christian Fall zu reden versuchte, und das klang wie Bruchstücke einer Sprache, die vor tausend Jahren untergegangen war. Nur durch das Fehlen dieser einen Geige klang Beethoven wie das Heulen des Windes in einem unbewohnten Haus, in dem die Fenster offenstanden. Ja, dachte Erling Fall, es klang in erster Linie *unheimlich*. Genauso wollte er, daß es jetzt in Merete Bøvers Leben klingen sollte, obwohl er wußte, daß das müßig war. Auch wenn sie die Anzeige zurückgezogen hatte und die Sache erledigt war, wollte sie ihn nicht mehr als zweiten Geiger. Und genau deshalb saß er hier, an einem windigen Novembernachmittag des Jahres 1995, in einem Air France Jumbo-Jet, der auf Chiang Kai-shek landete, dem internationalen Flugplatz vor Taipeh, eingeladen von Gudmund Kværnland, und diesmal nicht als Bergsteiger oder Funker, sondern in seiner Eigenschaft als Jurist und Berater in Wirtschaftsfragen, weil Börse und internationales Recht seit vielen Jahren zu Erling Falls Hobbys zählten. Wenn Lotte und Siri schlafen gegangen waren und Merete noch im Atelier arbeitete, setzte sich Erling Fall in den Lehnstuhl und nahm sich die Bücher und Zeitschriften vor, die ihm mehr über den freien Fluß des Kapitals auf dieser Erde berichteten. Er hatte sich immer gewundert, wie häufig die internationale Jurisprudenz kriminelle Zustände unterstützte, wie Steuerhinterziehungen mehr die Regel als die Ausnahme waren, wie die ganze Weltwirtschaft es beinahe so einrichtete, daß einige wenige Menschen neunundneunzig Prozent des Geldes verwalteten, das der Welt zur Verfügung stand. Es hatte ihm gefallen, sich auf seinem Hof am Randsfjorden mit diesen Dingen zu beschäftigen, unterbrochen von Zwangsauktionen, Nachlaßverteilungen, Vaterschaftsfällen und Promille- und Vergewaltigungsurteilen. Von diesem Punkt der Welt hatte er das Gefühl, die völlige Übersicht zu haben. Das muß auch so gewesen sein, jedenfalls Gudmund Kværnland zufolge, der beeindruckt war vom Wissen des Freundes. Deshalb hatte er einmal im Spätsommer gefragt, ob Erling Fall nun, nachdem sein Verfahren eingestellt war und er aller Voraussicht nach auf seine Stelle als Amtsrichter zurückkehren würde, sich statt dessen vorstellen könne, seine offensichtlichen Fähigkeiten auf eine andere Weise einzusetzen, sein Leben aus einem anderen Blickwinkel zu betrachten, seine Scheidung von Merete Bøver als echte Möglichkeit zu sehen, neu anzufangen, die Stolpersteine aus dem Weg zu räumen! – nach dem Urmann zu suchen! – oder, ha ha, einer zu werden, jedenfalls in materieller Hinsicht, wesentlich reicher und einflußreicher, als es Erling Fall jetzt war. »Du kannst nicht ewig nur besoffene Besitzer von alten Skodas zu drei Monaten Gefängnis verknacken, Erling. Was vor einer Woche auf dem Fest im Gemeindesaal passiert ist, geht dich auch nichts an. Sollen sie sich doch verprügeln. Die Welt verlangt mehr von dir. *Ich* verlange mehr von dir!«

Erling Fall hatte über Gudmund Kværnlands Vorschlag den ganzen Sommer nachgedacht, als er wieder zu Hause am Randsfjorden war und versuchte, innerlich ins reine zu kommen, froh darüber, daß alle, Frøydis und Claus Bilden und Nils Bjelland, der Bratschist sowie der Filialleiter aus Gjøvik, noch immer mit ihm Quartett spielen wollten. Er hatte gedacht, daß er auf diesem Hof glücklich war und daß das Glück unmöglich an einen einzigen Menschen geknüpft sein konnte. Das Glück mußte also, früher oder später, wiederkommen.

Aber es kam nicht, er fühlte sich rastlos, und als Lensmann Oddleif Jaren persönlich kam, um ihm persönlich mitzuteilen, daß Merete Bøver die Anzeige zurückgezogen habe, war er nicht einmal erleichtert, nur leer, als sei etwas Unfruchtbares und Unbehaustes in ihm, als sei die Sehnsucht nach ihr immer noch stärker als alles mögliche andere. In diesem Sommer geschah es, plötzlich und ohne Vorwarnung, daß ihm der ewige Alltagstrott die Luft abschnürte. Ihn erfaßte eine physische Übelkeit, wenn er Gunnar Hov auf dem Traktor sitzen und den Acker, der sich zur Kirche erstreckte, bearbeiten sah. Sogar die Streichquartettabende bei Frøydis und Claus machten ihn rastlos. So gelang ihnen auch Schubert nicht. Die Tour im Himalaya hatte sich katastrophal auf Erling Falls Geigenspiel ausgewirkt. Die anderen waren nachsichtig gegen ihn, und das konnte er nicht vertragen. Der Sommer verging, er fühlte sich mehr und mehr wie gefangen in einer Falle, und als Gudmund Kværnland ihn wieder ins Norsken einlud, um ein offenes Wort mit ihm zu reden, war er mehr als bereit. Die Tragödie im Himalaya war zum Glück kein Gesprächsthema mehr. Gudmund Kværnland war es auch überzeugend gelungen, Bjarne Gades Tod von der eigentlichen Expedition zu trennen. Die Besteigung des Achttausenders war äußerst erfolgreich gewesen. Was danach geschah, war fast ein Verkehrsunfall, der jedem hätte zustoßen können. Erling Fall merkte, daß auch er es erstaunlich schnell geschafft hatte, den Gedanken an Bjarne Gade zu verdrängen, auch wenn er ab und zu mitten in der Nacht mit dem Gefühl aufwachte, gerade in einen Abgrund gefallen zu sein. »Das Leben geht weiter«, hatte Gudmund Kværnland gesagt, »vergiß das nie.« Und weil Erling Fall auf das hörte, was Gudmund Kværnland sagte, reichte er am Tag nach dem Abend im Norsken ein Gesuch für eine längere Beurlaubung ein, und deshalb kam er an diesem windigen Novembertag des Jahres 1995 nach Taipeh, zusammen mit dem Freund und in einer Limousine des Typs, von dem es in Norwegen nicht mehr viele, wenn überhaupt welche, gab. Aber das war Taiwan, »dieses Land, das niemand anzuerkennen wagt, obwohl es das einzige Land auf dieser Seite der Weltkugel ist, das es richtig gemacht hat, das eine Demokratie ist, das allen seinen Bewohnern einen sicheren Wohlstand bieten kann«, wie Gudmund Kværnland sagte. Erling Fall nickte, merkte, daß er müde war. Im Flugzeug, als sie ungefähr über dem Himalaya waren, hatte er von Merete geträumt. Sie ruderte in einem Kahn. Er saß auf der Heckbank. Sie waren draußen auf dem Randsfjorden. Es war Ende April. Das Eis war gerade aufgebrochen. Der Osternebel hing tief. Er merkte, daß er Angst hatte, die übliche Angst, wenn er wußte, daß sie das Heft in der Hand hatte, als wüßte sie etwas, was er selbst nicht wußte. Er konnte nicht erklären, warum er sich als Mann oft *dumm* vorkam, vermutlich viel dümmer, als sich die meisten Frauen als Frauen fühlten, jedenfalls dümmer als Merete, trotz ihrer koketten Unsicherheit, wenn es um den künstlerischen Wert ihrer Bilder ging, die sie malte. Jetzt fiel ihm der Traum ein! Er saß im Ruderboot und fragte sie, warum sie die Anzeige zurückgezogen habe. Das sah ihr nicht ähnlich, eine Sache, die sie sich vorgenommen hatte, aufzugeben. Auch im wachen Zustand hatte er sich darüber gewundert, daß sie keine rechtlichen Schritte gegen ihn unternehmen wollte. Auch da hatte er, wie im Traum, ein unangenehmes Gefühl. Ihn überfiel die bange Ahnung, daß er damals, als er spätnachts die Nummer in Lillestrøm gewählt hatte, Dinge gesagt haben mußte, für die er jetzt nicht einstehen konnte. Ja, er erinnerte sich an eine Wut, tief und schmerzhaft, wie in einem milchweißen Nebel, ohne Richtung und nicht greifbar. Er dachte, auch im Traum, daß er sie bedroht haben mußte – ja, ihr ganz sicher gedroht hatte, sie umzubringen, so, wie diese leichenblassen Typen mit Fußballerfrisuren und Tätowierungen, die vor Gericht standen, oft zugaben, daß sie es getan hatten. Sie entschuldigten sich meistens damit, daß sie zu viel getrunken hatten, sich um den Mjøsa-See und bis hinauf nach Koppang schwarz Alkohol besorgt hatten, daß sie es nicht so gemeint hätten, was sie gesagt hatten, es aber trotzdem sagten. Jetzt, im Traum, saß Erling Fall zusammen mit Merete in einem Ruderboot, und er wußte, daß sie etwas wußte, und in dem Augenblick fiel ihm ein, was er gesagt haben mußte, sowohl im Traum wie in der Wirklichkeit: »Ich werde dich umbringen.« War wirklich er es, der das gesagt hatte, dachte er sofort danach, denn sie saßen in einem Ruderboot, und sie hatte die Anzeige zurückgezogen. Sie saß direkt vor ihm und ruderte, weil sie keine Angst mehr vor ihm hatte. Er war ungefährlich geworden. Die Drohungen schepperten wie leere Büchsen zwischen ihnen. Da merkte er, daß er wütend wurde auf diese Frau, wütender als je zuvor in seinem Leben. Der Traum ging weiter, im Traum konnte er ihren Hals spüren, wie er mit beiden

Händen zudrückte, wie sich die Angst auf ihrem Gesicht zeigte, wie sie versuchte zu schreien, aber keinen Laut herausbrachte, wie ...

Er war jäh erwacht, schweißgebadet. Gudmund Kværnland hatte im Sitz neben ihm geschlafen. Erling Fall hatte beim Chefsteward Champagner bestellt, in der Kabine war zum Glück das Licht fast völlig gelöscht, und Erling Fall hatte nach Luft geschnappt, denn er hatte zum ersten Mal geträumt, einen Menschen zu töten.

Er war etwas verwirrt im Kopf, als er sich endlich in seine Suite zurückziehen konnte, in dem altehrwürdigen Grand Hotel von Taipeh, mit einer Architektur wie ein alter, chinesischer Palast. Gudmund Kværnland war sofort zu Bett gegangen, sie hatten ihren ersten Termin erst am nächsten Tag um 9 Uhr. Es war nicht mehr hell. Ihre Reise hatte eine ganze Nacht und einen ganzen Tag gedauert, nachweislich der kürzeste Tag im Leben von Erling Fall. Der Diener war fertig mit dem Herrichten des Bettes und hatte ihm gezeigt, wie die Fernbedienung für Radio und Fernseher funktionierte. Die Obstschale des Direktors stand auf dem Salontischchen mit der Versicherung des Direktors, es sei ihm eine persönliche Freude, ihn als Gast zu haben, und er möge nur klingeln, egal zu welcher Zeit, wenn er Wünsche habe. Erling Fall ging zum Fenster, zog die schweren Gardinen zur Seite. Vor ihm lag Taipeh, seltsam vertraut in all seinen Kontrasten, dachte er erstaunt. Direkt unter ihm der Keelung-Fluß. Dahinter Taipeh Sungshan Airport für die Inlandflüge. Im Dunkeln sah es aus, als würden die großen Maschinen auf den Dächern der Häuser an der Rollbahn landen. Die nächtliche Stadt wogte weiter nach Süden, und Erling Fall wußte, daß er nicht würde schlafen können, weil der Traum über Merete Bøver geträumt war, weil er das Gefühl hatte, daß er, egal, was

Gudmund Kværnland sagte, sein Leben nicht mehr im Griff hatte, dieses Leben, das er die ganze Zeit als ein anständiger Mensch hatte leben wollen. Erneut mußte er sich in Erinnerung rufen, daß er immer den starken Wunsch gehabt hatte, sich einzuordnen, das System zu akzeptieren, alles, was sich der Mensch an Regeln, Ordnungen und Vorschriften hatte einfallen lassen und was man oft und trotzdem unbegreiflicherweise eine Gesellschaft nannte. Jetzt dachte er, daß für den, der allein ist, ohne Gott oder eine andere geistige Kraft, das Gewicht der Tage furchtbar ist. Deshalb muß man sich für einen Herrn entscheiden.

Er ging hinunter in die Bar, noch immer froh, daß Gudmund Kværnland direkt aufs Zimmer gegangen war, um zu schlafen. Es war Whiskyzeit, und Erling Fall wußte, daß er viel Zeit und viel Whisky brauchte. Zu seiner Freude war die Bar fast leer, nur eine Gruppe amerikanischer Investoren, die in ihrer lauten Art mit einigen taiwanesischen Geschäftsleuten über Valutatransfers sprachen, und einige schöne, taiwanesische Prostituierte. Ja, Business, dachte Erling Fall. Er hatte sich für einen Herrn entschieden. Oder war es Gudmund Kværnland, der für ihn entschieden hatte? Der Markt war so willkürlich. Was all die Jahre sein Hobby gewesen war, das war plötzlich ein Beruf. Er wußte, daß er ein guter Investor war, weil er über ein Wissen verfügte, das über das rein Wirtschaftliche hinausging. Er wußte, welche Rohstoffe die Welt brauchte und benutzte. Er wußte, welcher Art von Technologie die Zukunft gehörte und was sich hinter den Firmennamen der gigantischen Gesellschaften verbarg. Außerdem wußte er etwas über den ungehinderten Fluß von Dienstleistungen und über das Nervensystem des Aktienmarktes. Er saß auf einem Sofa und dachte an seinen merkwürdigen Job, bestellte

Whisky mit Eis, die beiden Prostituierten versuchten, mit ihm in Kontakt zu kommen, und Erling Fall bemühte sich, so deutlich wie möglich zu sein, als er wie zufällig, aber doch abwehrend, die Hand hob. Gudmund Kværnland hatte Erling Fall oft wegen seiner Keuschheit gehänselt, und Erling Fall verstand das selbst nicht genau, denn er bildete sich ein, relativ normal zu sein; aber sich eine Frau zu kaufen war ihm fremd, weil Intimität, wie er sie empfand, mehr verlangte, eine Fortsetzung. Was ihn interessierte, war die Wahrheit, deshalb war er Amtsrichter geworden; und jetzt interessierte ihn die gnadenlose Wahrheit der Börsennotierungen, solange er Gudmund Kværnlands persönlicher Berater war. Aber Wahrheit? Wenn er sich auf diese Weise sexuelle Dienstleistungen kaufte, hieß das doch, das wußte er trotz allem, daß die Prostituierte den Eindruck erwecken wollte, etwas zu lieben, was sie überhaupt nicht liebte. Allein der Gedanke, sich vor einer Person zu entblößen, die nur zärtlich sein wollte, solange er es bezahlen konnte, erschreckte ihn. Genau aus diesem Grund hob er abwehrend die Hand, und auf diese Weise blieb er ungestört sitzen, eine etwas bittere Ungestörtheit, mußte er zugeben, denn er konnte ja nicht abstreiten, daß ihm die Anwesenheit von Frauen fehlte. Plötzlich fielen ihm seine Gespräche mit dem Pathologen Bjarne Gade in den Tagen vor seinem Tod ein. Während sie auf die anderen Bergsteiger warteten, hatten sie viel über die zementierten Männer- und Frauenrollen gesprochen, und weil Bjarne Gade in seinem Umgang mit allem Menschlichen so gänzlich ohne Tabus war, hatten sie auch über das männliche Sexualleben gesprochen, die Faszination, zum Beispiel, von überdimensionierten Brüsten, der, wie Bjarne Gade und Erling Fall wußten, viele Männer erlagen. Sie gestanden sich gegenseitig, daß gerade *das* nicht *ihr* Problem war, weil ihre Frauenideale eher Audrey Hepburn und Jean Shrimpson waren als Jayne Mansfield und Gina Lollobrigida. Aber mit einem kurzen Blick in egal welche Pornozeitschrift könne man, wie Bjarne Gade gesagt hatte, sehen, daß *das* nicht die Meinung der Mehrheit war. Bjarne Gade wußte dann von einer seltenen Krankheit zu erzählen, auf die die Ärzte der Welt allmählich aufmerksam wurden, nämlich die sogenannte *Gigantomastia*, die sich in einem schnellen und übertriebenen Wachsen der Brüste äußerte. »Wir wissen nicht, was die eigentliche Ursache ist«, hatte Bjarne Gade gesagt. Er hatte erzählt, daß die meisten Fälle in der Schwangerschaft auftreten, daß die Brüste der Frauen dann auf eine groteske Weise zu wachsen beginnen. Die schlimmsten Fälle, von denen Bjarne Gade gehört hatte, waren Frauen von normaler Größe mit Brüsten, von denen jede bis zu 25 Kilo wog. Bjarne Gade hatte dabei auf die versteckte Ironie verwiesen, die darin bestand, daß eine solche Krankheit in einer Zeit ausbrach, in der nachweislich viele Männer nicht genug kriegen konnten an großen Brüsten. Das sei, wie er sagte, ein indirektes Zeichen, daß etwas aus dem Gleichgewicht geraten war, meinetwegen ein Kulturphänomen, ähnlich dem des HIV-Virus. Erling Fall hatte nicht gewußt, was er antworten sollte. Es ging Bjarne Gade nicht um Weltuntergangsprophetien, denn seine Anschauung vom Leben war nicht die Vision eines Gottes, aber jetzt saß Erling Fall in der Bar des Grand Hotels in Taipeh und hatte durchaus ein Weltuntergangsgefühl. Er trank den Whisky in großen Schlucken und schielte ab und zu hinüber zu den kleinen, netten und feinen asiatischen Frauen, die ihn ganz sicher respektvoll behandeln würden, solange er sie bezahlte. Und damit war ein anderer Gedanke unumgänglich: Er war ja *selbst* ein Prostituierter in diesem Hotel, war gekauft und bezahlt von Gudmund Kværnland, sollte einen Job übernehmen, zu dem er keine Lust hatte, dem er aber aus Gründen, die er noch nicht durchschaute, zugestimmt hatte. Er wußte nicht, was er fühlte oder was er fühlen wollte; er wußte nicht einmal mehr, was er dachte oder wer er war. So als habe er, in der unterdrückten Verbitterung seines Lebens, in jeder Hinsicht die natürliche Fähigkeit zur Freude abgelegt. Vielleicht mußte er einsehen, daß er immer traurig gewesen war, auch im Zusammenleben mit Merete Bøver, unverständlich und verschlossen, für sich selbst und für sie. Aber damals hatte er es geschafft, als Amtsrichter zu überleben und seine Würde zu erobern. Jetzt war er ein weiteres Mal an das andere Ende der Welt gebracht worden, »weil es dort einen Markt gibt«, wie Gudmund Kværnland gesagt hatte. Dabei wußte Erling Fall, daß er sich im tiefsten Innern nach Ruhe und Frieden sehnte, aber Frieden gab es nicht am Randsfjorden, wie er geglaubt hatte. Jedenfalls momentan nicht. Ihm fiel ein, daß er in all den Jahren mit Merete Bøver nicht an sich hatte denken müssen, weil er statt dessen an Merete Bøver dachte. *Sie* war das Ziel all seiner Aufmerksamkeit gewesen, und deshalb hatte er als Mann funktioniert, als Stiefvater, als Amtsrichter, sogar als Eigentümer eines Pachthofes und damit auch als Vorgesetzter des Pächters Gunnar Hov. Jetzt, nachdem er begonnen hatte, in so unangenehmer Intensität sich selbst zu erforschen, erschien das Dasein viel gefährlicher. Er funktionierte zur Zeit weder als Mann noch als Stiefvater oder Amtsrichter oder Besitzer eines Pachthofes. Alles konnte plötzlich in seinem Leben passieren. Vieles war auch schon passiert. Er mußte vor sich selbst zugeben, daß unabhängig davon, inwieweit Bjarne Gades Tod ein Unfall war, der Pathologe den Tod gefunden hatte, weil er sich umgedreht und eine von Erling Fall gestellte Frage beantwortet hatte. Bjarne Gade hatte überdies die Frage mit einer *anderen* Frage beantwortet: »Bist du denn krank?« Und das waren, lächerlich und erschütternd zugleich, die letzten Worte, die Bjarne Gade in seinem Leben sagte, nur Sekunden, bevor *sein* Körper viele hundert Meter weiter unten irgendwo auf den großen Felsen zerschmettert wurde. Vielleicht, dachte Erling Fall jetzt, lag darin eine ebenso infame Symbolik wie in Bjarne Gades Interpretation der Brustkrankheit *Gigantomastia*. Vielleicht *war* Erling Fall tatsächlich krank, so krank, daß der *Pathologe* sterben mußte, nur weil er freundlich war und Interesse zeigte. Vielleicht, dachte Erling Fall, war er jetzt der geworden, der er eigentlich ist, und verdankte das der Tatsache, daß er keine Merete Bøver mehr hatte, an die er sich klammern konnte. Ja, Merete hatte sich nicht einmal gescheut, ihn nur einige Tage, bevor sie bei ihm auszog, ordentlich zu verhöhnen: »Du *klammerst* dich an mich wie an eine Mutterfigur, Erling! Du saugst mir die Kraft aus, wie ein Schwamm, weil du weißt, daß du aus eigenem Antrieb *nichts* bist, und genau *das* halten die wenigsten Frauen aus.«

Nichts aus eigenem Antrieb. Ihre Infamie erschreckte ihn immer noch, nach so langer Zeit. Er erinnerte sich, wo sie stand, als sie das sagte, in der Küche, während sie abwusch, und sie heulte, als sie es sagte, weil sie wußte, daß es fürchterlich war, so etwas zu sagen; aber er hatte sie angehört, und plötzlich hatte er Lust bekommen auf sie. Er wußte nicht, daß sie Skjalg Antonsen schon einen festen Platz in ihrem Leben eingeräumt hatte. Er durchschaute nicht, daß sie bereits alle seine körperlichen Annäherungen *verabscheute*. Er stand deshalb erschrokken da und nahm ihre Abfuhr entgegen und entschuldigte sie damit, daß es sicher die Periode war, daß sie ein Bild nicht hingekriegt hatte, weiß Gott was. Er hatte gedacht, daß sie total ungerecht war, aber jetzt, nach allem, was sie durchgemacht hatten, dachte er plötzlich, daß sie vielleicht recht hatte, daß er sie schamlos mißbraucht hatte, um der Konfrontation mit sich selbst zu entgehen. Vor einigen Stunden hatte er also geträumt, daß er sie *getötet* hatte. Was ist *das* nun für ein Signal des Unterbewußtseins, dachte er empört in der Bar des Grand Hotels in Taipeh, schüttete den Whisky in sich hinein und sah mit paradoxer Wehmut, daß ihn die Prostituierten schließlich aufgaben und gingen, ihn verließen. Er bot also einen so trostlosen Anblick, daß ihn die Prostituierten *verließen*, ohne das Äußerste versucht zu haben, um an ihm Geld zu verdienen! Das machte ihn noch verzweifelter; er erhob sich schwankend vom Stuhl, nahm den Aufzug hinauf zu seiner Suite, wo er schlaflos im Bett lag und die immer gleichen, unmöglichen Gedanken im Kopf kreisten. Nichts aus eigenem Antrieb. Die Wörter klangen schrecklich, wie das Echo eines gescheiterten Zusammenlebens. Sogar hier, auf der anderen Seite der Welt, wo alles möglich war, hatte er keine Ahnung, ob ihn nun, trotz Gudmund Kværnlands Anwesenheit, der Gedanke, allein mit sich zu sein, erleichterte oder erschreckte.

Am nächsten Morgen traf er Gudmund Kværnland beim Frühstück. Es war offensichtlich, daß der Multimillionär gut geschlafen hatte. Aber es herrschte eine deutliche Spannung zwischen ihnen. Gudmund Kværnland kannte Erling Fall seit vielen Jahren gut genug, um zu *sehen*, daß der Freund nicht geschlafen hatte. Er wollte sofort wissen, ob das eine konkrete Ursache habe. »Die Frauen hier in Taiwan sind schön, Erling, und diese Reise ist ein

Test«, meinte er scherzhaft. »Ich will natürlich rausfinden, ob du 1997 reif bist für die Expedition ›Die ersten Homos auf dem Mount Everest‹.« Erling Fall blickte erstaunt auf, erkannte gewisse Untertöne in dem Scherz, als versuchte Gudmund Kværnland immer noch, Erling Fall in die ewige Jagd nach der eigenen sexuellen Identität hineinzuziehen. Es handelte sich um irgend etwas, was Gudmund Kværnland in seinem Leben brauchte, was Britt-Elin ihm nicht geben konnte, ein Bedürfnis, das vielleicht Erling Fall befriedigen konnte. Die alles verschlingende Freundschaft unter Männern. Erling Fall wußte inzwischen genau, daß für Gudmund die sogenannte Kernfamilie ein zweischneidiges Schwert war. Britt-Elin hatte eigentlich keine Chance. Er wird sie irgendwann verlassen. Was ihm wirklich etwas *bedeutete*, waren die zwei Knaben, die »Ungeheuer«, wie Gudmund Kværnland seine zwei Söhne Vigleik und Bentein nannte. Gudmund Kværnland hatte so offensichtlich einen Plan, sowohl mit seinen Söhnen, wie mit Erling Fall, mit Britt-Elin und mit seinen Milliarden, aber noch konnte Erling Fall nicht sagen, er wisse, worauf die Sache hinauslaufe, geschweige denn jetzt, als Gudmund Kværnland beim Frühstück auf seine alberne Weise Erling Fall nach den vermuteten Ausschweifungen der Nacht ausquetschte. Erling Fall überlegte einen Augenblick, ob er die Wahrheit erzählen sollte, daß er noch unter Schockwirkung stand, weil er geträumt hatte, hoffentlich zum ersten Mal, Merete Bøver *getötet* zu haben, kaltblütig erwürgt, die Hände um ihren Hals gelegt – ja, er habe das so lebendig geträumt, daß er schweißgebadet erwacht sei, ohne richtig zu sich zu kommen. Aber er erzählte es nicht, wohl wissend, daß solche persönlichen Geständnisse für ihn katastrophal sein konnten, für ihn als persönlichen, juristischen Berater der Kværnland-

Gruppe, für seine Verhandlungen über »kleine, zukünftige Investitionen«, wie Gudmund Kværnland es mit einem Grinsen ausdrückte. Wenn er über Milliarden redete, dann auf bewußt wegwerfende Art.

Sie wurden von einer Limousine abgeholt und zur Citibank gebracht. Die Citibank beherrschte praktisch ganz Taiwan, mit über einer Million Kreditkarten, ausgestellt für die Konsumenten. Jetzt wollte die Citibank weiter expandieren, und weil die Bank offenbar ein gutes Investitionsobjekt darstellte, und weil Asien zur Zeit der Traum eines jeden Investors war, wollte sich Gudmund Kværnland einkaufen. Er wolle sich, so hatte er vor der Abreise verkündet, in Fluggesellschaften, Schiffswerften und elektronische Firmen einkaufen. Er hatte sich Taiwan als sein Haupteinsatzgebiet ausgesucht, diese schöne Insel, die die Portugiesen einst entdeckt und eben Ilha Formosa genannt hatten, die schöne Insel, und die die Holländer 1642 besetzt hatten. Taiwan, eine Insel so groß wie die Niederlande, Chiang Kaisheks Rettung, als die Kommunisten 1949 die Herrschaft im chinesischen Festland antraten. Und danach, so Gudmund Kværnland, die reinste Sonnenscheingeschichte, nach all den internen Massakern, kapitalistischer Anpassung, allmählicher Hinwendung zur Demokratie, und jetzt, 1995, ein Land mit einem Bruttosozialprodukt von 264,6 Billionen US-Dollar. »Ja«, hatte Gudmund Kværnland begeistert gesagt, »fast ein Paradies in diesem hart geprüften Teil der Welt. Weißt du, wie hoch der Durchschnittslohn ist, Erling? 11.362 Dollar. Also ca. 70.000 Kronen im Jahr in einem Land, wo zehn Kilo Broccoli 10 Øre kosten! Verstehst du? Ein Volk mit *Kaufkraft*. Außerdem ein *schönes* Volk, *märchenhaft* schön, du wirst schon sehen.«

Nun fuhr die Limousine durch Taipeh, war auf dem

Weg zu den Wolkenkratzern der Citibank irgendwo unten im Zentrum. Ja, dachte Erling Fall, der Freund hatte recht. Es war ein erstaunlich schönes Volk. Er war überrascht, wie groß viele von ihnen waren. Die Frauen liefen herum wie Fotomodelle, westlich gekleidet. Die Männer trugen Anzüge und Sonnenbrillen. Die Stadt hatte im übrigen Ähnlichkeit mit New York, dachte Erling Fall, beeindruckt von den breiten, geraden Straßen, den sauberen Trottoirs, den soliden Wolkenkratzern. All das hatte also Gudmund Kværnland entdeckt. Als hätte er irgendwann das neue Geldspiel »Taiwan« ausgepackt, den schön in Seidenpapier eingeschlagenen Pappkarton und glänzende Figuren, mit denen man ziehen konnte, ein Monopoly für Fortgeschrittene, statt Wasserwerk und Schloßallee Citibank und EVA Air. Erling Fall wußte, daß Gudmund Kværnland mehrmals in Taiwan gewesen war, in Taipeh, Taichung und in Kaohsiung, alles Millionenstädte. »Dieses Land paßt mir bestens«, rief Gudmund Kværnland in der Limousine aus, »weil es nicht allzu groß ist, weil die Menschen zivilisiert sind, die Natur schön ist, weil Buddhismus und Taoismus einen Firnis von Klugheit bilden und weil die Taiwaner *steinreich* sind und außerdem das, was sie verkaufen, imponierend billig ist.« Ja, dachte Erling Fall, hier kamen sie beide wie einst die Kaufleute über die Seidenstraße; der Zug der Neo-Wikinger zur Plünderung einer jahrtausendealten, chinesischen Zivilisation. »Stell dir mal vor«, fuhr Gudmund Kværnland fort, als würde er die Gedanken des Freundes lesen, »Mao und die Kommunisten hätten China *nicht* erobert und der Kapitalismus hätte sich entfalten können. Wir hätten keine Chance gehabt, Erling! China hätte für diesen ganzen verdammten Planeten die Bedingungen festgesetzt. Wir können uns glücklich schätzen, daß sich nach dem Krieg nur etwas mehr als zwanzig Millionen reaktionäre Halbfaschisten und einige Hunderttausend Ureinwohner um den chinesischen Kapitalismus gekümmert haben. Jetzt ist die Frucht reif, Taiwan liegt bereit wie ein gut gehütetes Geheimnis, unbeachtet von der gesamten kapitalistischen Welt, nur weil das große kommunistische Ungeheuer auf dem chinesischen Festland immer noch so abschreckend und gefährlich erscheint. Warum sollte dieses hochzivilisierte und inzwischen so demokratische Land nicht seine Botschafter in die ganze Welt entsenden? Warum verweigern wir ihnen die selbstverständlichen Rechte, wenn wir auf der anderen Seite völlig von ihren Waren abhängig sind?« Erling Fall erkannte an der Art, in der sich der Freund ausdrückte, daß das bevorstehende Treffen mit der Citibank / Abteilung Taiwan sehr wichtig war. Es war die Euphorie des Investors, und Erling Fall kannte auch die Bedingungen, fühlte sich gut vorbereitet, konnte sich jederzeit als juristischer Berater einbringen, obwohl diese Funktion nur ein Vorwand für etwas anderes war. Gudmund Kværnland würde natürlich auch allein klarkommen. Er war in jeder Hinsicht der bessere Jurist, dachte Erling Fall. Nein, Gudmund Kværnland wollte einfach mit dem Jugendfreund sein Spielchen treiben. Ihm fiel auf, daß jeder Multimillionär seinen Jugendfreund hatte. Kjell Inge Røkke hatte diesen Gjelsten, und Bill Gates hatte sicher irgendeinen IT-Spezialisten aus Seattle. Man war kein *loner* mehr im norwegischen Wirtschaftsleben. Man war *Kamerad*, Kumpel, Fußballfreund und Sportsfreund und daran interessiert, das Leben buchstäblich zu einem Spiel zu machen. Ja, dachte Erling Fall, der Ernst, der Gudmund Kværnland in seiner Jugend prägte, war jetzt wie weggeblasen. An die Stelle existentieller Grübeleien waren Albernheiten und die abstrakte Freude an den Milliarden getreten. Gerade deshalb wunderte sich Erling Fall, warum er sich ausgerechnet ihn gesucht hatte. Vielleicht einfach deshalb, weil er trotz allem Gudmund Kværnlands nächster Jugendfreund war und weil Gudmund Kværnland in allem, was er machte, das Jugendliche suchte, egal ob er Werften aufkaufte, in den Alpen Ski fuhr, im Himalaya kletterte oder Golf spielte. Er machte all das, was reiche Menschen eben unternehmen, und er machte es mit einer erstaunlichen und lausbubenhaften Unbekümmertheit. Hätte es Erling Fall nicht besser gewußt, würde er es Zynismus nennen.

Die Unterredung mit den Taiwanern und den drei Amerikanern in der Citibank war einwandfrei, effektiv, to the point, wie Gudmund Kværnland sagte. Erling Fall spürte während der Verhandlungen ein leichtes Schwindelgefühl. Er hatte nicht gut geschlafen, und der Magen war nicht ganz in Ordnung, aber er wußte auch, daß es Tage gab, an denen alles, was er sagte oder tat, eine symbolische Wirkung hatte, entweder im einzelnen oder als Ganzes eine prophetische oder okkulte Schrift bildete, die Schattenbilder seines Lebens. Er sah Gudmund Kværnland an, während er redete, erkannte Wörter und hatte trotzdem plötzlich das Gefühl, zum Verständnis ein Wörterbuch zu benötigen. Er hörte die Konsonanten und Vokale, konnte in diesem plötzlichen Dämmerlicht den Freund nur undeutlich als Silhouette erkennen. Erling Fall hörte zu, und endlich verstand er, ohne zu verstehen, wie ein Blinder, der über die Farbe reden möchte.

Das Abkommen wurde unterschrieben. Die Presse kam und machte Fotos, das taiwanesische Fernsehen konnte seine Fragen stellen, dann begaben sich alle zum Lunch ins Taipeh Hilton, in das chinesische Restaurant mit den Drachenköpfen und all den schönen Ornamenten. Die Kværnland-Gruppe hatte sich eben mit 50 Millionen Dollar in die Citibank Taiwan eingekauft. In diesem Land wurden solche Geschäfte ausführlich in den Nachrichten gebracht, und die taiwanesischen Geschäftsleute waren sichtlich zufrieden. Gudmund Kværnland hatte außerdem das richtige Aussehen, groß und breitschultrig, mit blauen Augen und einem charmanten Lächeln, der Prototyp eines westlichen Mannes mit Erfolg, und in Taiwan liebte man sowohl den Westen wie den Erfolg, hatte Gudmund Kværnland mehrmals betont, als wolle er Erling Fall den verschlüsselten Kode erklären.

Beim Lunch saß Erling Fall neben Mister Wen-Chun Chou, einem der Topmanager der Citibank Taiwan, und er erkundigte sich vor allem danach, wie sich der 95er Jahrgang der Bordeauxweine entwickele. Erling Fall war sich im unklaren, was er erzählen konnte, und er achtete sorgfältig auf seine Wortwahl. Es gab also, dachte er, einige internationale Begriffe für Qualität, und sie waren meistens westlich wie Bordeauxweine, BMW, Michael Jackson und Gucci. Erling Fall wollte seinerseits etwas erfahren über die Ausbreitung von Pizza- und Hamburgerlokalen in Taiwan. Er hatte nicht wenige McDonalds und Pizza Hut-Lokale von der Limousine aus gesehen. Aber Wen-Chun Chou wollte vor allem höflich sein und sprach mit großer Sympathie von der westlichen Expansion im allgemeinen. Und das, dachte Erling Fall erstaunt, geschah, während sie sich das erlesenste chinesische Gericht einverleibten, bereitet nach jahrtausendealter Tradition, in diesem Fall ein echtes Szechuan-Gericht mit Anis, Fenchel, Chili und Koriander als wichtigen Ingredienzien. »Diese geräucherte Ente«, erklärte Wen-Chun Chou, »wurde zuerst mit Pfeffer, Ingwer, Zimt, Apfelsinenschalen und Koriander eingerieben und vierundzwanzig Stunden mariniert, danach zwei Stunden gedämpft und schließlich nach einer Behandlung mit Kampfer-Holz und erlesenen Teeblättern über Holzkohle geräuchert.« Ja, dachte Erling Fall, hier wird man zum Besten eingeladen, was die menschliche Zivilisation zu bieten hat, und dann erfährt man, daß sich genau diese Kulturtradition auf dem Rückzug befindet. Sein Herumfummeln mit den Holzstäbchen war ihm unangenehm. Er fühlte sich schwerfällig und unbeholfen, wenn die Serviererinnen mit neuen ästhetischen und kulinarischen Offenbarungen kamen. Diese Servierfräulein, dachte Erling Fall, sind womöglich noch schöner als die Prostituierten in der Bar des Grand Hotels vom Abend vorher. Ästhetisch gesehen waren sie den Frauen im Westen total überlegen. Sogar Merete Bøver, das mußte Erling Fall zugeben, wirkte daneben grob und schwerfällig. Und nachdem das gute, taiwanesische Bier zu wirken begann (er bestand auf einem echt taiwanesischen Bier, während die anderen französischen Chablis tranken): Diese Frauen haben etwas *Mystisches* an sich! In ihren Pupillen sind Reminiszenzen aus der Ming-Dynastie! Ja, dieses ungeheuer raffinierte Gericht in diesem vom Interieur her falschen, aber immerhin beeindrukkenden und kunstvollen chinesischen Restaurant veranlaßte Erling Fall, sich in noch höherem Maße, als er es in Thailand mit Merete Bøver getan hatte, für das Großartige in der asiatischen Kultur zu öffnen. Und das war nicht einmal Thailand, sondern China, das Drachenland, das Kaiserreich, das ganz Asien bewundern mußte, sogar der Hauptfeind, die kriegerischen und selbstsüchtigen Japaner. Und obwohl man bei diesem Lunch ein Essen vom Festland servierte, produziert vom guten Mensch von Sezuan, ha ha, war Taiwan, wie Erling Fall jetzt begriff, ein vollwertiges China, sogar ein China, wo die alten Tao- und Buddhistentempel noch lebendig sind, wo die Taiwaner nachgemachtes Geld verbrannten und zu ihren Göttern beteten. Vielleicht, dachte Erling Fall, wirkt das gerade jetzt so überwältigend auf mich, weil ich so schmerzlich herausgefunden habe, viel klarer als früher, daß ich an sich nichts bin, daß ich eigentlich nichts von Wert repräsentiere. Und wieder machte er sich klar, daß er hier an diesem Tisch als ein Prostituierter saß, gekauft und bezahlt von Gudmund Kværnland. Der Mammon hatte von seiner Seele Besitz ergriffen und sie vergiftet. Die Angst vor dem eigenen Handeln hatte ihn weggespült und seine selbständigen Eigenschaften ertränkt. Zu Tode erschrocken, weil er sich in einem Traum als Mörder sah, mußte er jetzt an diesem üppigen Mittagstisch daran denken, welche *Zivilisation* er repräsentierte, eine, die nun auf zwanzig Jahrhunderte verirrten christlichen Strebens zurückblikken konnte, den Katholizismus, der als Christentum versagte, die Reformation, die als humanistisches Phänomen versagte, den Zusammenbruch all dessen, was man erträumt hatte, die Scham über all das, was nicht verwirklicht wurde. Die westliche Welt, heimgesucht von Nachgiebigkeit und Gewalt. War das besser in Taiwan, dachte Erling Fall, während Kognak von Hennessy auf den Tisch kam – nein, natürlich nicht in jeder Hinsicht, aber doch in mancher. »Und diese reiche Kultur«, hörte er sich plötzlich zu Wen-Chun Chou sagen, »soll nun Stück für Stück durch unsere westliche ersetzt werden?« Allein die Vorstellung, daß diese aufrechten Menschen mit der Ming-Dynastie in den Pupillen die Qualität in ihrer Lebensweise dankend ablehnen, die Gemüse, die Kräuter, den Reis, den Tee, den Ingwer! – und sich auf fette amerikanische Frühstücke verlegen, auf ungenießbare amerikanische Burger, unsinnig teuren Wein aus Bordeaux trinken und ins klassische Konzert in der Taipeh Concert Hall gehen, um die Osloer Philharmonie mit Solveig Kringlebotn als Solistin zu hören, empörte Erling Fall zutiefst. Wen-Chun Chou konnte dann auch bestätigen, daß seine Vermutung richtig war, daß die ursprünglichen, chinesischen Lebensgewohnheiten sich auf dem Rückzug befanden, daß französische und italienische Restaurants wie Pilze neben den Burger- und Pizzalokalen aus dem Boden schossen. Die Taiwaner aßen mehr und mehr das fette amerikanische Frühstück, und man wußte jedenfalls mehr über das Privatleben von Richard Gere als über das Leben der eigenen, taiwanesischen Schauspieler.

Erling Fall war euphorisch. Er sprach mit Wen-Chun Chou über alles, was er repräsentierte und dem er plötzlich den Rücken zuwandte, weil er lächerlicherweise im Taipeh Hilton aß und von den taiwanesischen Schönheiten bedient wurde, weil ihm auf einmal aufgegangen war, daß ihm Taiwan gefiel, weil es so vertraut und so anders war. Er spürte etwas beinahe Desperates in seiner Faszination, als sei er immer noch, auch bei diesem oberflächlichen Geschäftsessen, auf der Flucht vor dem Traum, den er geträumt hatte. Aber ihm war auf einmal eine der schönen Serviererinnen aufgefallen, als sie mit der Suppe kam, und ihm wurde bewußt, daß er eben gedacht hatte: Diese Frau ist schön – ja, sie *ist* wirklich schöner als Merete Bøver. Zum ersten Mal seit vierzehn Jahren hatte er einen so ungeheuerlichen Gedanken gedacht! Und es war eine enorme Erleichterung! Vielleicht war die symbolische Bedeutung des Traumes, daß er Merete Bøver in seinem Inneren tötete, daß sie jetzt endgültig Vergangenheit für ihn war, daß er sich nicht mehr bei jedem Gedanken, den er dachte, auf sie beziehen mußte. Und er warf sofort einen fast fröhlichen Blick hinüber zu

Gudmund Kværnland, der auf der anderen Seite des runden Tisches saß, hob das Glas und prostete ihm zu, als wolle er sich für den genialen Einfall bedanken, nach Taiwan zu fliegen, auf diese Weise in eine andere Kultur versetzt zu werden und andere Menschen zu sehen, mit denen er dennoch kommunizieren konnte. Und Taiwan, vor dessen Besuch, wie er zugeben mußte, ihm so lange gegraut hatte, vor allem deshalb, weil ihm vor allem graute, erschien auf einmal als Märchenland, in dem alles geschehen konnte. Einerseits schämte sich Erling Fall, daß er äußerst oberflächlichen Betrachtungen und Impulsen eine solche Bedeutung für sein Seelenleben zubilligte, andererseits freute er sich so unbändig über das, was in ihm geschah. Vielleicht würde er jetzt Gudmund Kværnland viel besser verstehen. Er fühlte sich jung und ausgelassen, fast verliebt. Er lehnte sich zurück auf seinem Restaurantstuhl im Taipeh Hilton und wußte, daß er das Leben vergessen würde, das so schwer auf ihm gelastet hatte. Das einzige, was ihn quälte, war, daß es ihn so sehr gequält hatte.

Ja, dachte Erling Fall, er verstand jetzt Gudmund Kværnland viel besser. Wer nutzlose Dinge kaufte, war viel klüger, als er selbst meinte – denn er kaufte kleine Träume und war wie ein Kind, wenn er sie sich anschaffte. All diese kleinen, unnützen Gegenstände, die die Kauflust bei dem anregten, der Geld hatte, im Falle von Gudmund Kværnland 50 Millionen Dollar für einige Prozent Aktien in der Citibank Taiwan, versetzten den Käufer in denselben Glückszustand wie ein Kind, das Muscheln oder Abfall am Strand sammelte. Ja, Gudmund Kværnland war in diesem Augenblick ein kleiner Junge, der Muscheln und Abfall am Strand sammelte, ein Junge, der nie aufhören würde zu spielen. Und jetzt merkte Erling Fall, ohne zu erkennen, *wann* es sich konkret ereignet hatte, vielleicht lag es nur an der ihn bedienenden Schönheit und dem guten Essen, daß auch er mitmachen wollte, beim Spielen!

In der Limousine auf dem Rückweg ins Grand Hotel grinste Gudmund Kværnland ironisch und fixierte Erling Fall, der in diesem Moment nicht ganz nüchtern war. Aber Erling Fall war nicht so betrunken, daß er nicht den Blick und das Grinsen registriert hätte, und er nahm sich zusammen. Niemand sollte ihm nachsagen, daß er nicht *seriös* war, wenn es um das Geschäftliche ging.

»Wir haben die Sache gedeichselt, Gudmund«, sagte Erling Fall und hörte sofort, daß es vielleicht etwas zu vorlaut und kollegial klang. An den Verhandlungen hatte er sich mit keinem Wort beteiligt.

»Ja«, sagte Gudmund Kværnland bequem zurückgelehnt. »Wir sind Sphinxe geworden, falsche Sphinxe, und wir wissen nicht mehr, wer oder was wir wirklich sind. Aber egal, wenn man mit dem Leben zurechtkommen will, muß man mit sich selbst am Abgrund stehen. Das mußt doch gerade *du* gemerkt haben, Erling? Das Absurde ist das Göttliche.«

»Und was ist für dich das Absurde?« mußte Erling Fall fragen.

»Daß man auf geduldige und ehrliche Weise Theorien entwickelt, um dann gegen sie zu verstoßen.«

»Was meinst du damit?«

»Sein Handeln mit Theorien rechtfertigen, die es verurteilen, sich im Leben einen Kurs ausstecken und sich sofort auf eine Weise verhalten, die in die andere Richtung weist; sich alle die Gesten und Einstellungen aneignen, die das ausdrücken, was man nicht ist oder sein möchte oder dafür gehalten werden will.«

»Zeichnest du jetzt dein Selbstportrait?« fragte Erling Fall neugierig.

Gudmund Kværnland lachte spöttisch. »Ich weiß, was ich gesehen habe«, sagte er.»Du hast dich in die erstbeste Bedienung verliebt.«

»Aber es gab drei davon!« protestierte Erling Fall.

»Um so besser, dann hast du dich eben in alle drei verliebt.«

»Na und?«

Gudmund Kværnland zuckte die Schultern. »Nichts. Ich gönne sie dir alle, Erling. Besonders nach all dem Frust, den du erlebt hast. Ich wünschte, Merete Bøver könnte dich jetzt sehen. Geld ist ab und zu eine schöne Sache. Mit Geld sind wir beweglich. Geld macht uns frei.«

Am gleichen Abend nahmen Gudmund Kværnland und Erling Fall einen Privatjet hinunter zur Hafenstadt Kaohsiung. Es schockierte Erling, daß er tatsächlich noch nie etwas von dieser Stadt gehört hatte. Er hatte sich immer für einen gebildeten Menschen gehalten, jemand, der immerhin die Tonarten der meisten Beethoven-Quartette kannte, der Édouard Manets *Olympia* im Detail beschreiben konnte und der wußte, in welchem Museum das Bild hing, der die wichtigsten belletristischen Hauptwerke im Westen gelesen hatte und außerdem die alten chinesischen und japanischen Poeten, der zwanzig Titel von Edward Hoppers wichtigsten Bildern aufzählen konnte und die Namen von mindestens fünf der wichtigsten Ornithologen der Welt wußte. Er meinte umfangreiche Kenntnisse in Geographie zu haben. Er kannte die Namen der Hauptstädte in Uruguay und Angola, auf Mauritius und in Bhutan, aber *Kaohsiung*? Deshalb stand er schockiert am Fenster seines Zimmers in der 23. Etage des Howard Plaza und starrte hinaus auf eine Millionenstadt, einen Schmelztiegel, wo die Leute ihr Leben lebten wie in New York oder Hongkong. Eine Stadt mit Wolkenkratzern, Werften, starkem wirtschaftlichen Wachstum, offenbar eine der wichtigsten Hafenstädte Asiens, und er hatte nicht einmal davon *gehört*! Nicht bevor Gudmund Kværnland als Vertreter der Kværnland-Gruppe eine Werft, eine Baufirma und eine chemische Fabrik zwecks eventueller späterer Investition besichtigen wollte. In einem solchen Stadium, hatte Gudmund Kværnland erklärt, könne man mit einem Top-Service rechnen, und das hatte sich bisher bewahrheitet. Ständig in Limousinen chauffiert, Broschüren und kleine Geschenke wie XO Kognak und »The Wisdom of Buddha« in Leder gebunden. Aber auf ihrem Flug wurden sie von einem Mann begleitet, den Erling Fall sofort wiedererkannte, er hatte am Vortag in der Rezeption des Grand Hotel Taipeh gesessen. Er war leicht wiederzuerkennen, denn er war ungewöhnlich groß, vermutlich über 1,90, aber Chinese. Er hatte in der Rezeption gesessen und die Herald Tribune gelesen, und Erling Fall hatte überhaupt nicht gemerkt, daß es da eine Verbindung gab zwischen diesem Mann, der auch sonst in jeder Hinsicht gut aussah, und Gudmund Kværnland. Er saß also im Flugzeug, wartete bereits auf sie, und Erling Falls Verwunderung war so groß, daß Gudmund Kværnland nicht umhin konnte, zu sagen: »Beruhige dich, das ist Mister Raymond Lam, und du brauchst ihn nicht zu begrüßen, aber er wird uns auf diesem Trip begleiten.« Erling Fall hatte es sofort als provozierend empfunden, daß ihn der Freund daran hinderte, den Fremden, abgesehen von einem raschen Händedruck, zu begrüßen. Sie waren drei Passagiere in einem Privatflugzeug, und Gudmund Kværnland wechselte unterwegs kein Wort mit Raymond Lam. Gudmund Kværnland sah jedoch Erling Falls Verwunderung und fing an zu lachen. »Betrachte diesen Mann als einen Diener«, sagte er. »Er ist während dieses Aufenthalts unser Führer. Er ist da, wenn wir ihn brauchen. Hast du ihn nicht in der Rezeption des Taipeh Hilton gesehen, als wir beim Lunch waren? Nun denn, für eine Weile ist er *mein* Mann.«

Das macht die Sache nicht weniger kryptisch, dachte Erling Fall. So, wie Gudmund Kværnland über Raymond Lam gesprochen hatte, konnte Erling Fall keine Verbindung zu dem Mann aufnehmen. Er war nur eine geheimnisvolle dritte Person, die in der Herald Tribune las, und als Erling Fall genauer hinsah, war es eine fünf Tage alte Ausgabe. Aber als Erling Fall endlich in der 23. Etage stand und hinausschaute auf die Stadt Kaohsiung, war ihm klar, daß Raymond Lam natürlich Gudmund Kværnlands taiwanesischer Lover war, daß Raymond Lam in der ersten Nacht bei Gudmund Kværnland im Zimmer gewesen sein mußte, daß er sich deshalb so früh zurückgezogen hatte und daß auch deshalb Erling Fall später an jenem Abend den 1,90 Meter großen Chinesen nicht zu Gesicht bekommen hatte. Raymond Lam war vielleicht die Person, mit der Gudmund Kværnland neben Erling Fall spielen wollte, möglicherweise der Mann, der in einigen Jahren auf dem Gipfel des Mount Everest stehen würde. Erling Fall hegte jedenfalls keinerlei Zweifel darüber, wofür der Mann zu gebrauchen war und daß seine Anwesenheit hier in Kaohsiung nicht nur mit Gudmund Kværnlands physischen Bedürfnissen zu tun hatte, sondern auch aus einem Test, einem Spiel resultierte. Raymond Lam war genauso wie die Citibank Taiwan eine Muschel oder Abfall, den Gudmund Kværnland am Strand gefunden hatte.

Aber Gudmund Kværnland und Erling Fall waren allein, als sie sich in das Nachtleben von Kaohsiung stürzten, das, wie Erling Fall rasch feststellte, ebenso sündig war wie in allen anderen Metropolen dieser Größe auf der Welt. Die Neonlichter blinkten, die hohen Wolkenkratzer ragten mächtig in den nächtlichen Himmel, und Erling Fall wunderte sich ein weiteres Mal, daß er noch nichts von dieser Stadt gehört hatte. Er erzählte das Gudmund Kværnland, der laut lachte und nickte, aber ohne etwas zu sagen, sein Blick war außerdem intensiver als sonst, und Erling Fall fragte sich, ob sich der Freund gedopt hatte. Sie hatten erst am nächsten Morgen wichtige Termine. Dieser Abend gehörte ihnen allein, und Gudmund Kværnland hatte einen Plan. »Gerade solche Städte, von denen du noch nie etwas gehört hast, sind prädestiniert für Überraschungen«, sagte er. Sie gingen den Bürgersteig entlang, vorbei an gemütlichen Restaurants im Freien, wie sie die Taiwaner bevorzugten, wo man die beste Suppe, das beste Bier bekam, wo die China-Kultur, für die sich Erling Fall plötzlich so begeistert hatte, am besten sichtbar wurde. »Iß nicht zu viel«, warnte Gudmund Kværnland, »der Abend ist noch jung.« Aber Erling Fall hatte das Gefühl, unersättlich zu sein. So weit weg vom Randsfjorden, so weit weg von Lijordet und zum ersten Mal seit vielen Jahren keine Merete Bøver im Kopf wie sonst immer. »Das ist ein Spiel, Erling, vergiß das nicht. Nimm es nicht zu ernst. Ich habe mit hunderttausend Kronen angefangen. Damals verteidigte ich die übelsten Berühmtheiten gegen die seltsamsten Anklagen. Ich habe nicht viel mehr verdient als ein Amtsrichter wie du. Aber an der Börse, diesem genialen, unmoralischen, schrecklichen Ort wurden aus den hunderttausend plötzlich fünfhunderttausend. In einem Jahr, Erling! Und im Jahr darauf wurden die fünfhunderttausend zu drei Millionen, und ab da habe ich den Überblick verloren. Aber weil es diese Firmen gibt, weil Millionen Menschen für sie arbeiten und schuften, können Leute wie ich hergehen und die Welt Stück für Stück kaufen, und die Vorstellung ist so phantastisch, daß ich nicht widerstehen kann. Und *du* auch nicht, Erling! Denn ich sehe jetzt plötzlich, wie deine Augen glänzen, und Erling Fall *ohne* Merete Bøver ist wirklich ein schöner Anblick. Ich gönne es dir aus ganzem Herzen, das zu erleben, was ich die letzten fünf Jahre erlebt habe, und das ist nicht wenig. Und deshalb überlege ich, ob es nicht richtig ist, dich in dieser Stadt, von der du nie vorher gehört hast, in der Millionen von Menschen leben und wo es vielleicht die besten Hotels der Welt gibt, zu fragen, ob du eigentlich nicht fest bei der Kværnland-Gruppe angestellt werden willst? Könnten wir nicht *gemeinsam* spielen, Erling? Ich habe keine Lust mehr, mich zu verstellen. Ich mag keine Bücher mehr kaufen, um sie dann nicht zu lesen, ich gehe nicht ins Konzert, um eine Musik zu hören, die mich anödet, und am wenigsten will ich hinaus aufs Land, weil mich das tödlich langweilt. Wir hatten einmal so viel *Spaß*, Erling. Du bist alt geworden und müde, desillusioniert. Aber es ist nicht zu spät, verstehst du. Und deshalb sitzen wir hier. Morgen kaufen wir vielleicht eine ganze Werft. Macht *das* nicht Spaß? Wenn *das* keinen Spaß macht, was macht dann Spaß? Und die große Überraschung des Abends: Es findet heute abend ein Empfang bei einem der mächtigsten Männer Taiwans statt. In einer Stunde werden wir eine Villa betreten, wie du noch nie eine gesehen hast, und schöne, taiwanesische Menschen, die zudem so reich sind, daß selbst *ich* Probleme mit dem Selbstbewußtsein bekomme, werden sich mit dir, dem Amtsrichter vom Randsfjorden, hi hi, über den tieferen Sinn von Hermann Hesses *Siddhartha* unterhalten. Macht *das* vielleicht keinen Spaß?«

FÜNFTER TEIL

Erling Fall traf Sophie Lee zum ersten Mal auf diesem Fest in Kaohsiung, zu Hause bei dem Investor, Werftbesitzer und Medienmogul C. J. Chen, der an diesem Abend mehr als sonst gestreßt war, weil die Zeitungen von Taiwan am gleichen Tag einen möglichen Korruptionsskandal in der sehr finanzkräftigen buddhistischen Gesellschaft auf der Insel aufgedeckt hatten und nicht nur vorsichtig andeuteten, daß allgemein bekannte und hochgeachtete taiwanesische Investoren sich möglicherweise vor Gericht verantworten mußten, wenn man erst alle Fakten auf dem Tisch hatte. Aber diese Sorgen waren nicht Sophie Lees Problem, als sie sich unversehens in angeregtem Gespräch mit dem beurlaubten Amtsrichter Erling Fall aus Fall am Randsfjorden befand. Etwas zu spät hatte Erling Fall begriffen, daß diese Sophie Lee eine sehr bekannte Schriftstellerin in Taiwan war, dank ihres Romans *Der Wind im Gras*, der davon handelte, wie es war, seine Kindheit unter Chiang Kai-shek zu verleben, mit Eltern, die eigentlich Mao-Kommunisten waren, aber aufgrund von Verleumdungen und Mißverständnissen trotzdem mit »dem Feind« hatten fliehen müssen. Das Buch galt insofern als Gegenstück zu den *Wilden Schwänen* der weltberühmten Autorin Jung Chang, das, jedenfalls Sophie Lee zufolge, trotz der Drei-Generationen-Konzeption davon handelte, wie schrecklich es war, im kommunistischen China Kapitalist zu sein. Sophie Lees *Der Wind im Gras* handelte also davon, wie schrecklich es war, Kommunist im kapitalistischen Taiwan zu sein, aber jetzt, in der Mitte der neunziger Jahre, sei es nicht mehr so schlimm, und man könne fast alles so sagen und schreiben, wie es war, erklärte sie, obwohl vom chinesischen Festland ständig Drohungen kämen und so oft wie möglich die Marine in das Gebiet geschickt werde. Sophie Lee erzählte das alles auf eine lakonische Art, die Erling Fall an den amerikanischen Autor Kurt Vonnegut erinnerte, den sie im übrigen, wie sich herausstellte, beide bewunderten, weil Erling Fall diesen kühnen Vergleich wagte, jedenfalls, was das Verbale betraf. Erling Fall unterhielt sich also mit der populärsten Autorin Taiwans, von der er nie gehört hatte, in einer Millionenstadt und einem Handelszentrum, von dem er auch noch nie gehört hatte. Er gestand ihr das, und beide fanden es komisch. Vielleicht rührte es von der Cocktailmischung her oder den französischen Weinen, die zum Essen auf den Tisch kamen, Erling Fall war jedenfalls in angeregter Stimmung. Sophie Lee war eine große, schöne, chinesisch-taiwanesische Frau, wahrscheinlich mehr als zehn Jahre jünger als er, vielleicht etwas über dreißig. Sie sprach perfekt Englisch, bewies auch auf eine charmante Art, daß sie ausgezeichnet Französisch sprach. Sie waren schon ziemlich zu Beginn dieses Festes miteinander ins Gespräch gekommen und kamen dann gleichsam nicht mehr voneinander los. Sophie Lee redete gern, und Erling Fall war ein guter Zuhörer. Sie erzählte ihm noch mehr über *Der Wind im Gras*, warum sie es habe schreiben müssen, wie sie sagte. Sie versuchte, die große Spaltung in sich zu beschreiben. Ursprünglich seien sie ja alle Chinesen aus ein- und demselben Land gewesen. Das große, kommunistische Experiment auf dem chinesischen Festland sei also, aus westlicher Sicht, fehlgeschlagen, während das kleine, kapitalistische Experiment auf der Insel ein Erfolg geworden war, jedenfalls ökonomisch und materiell. Das bedeutete, daß die auf dem Festland, weit über eine Milliarde Menschen, arm waren, während die über zwanzig Millionen auf Taiwan reich waren. Kann man das einfach auf sich beruhen lassen? fragte Sophie Lee. Sie analysierte die Visionen Maos und Chiang Kai-sheks. Mao respektierte sie, aber Chiang Kai-shek bezeichnete sie als regelrechten Banditen. Während sie sprach, trank sie Wein. Erling Fall trank auch Wein. Er hörte ihr zu, fand plötzlich, daß der Konflikt zwischen dem chinesischen Festland und Taiwan der spannendste und am wenigsten beachtete auf der ganzen Welt war. Du meine Güte, es drehte sich um Milliarden, aber anders als bei der Kværnland-Gruppe. Sophie Lee hatte ihre Jugend mit einer großen inneren Trauer verbringen müssen, wie sie Erling Fall anvertraute. Eine große Trauer, weil sie wußte, daß es den Eltern schlechtging. Sie waren echte Kommunisten, die sogar an die Kulturrevolution geglaubt hatten, aber in Taiwan konnten sie ja nichts machen. Sie waren beide Lehrer. Sie mußten der neuen Generation eine Geschichte beibringen, die in ihren Augen falsch war. Nur ihren eigenen Kindern, Sophie und dem Bruder Joe (ihre »englischen« Namen, wie sie sagte), erzählten sie die Wahrheit. Eine Trauer also, obwohl Sophie Lee zugeben mußte, daß sie privilegiert aufgewachsen war, die beste Ausbildung erhalten hatte, eigentlich Dozentin für Geschichte an der Universität war und während des Studiums Gelegenheit gehabt hatte, zweimal nach Europa und einmal in die USA zu reisen. Sie deutete an, daß sie in ihrem Leben einige längere Beziehungen gehabt hatte, jetzt aber Single sei und es genieße, wie sie sagte, weil sie viel in der Welt herumreise, um ihr Buch zu lancieren. Das sei nicht so einfach, denn die westliche Welt wolle natürlich lieber Jung Changs Geschichte vom guten, liberalistischen Menschen haben, der in der Hölle des

Kommunismus lebe, als Sophie Lees Roman von guten, kommunistischen Menschen, die in der Hochburg des Kapitalismus aufwuchsen. Sophie Lee lachte viel, während sie redete, so wie es Erling Fall im Fernsehen beim Dalai Lama gesehen hatte, als sei eigentlich alles im Leben sehr lustig. Sie fuhr dann mit ihrer rechten Hand an den Mund, um die Zähne zu verbergen, gebildet, wie sie war. Aber die Zähne müßte sie nicht verstecken, dachte Erling Fall. Sie waren prächtig, wie ihre Lippen, das dunkle, glänzende Haar, die Haut. Ganz zu schweigen von den Augen! Und die verschämte Art, wie sie mit dem Kopf knickste! Ihre Hände, die schmalen Finger, verrieten, daß sie virtuos mit Stäbchen essen konnte. Plötzlich erfaßte Erling Fall eine fast schmerzliche Freude, noch eine asiatische Frau mit Merete Bøver zu vergleichen, und auch diesmal fiel der Vergleich nicht zu Merete Bøvers Gunsten aus. Merete Bøver, dachte Erling Fall erstaunt darüber, was er plötzlich sah, war eigentlich eine schwere und plumpe Frau, mit etwas zu großen Brüsten und überhaupt ziemlich ungraziös. Sie hatte außerdem den Hang, mehr zu trinken, als sie verträgt, und wurde dann auf unschöne Weise hemmungslos, überzeugt davon, ungeheuer sinnlich zu sein und lebensgefährlich gut Tango zu tanzen. Erling Fall saß in Kaohsiung und hörte Sophie Lee zu und dachte, daß Merete Bøver – von diesem Teil der Welt aus gesehen, wo er sich in der Gesellschaft einer Frau befand, die ihren Alkoholkonsum und ihre Gesten völlig unter Kontrolle hatte und offensichtlich über ein hohes Intelligenzniveau verfügte – ein Typ von Frau war, wie er ihn im Grunde nicht mochte, die zu laut lachte und eine allzu sichere Meinung von den Dingen hatte. Ja, plump. Außerdem dominierend, manchmal direkt infam, und wenn es darauf ankam, sogar frivol, mit diesem fatalen Drang, im letzten Stadium, bevor sie in Tränen ausbrach, ihre Brüste zu entblößen. Ja, dachte Erling Fall jetzt, war er wirklich so verblendet gewesen? Er *mußte* verblendet gewesen sein! – als fiele ihm mit der Ankunft in Taiwan der Schleier von den Augen. Sogar den anonymen Serviererinnen in Taipeh war es gelungen, ihm die Augen darüber zu öffnen, wie sinnlos er jetzt zwei Jahre getrauert hatte. Zwei Jahre! Wegen Merete Bøver! Einer Frau, an die er jetzt nicht mehr ohne ein Gefühl von Mitleid und unbändiger Wut denken konnte. Er hatte sie außerdem auf dem Flug nach Asien getötet, jedenfalls im Traum. Getötet. Weg für immer. Jetzt erschien sie nur noch wie ein vergilbtes Bild. Er saß neben der schönen, appetitlichen und hochintelligenten Sophie Lee und dachte an Merete Bøver als etwas Überreifes, als eine Pflaume kurz vor dem Fäulnisprozeß. Zu weich, zu groß, zu viele Säfte, eine Frucht, die man nicht festhalten konnte, die einem aus der Hand glitt, wenn man sie anfassen wollte. Sophie Lee dagegen war fest im Fleisch, wie man sagt; wohlproportioniert und mit einer starken erotischen Ausstrahlung. Sie beendete das Thema China und Taiwan, hörte auf, darüber zu klagen, daß Taiwan trotz allem von der Weltgesellschaft nicht ernst genommen werde, daß die Bevölkerung auf der Insel, die Republik China, nach Chiang Kai-sheks Tod eine Läuterung erfahren habe, aber die Korruptionsgefahr übermächtig blieb, wie es die an diesem Tag bekannt gewordene traurige Nachricht von den Buddhisten bestätigte. Es entstand eine kleine Denkpause, Erling Fall begriff, daß Sophie Lee diese Probleme ernst nahm, so nachdenklich, wie sie neben ihm saß. Diese Frau war viel zu gut, um wahr zu sein. Erling Fall mußte beinahe über sich lachen, er warf Gudmund Kværnland einen Blick zu, der sich erlaubte, die Augen zu verdrehen, als wolle er damit zum Ausdruck bringen, daß Erling Falls Platz in der Expedition »Die ersten Homos auf dem Mount Everest« gefährdet war. Aber Erling Fall ließ sich nicht erschrecken. Er sorgte dafür, daß Sophie Lee genug Wein im Glas hatte. Er wollte sie testen. Sie war offenbar ein As in chinesischer Geschichte, außerdem Expertin in Mandarin, Herrgott, Erling Fall wagte es fast nicht zuzugeben: er hatte nicht einmal den Namen der Sprache der Welt gewußt, die am weitesten verbreitet war. Mandarin! Die Sprache von über einer Milliarde Menschen. Er hatte nicht gewußt, wie sie hieß, obwohl er Amtsrichter war! Sophie Lee dagegen wußte vielleicht mehr über die westliche Welt als er selbst. Ja wahrhaftig, er wollte sie auf die Probe stellen. Schuberts große Quartette, zum Beispiel, das in G-Dur. Von *dem* hatte Sophie Lee wohl noch nichts gehört? Du meine Güte, sagte sie mit dem unwiderstehlichen kleinen Lachen, bei dem ihre rechte Hand stets vor den Mund schnellte, sie *liebe* es über alles, sagte sie, begann sogar den dritten Satz zu summen. Unglaublich! Wenn das Merete Bøver gewesen wäre! Und die Brahms-Sextette? Natürlich, alle beide. Und die Sinfonien? Ja, alle vier. Herrgott, die Frau hatte ein *Wissen*! Wie sah es mit der Literatur aus? Über Vonnegut hatten sie schon gesprochen, aber Flaubert zum Beispiel? »Madame Bovary, c'est moi«, sagte Sophie Lee sofort, begleitet von einem Lachen, das aus ihrer Kehle perlte, während die rechte Hand zum Mund schnellte. »Und Joyce?« fragte er voller Bewunderung. »Blutige Niere und zu viele Dubliner!« lachte sie. Es wurde ein Spiel. »Henrik Ibsen?« fuhr er fort. »Mir ist Nora lieber als Peer«, antwortete sie und zwinkerte. »Stendhal aber«, rief er und begann zu lachen. »Rot und Schwarz sind meine Lieblingsfarben«, gab sie zurück. Herrgott, sie wußte alles! Später fragte er sie über Malerei aus.

»Jeden Morgen, wenn ich aufstehe und mich im Spiegel sehe, fühle ich mich wie ein Gesicht von Francis Bacon«, antwortete sie. Unschlagbar, dachte Erling Fall. Diese Frau war um keine Antwort verlegen, und damit mußte sie eine Prinzessin sein, der Name Lee ließ sich sicher zurückverfolgen bis in die Ming-Dynastie. Sie kannte Anselm Kiefers großes Bücherregal, das in Oslo im Astrup Fearnley-Museum stand, bedauerte aber, noch nie in Skandinavien gewesen zu sein. Nachdem sie im Laufe des Abends Erling Fall einige Male aufgefordert hatte, mehr über sich zu erzählen, *bestand* sie nun darauf, wollte hören, wie er zu einer solchen Top-Stellung in der Kværnland-Gruppe gekommen war, und so weiter. Erling Fall merkte, daß er, was sonst nicht seine Art war, Lust hatte, anzugeben, sich mit fremden Federn zu schmücken, der schönen Sophie Lee eine Geschichte aufzutischen, so überzeugend und eindrucksvoll, daß es ihm mit einigen Sachinformationen gelingen würde, sie zu verführen. Er hatte plötzlich Lust, vom Bergsteigen zu reden, ihr von der großen Tour auf den Achttausender zu erzählen. Vielleicht könnte er auch die vagen Pläne bezüglich des Mount Everest erwähnen, ohne natürlich den Homoaspekt zu berühren. Herrgott, *er* war ja auch kein Homo. Er war in diesem Augenblick vielmehr äußerst konzentriert, den besten Eindruck auf Sophie Lee zu machen. Wie die meisten Frauen war sie schnell bei seinem Privatleben. Er beschloß, mit seinem Hof am Randsfjorden zu beginnen. Ja, ihm gehöre ein großer Hof mit einigen hundert Hektar. Er sei in der Tat Richter, gehöre zu einem ziemlich bedeutenden Geschlecht von Juristen in Norwegen. Ob er auch verheiratet sei? Nein, absolut geschieden, das war für alle Beteiligten das Beste. Das hatten sie gemeinsam erkannt, Merete Bøver und er. Es war ein seltsames Gefühl, ihren Namen zu nennen. Er dachte an Lotte und Siri und spürte einen Stich in der Nierengegend. Aber er mußte ausdrücklich feststellen, daß es zwischen ihm und seiner früheren Frau keine Konflikte gegeben habe. »Wir waren zu verschieden«, hörte er sich sagen, und er kam sich wie gelähmt vor, fast dumm, als könne ihn Gudmund Kværnland hören, der auf der anderen Seite des Tisches saß. Er war darauf nicht vorbereitet, dachte er, über sein Leben zu sprechen, denn er wußte ja nicht, welches Leben er lebte. Er wollte sagen, was er immer öfter vor sich zuzugeben wagte, daß er nämlich ständig auf der Suche nach sich selbst sei, aber niemanden finde. Er wußte nicht, welche großartigen Worte geeignet waren, die Essenz seines Lebens auszudrücken. Er wollte sagen, daß er das Dekorative liebe, weil er im Ornamentalen eine Verwandtschaft zur Substanz seiner Seele ahne. Aber er sagte es nicht. Er wollte sich in dieser Situation *nicht* kleiner machen, als er war. Er wollte sagen, daß er natürlich Trauer empfinde. Sophie Lee gehörte nicht zu den Frauen, die allzu oberflächliche Männer mögen. Auch Erling Fall hatte solche frisch geschiedenen Exemplare beobachtet, die aus der Ehe ausgebrochen waren, weil sie um zehn Jahre jüngere Partnerinnen gefunden hatten. Das war nicht auszuhalten. Das waren Männer, häufig Lehrer und Dozenten, die sich ein Mountainbike, einen Oldtimer oder ein Plattgattschiff zulegten, einer Umweltpartei beitraten, einen Filmklub gründeten oder eine Männergruppe. Sollte er jetzt, dachte Erling Fall, in der Lage sein – wozu er eine gewisse Wahrscheinlichkeit sah –, Merete Bøver zu *vergessen*, alle Erinnerungen an sie aus seinem Leben zu tilgen, mußte er versuchen, so ehrlich wie möglich zu sein, nicht zuletzt zu einer so intelligenten und sensiblen Frau wie Sophie Lee. Aber dann hatte er bereits gelogen! Er war gereizt und verstimmt, mußte aber gleichzeitig, während er redete, denken: Kann man von einem Mann überhaupt verlangen, daß er von Angesicht zu Angesicht mit einer schönen Frau gesteht, daß ihn seine frühere Frau wegen Telefonterrors angezeigt hat? Nein, dachte er weiter, aber man könnte von ihm verlangen, zu erzählen, daß sie die Anzeige zurückgezogen hat! Uff, jetzt war er genauso weit. Er fühlte sich unangenehm selbstgefällig. In all diesen Jahren mit Merete Bøver hatte er sich keine besonderen Gedanken über sein Aussehen gemacht, und das, fiel ihm jetzt ein, war vielleicht einer der Gründe, warum sie ihn satt bekommen hatte. Hätte er es mit Seidenschal und Hut und kleinen Sportwagen versucht, wäre Merete Bøver vermutlich weit mehr interessiert gewesen. Merete Bøver war eine solche Frau, die auf Männer hereinfiel, die mit Hanteln trainierten und außerdem in verräucherten Lokalen schwülstige Balladen auf der elektrischen Gitarre spielten. Vielleicht sollte er *das* Sophie Lee erzählen? – daß seine frühere Frau einen gewissen Hang zum Primitiven hatte, daß sie absolut *nicht* den dritten Satz in Schuberts großem G-Dur-Quartett summen konnte, daß sie zwar eine sehr geschätzte Malerin war (wichtig, das zu erwähnen!), aber ihm auf geistiger Ebene nicht entsprach. Ja, dachte er, es war kein Nachteil, offen zu sagen, daß sie sexuell gut harmonierten, aber geistig? *seelisch*? – das würde sie wohl sicher gern hören, daß diese Frau, diese international bekannte Malerin namens Merete Bøver, schon sehr verschieden von ihm war.

Sophie Lee hörte ihm zu. Sie war ein direkter Nachkomme der Ming-Dynastie. Sie war Spezialistin in chinesischer Geschichte und Sprache, aber wenn sie in ihrem fast fehlerfreien Englisch mit einem kleinen Akzent redete, verriet sie, daß sie tatsächlich auf *allen*

Gebieten eine Koryphäe war – daß sie ein ausgesprochen hohes Niveau hatte! Und wieder mußte Erling Fall an den Traum denken, diesen bedrückenden Traum, in dem er Merete Bøver tötete, obwohl sie nicht gedacht hätte, daß er es tun würde, und sie saßen in einem Ruderboot, im Nebel, irgendwo mitten auf dem Randsfjorden, wo das Wasser schwarz und kalt ist, und das war, dachte Erling Fall jetzt, wie ein Bild ihrer Ehe, die trotz allem von Nebel und Kälte geprägt war. Der Traum war ein dunkles Bild einer Realität. Sie waren nicht so miteinander umgegangen, wie sie es hätten tun sollen, und das Leben war kurz und trostlos. Jetzt empfand er plötzlich fast *Mitleid* mit Merete Bøver, wenn er sich vorstellte, wie sie in einem winzigen Haus in Lillestrøm saß, ihr Leben mit den Töchtern und einem Jazzgitarristen lebte, der beim besten Willen nicht der große Wurf war. In diesem Augenblick, in dem Erling Fall mit der populären Taiwan-Schriftstellerin Sophie Lee in Kaohsiung zusammensaß, einer Frau, die zwar absurderweise, wie ihm auffiel, durchaus der Schriftstellerin Jung Chang *ähnelte*, wollte er Merete Bøver in ehrendem Angedenken bewahren, wollte er sein Gefühl der Trauer mit der schönen Sophie Lee teilen, den Gedanken daran, was zu Ende ging, was er liebte, was er verlor, um dann plötzlich, dank Sophie Lee! – zu erkennen, nicht geliebt zu haben und deshalb eines Tages vielleicht wieder lieben zu können, weil es zu Ende gegangen war; das, was er zu denken glaubte, aber eigentlich gefühlt hatte und umgekehrt. Und er merkte, daß Sophie Lee seine plötzliche Trauer sah und mit ihm zusammen sein wollte, in dieser melancholischen, sanften, plötzlich leicht asiatischen Trauer. Tröstend sagte sie und strich ihm dabei leicht über die Wange, eine kurze, elektrische Berührung: »Es ist nie leicht, ein gemeinsames Leben aufzulösen.«

Später an diesem Abend tauschten sie Telefonnummern aus, Erling Fall wußte außerdem, daß er zurück nach Taipeh mußte, wo er blieb, während Gudmund Kværnland nach Paris flog, wo sie einige Tage verbracht hatten, *bevor* sie sich ins Flugzeug nach Taiwan gesetzt hatten. »Für Gudmund Kværnland ist der Planet keine Kugel«, sagte Erling Fall zu Sophie Lee, »sondern ein Ball, den er meint, in jede Richtung kicken zu können.« Er wußte, daß er jetzt die positiven Punkte portionieren mußte. Frauen liebten immer, und da gab es keine Ausnahme, reiche Männer, dachte er. Also mußte er versuchen, eine möglichst enge Verbindung zur Kværnland-Gruppe deutlich zu machen. Doch für eine Frau, die offenbar noch viel von der Romantik des Kommunismus in sich hatte, war es wichtig, nicht *selbst* als ein Mann des Geldes zu erscheinen, dachte er. Es war wichtig, sich in einem Punkt etwas von der zynischen und liberalistischen Welt, die er repräsentierte, zu distanzieren. Deshalb sagte er in der Stunde des Abschieds: »Ich bin zwar sehr angespannt, aber ich möchte ein bißchen Zeit dazu verwenden, die Buddhisten- und Tao-Tempel zu besuchen, vielleicht mit Mönchen zu reden, die zweifellos viel weiser sind als ich.«

Das war ein entscheidender Augenblick. Lange standen sie da und schauten sich an. Sie war fast so groß wie er. Er merkte sich den Duft ihres Parfums. Er ist anders, dachte er, wagte sogar, sie nach dem Namen zu fragen. »Shiseido«, sagte sie mit einem etwas skeptischen Lächeln, als wolle sie ihn davor warnen, sein Flirten allzu oberflächlich werden zu lassen. Erling Fall sah ein Stück entfernt Gudmund Kværnland stehen und zu ihnen herüberschauen. Das erinnerte ihn wieder daran, daß er ein beurlaubter Amtsrichter war, daß sein Leben vor allem daraus bestand, schmierige kleine Gauner aus Brandbu zu verurteilen und im Rema 1000-Geschäft Milch und Brot einzukaufen. Er war gern mit den Töchtern in den Wald gegangen, und ihm fiel plötzlich der Elch ein, den er überfahren hatte, und er verspürte auf einmal einen kleinen Schwindel. Er war auf einem Fest von Multimillionären in einer Stadt, von der er noch nie gehört hatte. Er hatte sich mit einer schönen, erfolgreichen Frau unterhalten, die eine Sprache sprach, von der er auch noch nie gehört hatte, also Mandarin, die Sprache von rund einer Milliarde Menschen auf dieser Erde, fast viermal die Bevölkerung der USA. Er kam sich unwissend und dumm vor und war zugleich euphorisch, weil er das Gefühl hatte, daß ihn Sophie Lee interessant fand. Sie sagte, daß sie in Taipeh eine eigene Wohnung habe und daß sie übermorgen dorthin zurückkehren werde.

»Rufen Sie mich an, wenn Sie Zeit haben, dann können wir zusammen lunchen«, sagte Sophie Lee, als er sie auf beide Wangen küßte, und mehr, dachte Erling Fall danach, kann ein verliebter Mensch wohl nicht erwarten. Sie verschwand aus dem Haus und in einer Limousine. Für Gudmund Kværnland und Erling Fall fuhr eine andere Luxuskarosse vor. Er merkte, daß sie ihm bereits fehlte, er dachte unwillkürlich an den Weg hinauf zur Kobberhaughütte, diesen Anblick, der ihn vierzehn Jahre verfolgt hatte, wie eine Zwangsvorstellung gewesen war und der jetzt verblaßte, weil dieses Fest in Kaohsiung, bei dem offensichtlich so korrupten Investor und Multimillionär C. J. Chen, all die Gedanken ersetzte, die Erling Fall bisher über die Begegnung zwischen ihm und Merete Bøver gedacht hatte. Und er fühlte sich im gleichen Moment so leer, wieder so klein, weil er sich in diesem Augenblick mehr nach Sophie Lee sehnte als nach Merete Bøver, weil er plötzlich fühlte, daß er nie schlief, sondern lebte und träumte oder genauer gesagt:

daß er im Leben träumte und im Schlaf, der auch Leben war. Es gab sozusagen keine Unterbrechung in seinem Bewußtsein. Er empfand sich als ein ewiger Strom aus zusammenhängenden und unzusammenhängenden Bildern, und gerade jetzt, und mit einem Gefühl, daß es für alle Zukunft gelten werde, war es Sophie Lee, die er sah.

Er fuhr mit Gudmund Kværnland zurück ins Howard Plaza. Erling Fall fiel auf, daß der Freund schweigsamer war als gewöhnlich. Natürlich, dachte Erling Fall, er ist gekränkt. Er hat mich noch einmal auf die Probe stellen wollen. Jetzt hat er die endgültige Antwort bekommen. Erling Fall würde nie einer der ersten Homos auf dem Mount Everest sein, daran gab es keinen Zweifel mehr. Er war gespannt, welche Konsequenzen das, was Gudmund Kværnland eben gesehen hatte, auf seine weitere Zukunft in der Kværnland-Gruppe haben würde. Der Freund hatte sicher einen Raymond Lam, der ihn irgendwo im Hotel erwartete, aber trotzdem blieb Gudmund Kværnland schweigsam und gereizt. In Erling Fall stieg Wut auf. Der Freund hatte immer die Macht über ihn gehabt, und Erling Fall war der Meinung, ihm weit entgegengekommen zu sein. Sowohl die Bergtour in den Himalaya wie dieser Flug nach Taiwan waren natürlich Geschenkpakete, aber er erfüllte schließlich seine Aufgaben für das Geld. Er hielt sich, das wagte er zu behaupten, für einen Juristen mit einem gewissen Kompetenzniveau, was große Verträge betraf, weil das sein Hobby war. Während Gudmund Kværnland im Gerichtssaal verrückte Berühmtheiten gegen alle möglichen berechtigten und nicht berechtigten Anklagen verteidigte, war Erling Fall zu Hause am Randsfjorden gesessen und hatte die Zeitschriften, Bücher und Abhandlungen gelesen, die für einen Multimillionär vom

Format eines Gudmund Kværnland nützlich waren. Und auch wenn Erling Fall bei der Besprechung in Taipeh am gleichen Morgen kein Wort gesagt hatte, war er doch auf gewisse Eventualitäten vorbereitet, die, wie sich gezeigt hatte, auch auf die Tagesordnung kamen. Jetzt fiel Erling Fall ein, daß am nächsten Morgen wichtige Besprechungen in Kaohsiung waren, und er fing langsam an, darüber zu sprechen, von den bedauerlichen Korruptionsskandalen, die regelmäßig diese Insel trafen, jetzt auch die Buddhisten. Aber Gudmund Kværnland wollte nicht zuhören. Er saß schmollend auf dem Sitz neben ihm und schaute hinaus auf das Leben und Treiben, das trotz der vorgerückten Stunde auffallend hektisch war. Und plötzlich kam es, steif und seltsam, als stünde er auf dem Gipfel des Berges – als würde sein Gehirn nicht mit genug Sauerstoff versorgt: »Trotz deines dämlichen Benehmens will ich dich in der Kværnland-Gruppe haben. Aber ich muß deinen Verwendungsbereich überdenken, Erling.«

»Meinen *Verwendungsbereich* überdenken?«

»Richtig. Ich muß vorgehen wie Drillo, unser begnadeter Fußballtrainer. Er stellt ständig um.«

»*Stellt um*?«

»Ja, heute abend ist mir klar geworden, wo deine Stärke als Spieler liegt.«

»Meine Stärke als *Spieler*?«

»Natürlich. Wir sind alle Spieler. Ich spiele mit Milliarden, während du in all den Jahren mit der Vernunft und den Gefühlen gespielt hast. Vernunft in deinem Amtsrichterjob, Gefühle bei Merete Bøver. Beides weiter kein Problem, Erling, du bist ein unberechenbarer Mittelfeldspieler, wie die meisten Männer. Gehst plötzlich in die Verteidigung, kannst aber ebenso plötzlich *schießen*! Und paradoxerweise mag ich dich am liebsten, wenn du schießt, auch wenn ich mir einige deiner früheren pathetischen Sprüche über den geschiedenen Mann ins Gedächtnis rufen mußte, als ich dich den ganzen Abend mit der schriftstellernden Schönheit plaudern sah.«

»Sophie Lee«, sagte Erling Fall und genoß es, ihren Namen auszusprechen, »ist eine *außergewöhnliche* Person, Gudmund!«

»Sei still, Erling! Es langweilt mich, mir anzuhören, was sie für Titten hat, oder was du mir sonst erzählen willst. Ich sehe nur, daß du ein smarter, kleiner Teufel bist, im Grunde eine kleine Möse von einem Mann, wenn du berechnend zuhörst und wartest und kalkulierst, um dann plötzlich, in dem Augenblick, den *du* bestimmt hast, *zuzuschlagen*! – und das mag ich an dir! Du beziehst die Gefühle mit ein in dein Kalkül, und deshalb hast du eine Aufgabe in der Kværnland-Gruppe. Du kannst dich um unsere besonders schwierigen Partner kümmern, zum Beispiel die Franzosen. Sprichst du nicht ausgezeichnet Französisch? Darüber müssen wir reden, wenn wir nüchtern sind.«

Erling Fall wußte, daß Gudmund Kværnland stocknüchtern war. Sollte er dagegen so betrunken sein, daß der Freund nicht mit ihm reden wollte? Immer diese quälenden Zweifel. Aber wenn Gudmund Kværnland in dieser Stimmung war, wagte er nicht, viel zu sagen.

»Du kannst dich darauf verlassen, daß ich bei dem morgigen Treffen in Form bin«, sagte Erling Fall versöhnlich.

»Das bezweifle ich auch nicht«, antwortete Gudmund Kværnland immer noch schmollend.

Am folgenden Tag besichtigten Gudmund Kværnland und Erling Fall eine Schiffswerft, eine Baufirma und eine chemische Fabrik, und diesmal sagte Erling Fall ein paar

Worte, warnte jedenfalls vor der Baufirma aus dem unbestimmten Gefühl heraus, daß ein künftiger Korruptionsskandal nicht auszuschließen sei. Gudmund Kværnland war besser aufgelegt nach einer Nacht, die er, davon war Erling Fall überzeugt, gemeinsam mit dem allgegenwärtigen Raymond Lam verbracht hatte. Vielleicht war sich Gudmund Kværnland darüber nicht im klaren, aber er veränderte immer seine Einstellung, wenn er seine versteckten Seiten ausgelebt hatte, als werde er von einer Sehnsucht gelenkt, in Übereinstimmung mit der Kodierung zu reden und sich zu verhalten. Gudmund Kværnland war dabei nicht der Maskuline, sondern eindeutig der Transvestit, wie seinerzeit in der Aula des Gymnasiums, als er auf der Bühne stand und Aase Bye, Lillebil Ibsen und Wenche Foss parodierte, daß alle im Saal brüllten vor Lachen.

Der Lunch wurde diesmal mit den Repräsentanten der chemischen Fabrik eingenommen, und wieder wurden die beiden Norweger mit ausgesuchter Höflichkeit in ein chinesisches Restaurant eingeladen, diesmal mit Taiwan-Cuisine, also Fisch und Krabben, Garnelen und Hummer, und Suppe! – die beste Suppe, die Erling Fall je gegessen hatte! Er dachte an Sophie Lee und *Der Wind im Gras* und war glücklich, daß er noch einige Tage auf dieser Insel sein würde, *ihrer* Insel, daß er sowohl mit der Werft wie der Baufirma und der chemischen Fabrik weiter verhandeln konnte, was ihn nicht ängstigte, nachdem ihm Gudmund Kværnland einen Rahmen von fast hundert Millionen Dollar zur Verfügung gestellt hatte, eine Summe, die er bereit war zu riskieren, die er also falsch investieren konnte, ohne daß es allzusehr ins Gewicht fiel. Ja, Gudmund Kværnland war heute freundlicher, hatte Erling Fall jedenfalls für ein Weilchen aufgegeben als Spielgefährten. Dafür amüsierte er sich jetzt umso mehr darüber, daß der gute alte Amtsrichter mit dem »sanften Gemüt«, wie er spöttisch sagte, beauftragt war, »für die Kværnland-Gruppe Ball zu spielen«.

Am Nachmittag nahmen sie den Privatjet zurück nach Taipeh, und nach einem kurzen Barbesuch im Grand Hotel, wo Gudmund Kværnland übrigens nur Perrier trank, und Erling Fall Whisky trank, schwarzen Busmills mit Eis, war es Zeit, sich zu verabschieden. Gudmund Kværnland wollte mit der Abendmaschine nach Paris. Er sah den Freund an, diesmal weniger ironisch. Erling Fall meinte plötzlich so etwas wie Ekel in Gudmund Kværnlands Blick zu entdecken, als habe der Freund das Ganze mehr und mehr satt, und das erschreckte ihn, vielleicht deshalb, weil er sich selbst wiedererkannte. Er erwachte gewöhnlich ohne Ekelgefühl. Doch mitten bei der Arbeit konnte der Ekel durchaus unvermittelt über ihn kommen, wie eine Wolke, die den Himmel verdunkelte. Aber hier in Taiwan? Undenkbar.

»Dann leite mal den Betrieb, so gut du kannst«, sagte Gudmund Kværnland kokett.

»Verkaufen und kaufen«, grinste Erling Fall. »Ich glaube, ich passe.«

»Ja, vielleicht passen«, antwortete der Freund. »Paß jedenfalls auf und hüte dich vor heiratswütigen asiatischen Frauen, die weiße Männer aus dem Westen mit dicker Brieftasche für Spitzenkandidaten halten.«

»Das ist nicht meine Geschichte!« Erling Fall war tief gekränkt.

»Nicht? Was dann?«

»Ich bin auf dem besten Wege, nach Merete Bøver meine Freiheit wiederzugewinnen, wenn du verstehst, was ich meine.«

»Aha«, antwortete Gudmund Kværnland. »Aber vielleicht hast du vergessen, was Freiheit ist, mein Freund.«

»Dann sag es mir.«

»Freiheit?« Gudmund Kværnland zögerte. »Das ist ein kultiviertes und leidenschaftsloses Leben unter dem weiten Himmel des Gedankens. Jederzeit erkennen, was das Ganze wert ist.«

»Und das *weißt* du?«

»Natürlich Erling. Sonst wäre ich nicht Milliardär geworden.«

In dieser Nacht träumte Erling Fall von Bjarne Gade. Es war ein lebhafter und unheimlicher Traum. Bjarne Gade lag am Fuße des Abgrunds und war tot. Trotzdem starrte er Erling Fall mit großen, leeren Augen an. Erling Fall trat langsam näher, hatte das Gefühl, das werde von ihm erwartet, wie ein Begräbnisritual, eine Entschuldigung für das, was er verursacht hatte. Er berührte die Leiche mit Abscheu. Da erwachte Bjarne Gade zum Leben und fing an, Erling Fall mit stummen, hilflosen Händen zu kratzen, mit bleichen Handflächen, Fingern wie kleinen Klauen, wie die der Aasgeier auf den Hochebenen Tibets, wo die Menschenleichen lagen. Und Erling Fall begann zu reden, erzählte begeistert von Asien, diesem Kontinent der Hoffnung, der es ihm angetan habe, er fühle sich jetzt nicht mehr krank; aber da kratzte Bjarne Gade kräftiger, als wolle er ein Stück von ihm abkratzen, ein Stück Fleisch, einen glücklichen Augenblick – wie die Bettler in den armen Ländern der Welt, bittend, dabei fast gewalttätig, mit beweglichen, fordernden, kratzenden Fingern: Gib mir etwas! – vergiß mich nicht! – denk an mich! – ich will auch etwas haben! – ich, auch wenn ich tot bin, durch deine Schuld gestorben – will noch weiter leben! Erling Fall spürte die Hände, die ihn gleichsam an der Kehle packten, denn er hatte nichts zu geben, nicht einen Finger, nicht einen Augenblick, nicht ein Stück Fleisch, nicht ein Stückchen seiner Erinnerung, denn er brauchte alles selbst, er war am Leben, was sollte er sonst tun? Es ging jetzt um ihn! Da fing Bjarne Gade zu schreien an, ein lauter, fürchterlicher Schrei, ein unerträglicher Laut, der zwischen den hohen Bergen widerhallte. Mit jeder Sekunde wurde Bjarne Gade lebendiger, bald lebte er genau wie vorher; und da erkannte Erling Fall, daß er Bjarne Gade noch einmal umbringen mußte.

Als der Morgen kam, verspürte Erling Fall, obwohl er wußte, welche Tageszeit es war, eine unbestimmte Wehmut, ganz sicher hervorgerufen von Müdigkeit und unnötiger Entsagung, dachte er, ein Schmerz wie nach einer vagen Lüge oder einer aufgedeckten Wahrheit. Der Traum hatte ihn erschreckt. Er war so lebendig, so klar geträumt. Er hatte schon einmal geträumt, jemanden umzubringen. So einfach zu deuten, so banal, dachte er; die Tötung seines schlechten Gewissens. Weg damit! Vielleicht gut gemeint, vielleicht wollte ihm das Unterbewußtsein einen Tip geben? Grübelte er nicht eigentlich viel zu viel? Jetzt erwachte er zum ersten Mal allein in Asien, kein Freund in Sicht außer ... Sophie Lee! Sofort wie ausgewechselt bei dem Gedanken an diese ungewöhnliche Frauensperson, die noch nicht bemerkt hatte, wie schön ihre Zähne waren, stand Erling Fall auf, versuchte, durch den Gedanken an Taiwan aufgeheitert, die krassen Bilder der Nacht zu vergessen. Der Traum war sicher auf etwas zu viel Alkohol zurückzuführen, dachte er. Er träumte immer intensiv, wenn er viel trank. Jetzt mußte er sich zwingen, an andere Dinge zu denken. Der ganze heutige Tag war ein Warten. Doch der morgige Tag war ein Vielleicht. Vielleicht würde er anrufen. Vielleicht rief *sie* an. Denn sie wollte ja morgen vormittag nach Taipeh kommen. Erling Fall mußte an Condillac denken, der schrieb, daß man, egal, wie hoch man steige oder wie tief man sinke, nie imstande sein werde, aus seinen Gefühlen auszubrechen. Man werde nie imstande sein, von sich weg an Land zu gehen. Man könne nie ein anderer werden, aber man könne sich vielleicht mit seiner eigenen feinfühligen Phantasie andersartig machen. Die wahre Landschaft sei immer die, die man selbst schaffe. Ja, das ist die pure Wahrheit! dachte Erling Fall. Er hatte eine Landschaft geschaffen, in der überall Platz war für Merete Bøver. Mit ihr war er hoch gestiegen und tief gesunken. Jetzt war es an der Zeit, eine *andere* Landschaft zu schaffen. In die sollte Merete Bøver *keinen* Fuß setzen. Das würde seine Rache sein. Pfui über Merete Bøver und den Jazzgitarristen aus Lillestrøm! Lotte und Siri mögen ihm verzeihen. Sie hatten ihn sicher schon vergessen. Jedenfalls schrieben sie kein Wort. Er würde sich jetzt jedenfalls eine *asiatische* Landschaft schaffen, in der Sophie Lee von Gartenlaube zu Gartenlaube gehen und sich überall in den vielen Seen spiegeln konnte, wenn sie wollte.

Erling Fall war euphorisch, obwohl er wußte, daß dieser Tag leer war. Er mußte als Vertreter der Kværnland-Gruppe zu einigen Besprechungen, sollte sich also vielleicht um das kümmern, was ihn erwartete. Er wußte ja von vornherein, daß er allein nicht stark war. Und ganz richtig, bereits gegen Ende des Frühstücks spürte Erling Fall, wie der sattsam bekannte, tiefe Zweifel von ihm Besitz ergriff. Die Perspektive des Traumes. Sich selbst genug sein. Aber wer *war* er denn? Ihm kam es plötzlich so vor, daß er sein Leben lang ein flackernder Schatten in der Finsternis war, daß alles in ihm willkürlich und dürftig ist. Er lebte sein Leben in dem Gefühl, ständig kurz vor dem Erwachen zu sein. Er hatte so oft gemeint, schreien zu müssen, so wie Bjarne Gade im Traum; hätte er nur geglaubt, die Stimme würde irgendwo gehört. Es war, als befinde er sich mitten in einem tiefen Schlaf. Er fragte sich nun, ob diese unheilvollen, mentalen Zustände Sophie Lee auffallen würden. Das durften sie nicht! Doch gleichzeitig wurden all diese Gedanken nur intensiver. Er brachte die Besprechungen einigermaßen hinter sich, aß in einem prunkvollen Restaurant zu Mittag, mit schönen Serviererinnen und Geschäftsleuten, die ihn wieder über die französischen Bordeauxweine ausfragen wollten; er steckte allerdings wegen des am Vortag bekannt gewordenen Korruptionsskandals vorerst keine größeren Summen in diese Firmen. Später besuchte er einen Buddhisten- und einen Tao-Tempel, wechselte aber kein Wort mit den Mönchen. Im Tao-Tempel entdeckte er im Gewimmel kleiner Götter in einer Vitrine seinen eigenen kleinen Gott. Er hielt ein Werkzeug in der Hand und symbolisierte das Gespaltensein. Später im Hotel beobachtete er von seinem Zimmer aus die Maschinen auf dem Sungshan Flugplatz, wie sie landeten und starteten, landeten und starteten. Beim Landeanflug sah es jedesmal so aus, als würden sie auf die Dächer der Häuser stürzen, was sie nicht taten.

Hatte er wirklich den Mut, am morgigen Tag Sophie Lee anzurufen? Andererseits ließ sich sein Aufenthalt in Taipeh nicht ewig ausdehnen. Es mußte also morgen sein. Aber *warum* mußte das morgen geschehen? Warum sollte eine hochbegabte Chinesin, die so kühn war zu erklären, daß sie eigentlich Kommunistin sei, obwohl sie in der Hochburg des Kapitalismus wohnte, sich in einen zehn Jahre älteren, inzwischen etwas eingefallenen und tragischen Typen vergucken, der eigentlich nie das Gefühl gehabt hatte, daß das, was er hier im Leben machte, gedeckt war. Erling Fall stand am Fenster und fragte sich, was sie überhaupt in ihm *sah*. War er bei ihrer Begegnung vor zwei Abenden nicht ziemlich angetrunken gewesen? Hatte er nicht zu viel gelacht, zu viel Süßholz geraspelt? Und der blöde Test, den er abgezogen hatte. Es mußte doch weit unter ihrer Würde liegen, darauf zu antworten, ob sie wirklich Flaubert gelesen habe? Er merkte, wie ihm die Schamröte ins Gesicht stieg. Herrgott, dachte er dort am Fenster. Er war eine Null, jemand, der es nicht einmal mit einem erbärmlichen Jazzmusiker aus Lillestrøm aufnehmen konnte, obwohl er nachweislich viel besser verdiente. Er war, dachte er, ein Mann, der sich an Frauen klammerte, weil er das tun *mußte*, weil er wußte, wie wenig er selbst wert war. Jetzt zum Beispiel, was unterschied ihn von seinem sprechunfähigen Vater? einem Schlaganfall-Patienten? Erling Fall wurde wütend auf sich selbst. Es war völlig unglaublich, daß er sich unterstand, auch nur daran zu denken, Sophie Lee anzurufen. Sie hatte das natürlich nicht so konkret gemeint. »Rufen Sie mich an, dann können wir lunchen«, das sagte schließlich jeder, wenigstens aus Höflichkeit, um der Situation zu entrinnen. Vielleicht war ja Sophie Lee deshalb so freundlich gewesen, um ihn *loszuwerden*, hatte er sie doch den ganzen Abend in Beschlag gelegt! Das war ja nicht auszuhalten! Er, dieser Wicht, ein totaler Bääh – wie Lotte und Siri gesagt haben würden. Er brüstete sich im Schatten von Gudmund Kværnland, hatte sogar so getan, als könne er *selbst* über Teile dieses Vermögens verfügen. Das schiere Pathos! Die glatte Lüge. Er war nur Erling Fall, ein beurlaubter Amtsrichter an einem gewissen Randsfjorden. Die Euphorie verschwand, die Melancholie übernahm. So war es immer. Jähe Freudentaumel, um dann im tiefsten Mißmut zu versinken. Er war zu empfindlich, dachte er. Die Welt gehörte den Gefühllosen – ja, die wichtigste Voraussetzung für einen praktischen, handelnden Menschen bestand im Fehlen jeder Emotionalität. Gudmund Kværnland hatte dieses Thema oftmals angesprochen, zweifellos weil er sich ganz bewußt zu einem Mann mit weniger Gefühlen entwickelt hatte als in seiner Jugend. Er war nicht mehr bereit, sich auf die Schicksale anderer Menschen einzulassen, sich ihre Schmerzen und Freuden vorzustellen. Erling Fall erinnerte sich an die wahrheitsgetreue, aber völlig gefühllose Rede, die Gudmund Kværnland bei der Beerdigung von Bjarne Gade gehalten hatte. Bjarne Gades Frau, denn sie waren noch nicht geschieden, kam allein, ohne den Möbelhändler aus Alnabru, und es war deutlich sichtbar, daß sie unter Schock stand, völlig zerstört über das Geschehene, so offensichtlich verwirrt über ihr eigenes unbegreifliches Schicksal. Aber Gudmund Kværnland hatte ihr keine Chance gegeben. Er stand am Sarg und erzählte, Bjarne Gade habe sich aus Verzweiflung darüber, daß ihn seine Frau verlassen hatte, der Expedition angeschlossen. Kaum waren diese Worte ausgesprochen, brach die Frau in Tränen aus. Aber Gudmund Kværnland nahm keine Rücksicht. Er fuhr im gleichen Stil fort. Bjarne Gade sei, so Gudmund Kværnland in salbungsvollem Ton, als zutiefst unglücklicher Mensch gestorben. Es sei ihm nicht einmal gelungen, den Gipfel zu erreichen. Gudmund Kværnland hätte genausogut sagen können: Zerstört – ja, zerstört von einer dummen Ziege, einer Gans, einem Luder. Die Bedeutung wäre die gleiche gewesen. Am Schluß deutete Gudmund Kværnland sogar an, daß es sich bei dem Unfall möglicherweise um einen geschickt getarnten Selbstmord gehandelt habe.

Erling Fall hatte dagesessen und zugehört, wie Gudmund Kværnland die arme Frau Gade völlig fertigmachte. Vielleicht deshalb, weil er von einem Möbelhändler wußte, der sein Geschäft bei Alnabru hatte. Aus ihm sprach jedenfalls ein deutlicher Haß, nicht nur auf Frau Gade, sondern auf Frauen schlechthin. Ich hätte das nie geschafft, mußte sich Erling Fall eingestehen. Eine solche Gefühllosigkeit, auch wenn es vielleicht der Wahrheit entsprach. Erling Fall wußte, daß er ein milder Richter war. Und wenn Merete Bøver halb betrunken im Bett gelegen und gesagt hatte: »Ein solcher Bursche verdient mindestens ein Jahr Gefängnis«, hatte es Erling Fall mit drei, zwei oder nur einem Monat bewenden lassen, jedenfalls einem Strafmaß, das an der Grenze des Vertretbaren lag. Ja, dachte er dort am Fenster in Taipeh, er war zu weich. Mit Sympathie und Mitgefühl bringt man es nicht weit. Gudmund Kværnland war auf dem besten Weg, all das abzulegen. Deshalb war er so weit gekommen. Jetzt wollte er, daß Erling Fall seinem Beispiel folgte. Er braucht mich, dachte Erling Fall, weil ich ein Jugendfreund bin, ein Kumpel, aber auch, weil ich höflicher bin als er, außerdem gefühlvoller. Ich muß der perfekte Zweite sein, der Schatten, der die Persönlichkeit begleitet, den man nie zuerst sieht, der aber für das Gesamtbild wichtig ist. Und im Zweifel, wie sehr ihm diese Rolle eigentlich behagte, zog er sich vom Fenster zurück, legte sich ins Bett, stellte fest, daß die Krebssymptome, die er immer spürte, fast verschwunden waren – ja, er fühlte sich im Augenblick faktisch frei von Tumoren. Er starrte an die Decke und dachte, ob er wohl den Mut haben würde, Sophie Lee am nächsten Tag anzurufen.

Er erwachte am nächsten Morgen sehr zeitig, duschte, rasierte sich, dachte erstaunt, daß er sich nicht erinnern konnte, was er in der Nacht geträumt hatte, ihm fiel nur vage etwas Asiatisches ein. Auf dem Flug von Kaohsiung nach Taipeh hatte er die charakteristischen, vulkanartigen Berge gesehen, und der ansonsten schweigsame Raymond Lam hatte plötzlich eifrig aus dem Fenster gedeutet und gesagt: »Dort leben Menschen.« Die Eingeborenen, Aborigines, hatte man 1995 entdeckt, eine Bevölkerung von über dreihundertfünfzigtausend. Jetzt erinnerte er sich an seinen Traum. Sophie Lee kam darin vor. Sie hatte ihm etwas zeigen wollen, eine Landschaft, vielleicht einen Tempel, es hatte mit ihrer Familiengeschichte zu tun, zweitausend Jahre zurück. Erling Fall wusch den Rasierschaum ab, band die Krawatte um und ging hinunter zum Frühstück, wurde kaiserlich mit einem warmen Tuch empfangen, um sich die Hände zu trocknen, sagte, er ziehe das Büfett vor, ließ sich erneut von der Schönheit der servierenden Frauen beeindrukken, stand auf, um sich noch etwas zu holen, ließ sich wieder vom Angebotenen begeistern, den Gemüsen, den Suppen. Das ist unvergleichlich, dachte er, und der Mut in ihm stieg so schnell, daß er gleich nach dem Frühstück Sophie Lee anrief. Sie antwortete sofort, als habe sie auf ihn gewartet. Ihre Stimme war am Telefon dunkler, als er sie in Erinnerung hatte. Er versuchte sich ihr Gesicht vorzustellen, ihr Lachen, die rechte Hand, die sie elegant vor den Mund hielt, und er erkannte sofort, daß sie ihm fehlte, wirklich fehlte, daß es von größter Wichtigkeit für ihn war, mit ihr an diesem Tag lunchen zu können. Hatte sie Zeit? Sie hatte Zeit, wollte sich nur zu einer kurzen Besprechung mit ihrem Verleger treffen, hatte den übrigen Tag frei. Er konnte sie um zwölf Uhr treffen. Sie schlug ein altes chinesisches Restaurant in der Nähe der Tunhua Road vor. Erling Fall legte auf, wieder in heiterer Stimmung, mußte zum Fenster gehen, um gleichsam frische Luft zu schnappen und freute sich, daß eine Maschine der China Air im selben Moment abhob. Wie ironisch, dachte er, daß Merete Bøver auf diese Weise für ihn verschwinden würde, auf einer einzigen Reise aus seiner Seele gehen würde, seiner empfindsamen Seele. Aber mit einem plötzlichen Gefühl der Pflicht, der Verantwortung, einem Aufbegehren des Soliden, das trotz allem in all den Jahren ein Teil von ihm gewesen war, dachte er darüber nach, was sich denn nun eigentlich hier anbahnte. Lud er Sophie Lee zum Lunch ein, um sich zu verabschieden und zurückzufliegen nach Europa, oder weil er eine Beziehung zu dieser Frau anfangen wollte? Er, der Amtsrichter vom Randsfjorden! Mit einer der berühmtesten Autorinnen Taiwans! Erling Fall merkte, daß er beim Gedanken an ihre Anwesenheit nicht imstande war, ein Gefühl von Scham zu unterdrücken. Derart elegante Frauen gab es einfach nicht zu Hause in Norwegen, dachte er. Es sei denn, man sah sich unter den Fotomodellen um, aber konnte man von *denen* erwarten, daß sie den Unterschied zwischen Flaubert und Stendhal wußten und den dritten Satz in Schuberts G-Dur-Quartett summen konnten?

Erling Fall ging ins Bad und nahm eine Extra-Dosis Duftwasser, und er arbeitete länger als sonst am Scheitel seiner Frisur. Jetzt mußte er außerdem darauf achten, die Nasenhärchen zu schneiden, damit sich kein hart gewordenes Sekret festsetzte. Asiaten sind ja so äußerst reinlich und sauber. Für einen westlichen Menschen ist es fast unmöglich, es mit ihnen aufzunehmen, aber er mußte es jedenfalls versuchen. Er mußte das Ohrenschmalz aus den Ohren und die Schlafreste aus den Augen entfernen. Er würde Sophie Lee treffen, und als er an diesem Tag um zwölf Uhr das alte chinesische Restaurant an der Tunhua Road betrat, gleich bei dem großen

Kreisverkehr, wo immer noch Chiang Kai-shek, Ausschau haltend, auf einem Sockel stand, fühlte sich Erling Fall stark und bereit, genauso stark und bereit, ja sogar fast kühn, wie er es damals gewesen sein mußte, als er es wagte, Merete Bøver im Anstieg zur Kobberhaughütte anzusprechen. Stark und bereit wozu? Um aus seinem Lebensmuster auszubrechen! Um sich ein anderes zu schaffen! Gleich als er sie erblickte, mußte er daran denken, daß das Leben für die meisten Menschen ein kümmerliches Geschäft war, das sie sich kaum anmerken ließen, ein elender und trauriger Strom, in dem der eine dem anderen glich. Jetzt mußte er sich dessen bewußt sein! Jetzt hatte er seine Chance! Sollte sein Leben genauso freudlos und tragisch enden wie das seines Vaters in Lijordet? Sollte er sich, wie schon einmal, eine Frau aussuchen, die ziemlich bald damit anfing, ihn zu verachten? – wie seine Mutter Ingeborg jeden Tag, jede Sekunde ihren Mann, den Gerichtsrat Christian Fall, verachtete? Ihm wurde dabei schlagartig klar, daß er Sophie Lee mit den ernstesten Absichten traf. Vor dem Hintergrund eines einzigen Essens bei einem korrupten Investor unten in Kaohsiung war er bereit, diese Frau in seinem Leben wichtig zu nehmen. Aber sie *war* ja schon wichtig in seinem Leben, dachte er! Sie hatte Merete Bøver aus seinem Herzen verbannt. Merete Bøver, die ihm jetzt als eine nicht sonderlich flinke, schlaffe, hexenartige Frau mittleren Alters erschien, die, trotz ihrer relativen Berühmtheit, nie wirklich erfolgreich sein wird. Eine Frau, die jedenfalls mit allem zufrieden war, was ihr ein ziemlich unbekannter Musiker aus Lillestrøm bieten konnte. Das war unglaublich. Während er selbst mitten im Leben stand, wie man sagt, und in diesem Augenblick im Begriff stand, mit einer Frau zu speisen, die sich ganz offensichtlich über die Tagträumerei erhoben hatte, die der Wirklichkeit ins Auge sah, die es wagte, darüber zu schreiben, die ein Erfolg war. Nicht schlecht, dachte Erling Fall sofort, als er ihre Schönheit sah, und er mußte sich ins Gedächtnis rufen, daß er hier in Taipeh als Repräsentant der Kværnland-Gruppe war, also als Millionär, auch wenn er vorläufig von diesen Millionen noch nichts zu sehen bekommen hatte. Und dazu ein Mann mit Pachthof am Randsfjorden, Rechtsanwalt und Amtsrichter – ja, er mußte sich das alles ins Gedächtnis rufen, denn ohne ein Minimum an Selbstvertrauen hatte er keine Chance gegen diese Frau. Aber sie begrüßte ihn fast vertraut, lachend, als sei alles lustig, er erkannte ihre rechte Hand wieder, die vor den Mund schnellte, und ihren Geruch, wie hieß doch ihr Parfum? Shiseido? und etwas in ihren Augen verriet ihm, daß sie ihn wahrscheinlich mochte, daß er merkwürdigerweise etwas in ihr berührt hatte, daß der Blick, den er gesehen hatte, hoffentlich nicht nur auf den Respekt vor den Kværnland-Millionen zurückzuführen war.

Sie setzten sich, saßen diesmal einander gegenüber, und er bat sie sofort, ein Menü für beide auszuwählen, sagte, er sei überzeugt, daß er von jedem Gericht begeistert sein würde. Sie waren bereits mitten im Gespräch. Er konnte sich nicht erinnern, wann er sich das letzte Mal so unbeschwert mit einem Menschen unterhalten hatte. Nun mußte er die langen ruhigen Abende zu Hause am Randsfjorden preisen, an denen er Bücher gelesen und Musik gehört hatte, denn Sophie Lee sei ja so bewandert in westlicher Kultur, und es sei doch phantastisch, sagte er, daß eine Vertreterin dieser uralten, ehrwürdigen *östlichen* Kultur so viel von der westlichen, jungen und unreifen Kultur wisse. Während er, wie er noch einmal zugeben mußte, und dabei mühsam versuchte, die Nudeln auf eine gebildete Weise aus der

Suppe zu holen, *nicht das geringste* über Taiwan gewußt habe, daß die Insel aus westlicher Sicht als eine Lächerlichkeit erschien, eine kapitalistisch arbeitende Maschinerie, ein Land, das man mit nachgemachten Billigwaren verband. Erling Fall merkte, wie er beim Reden mutiger wurde, denn es empörte ihn tatsächlich, daß die Gleichgültigkeit und Unwissenheit des Westens so groß war. »Denken Sie nur an Tom Stoppard«, fuhr er fort, »den bekannten englischen Dramatiker, der einem weltberühmten Kollegen seine Hochachtung erweisen wollte und sagte: ›Jedesmal, wenn ich an Harold Pinter denke, muß ich meinen eigenen Nabel ansehen und nach dem Etikett »Made in Taiwan« suchen.‹« Weiß Gott, das kränkte sie! Sophie Lee war gekränkt! Ihr standen plötzlich Tränen in den Augen. Das ermöglichte eine weitere Vertiefung des Gesprächs. Erling Fall mußte erläutern, daß alles, was er gerade erzählt hatte, auf irrige Auffassungen zurückzuführen sei. Erling Fall seinerseits habe in diesen wenigen Tagen begriffen, daß Taiwan ein *phantastisches* Land sei, eine einmalige Nation, die sogar zu den Gründungsmitgliedern der UNO zählte! Und dann durfte Taiwan nicht einmal *mit* in die UNO! Das war ungeheuerlich! Erling Fall vertraute Sophie Lee an, daß er die ganze Nacht wachgelegen und genau darüber nachgedacht habe. Nachdem jetzt die Kværnland-Gruppe zweifellos »einen Haufen Geld«, wie er sagte, in dieses phantastische Land investierte, war es höchste Zeit, daß seine Landsleute verstanden, welch einzigartiges Land Taiwan war. Die alten Portugiesen hatten recht! Sie nannten die Insel Ilha Formosa, die schöne Insel! Und jetzt war Taiwan ironischerweise Asiens hoffnungsvollste Demokratie, eine wirtschaftlich ungeheuer mächtige Nation. Natürlich würde Sophie Lees *Der Wind im Gras* ins Norwegische übersetzt werden! Der

Roman mußte im Gyldendal Norsk Forlag erscheinen! Erling Fall würde persönlich dafür sorgen, daß die Pressekonferenz alles Bisherige übertraf. Er erinnerte sich, wie es war, als Jung Chang in Norwegen gewesen war. Es war nicht unbeachtet geblieben. Von *Wilde Schwäne* wurden Tausende von Exemplaren verkauft, die Autorin kam in allen Zeitungen und Fernsehprogrammen. Jetzt sei Sophie Lee an der Reihe, versicherte Erling Fall in einem alten chinesischen Restaurant in der Nähe der Tunhua Road, während Sophie Lee zu lachen begann und die rechte Hand vor den Mund führte und das Gespräch trotz seines leicht hysterischen und ständig doppelbödigen Charakters tiefe Untertöne bekam. Nach Erling Falls Lobrede auf Taiwan wollte Sophie Lee mehr über Norwegen erfahren, warum in aller Welt dieses Land so reich war, das Öl allein genüge nicht als Antwort, wie könne sich Gudmund Kværnland leisten, derart enorme Summen in Asien zu investieren? Im übrigen sei ihr Gudmund Kværnland nicht sympathisch, wie sie Erling Fall anvertraute. Er wirke auf sie unfruchtbar und bedrohlich. Barren and sinister waren die Worte, die sie benutzte. Unfruchtbar und bedrohlich. Ein Mann, der in ihren Augen wie eine Spielkarte war, aus einem vergessenen und alten Spiel, oder vielleicht umgekehrt? – aus einem Spiel der Zukunft? Jedenfalls ein Mensch, der ausstrahle, daß ihm ein bestimmter Wert fehle, wie bei vielen von diesen Multimillionären, fügte sie hinzu. Also ein Mann, der in keiner Weise einen positiven *Beitrag* zur Welt leistete. Und kaum hatte sie das ausgesprochen, etwas naiv und resolut, begriff Erling Fall, daß sie es jedenfalls nicht auf seine potentiellen Millionen abgesehen hatte, und das führte zu einem weiteren Stimmungsaufschwung bei ihm, denn dann schätzte sie ja *ihn, wie er war*. Nach dieser Entdeckung war es spielend leicht, mit erneuter Kraft das Gespräch aufzunehmen, fast wie ein Triumphator. Er war ja so von Herzen einig mit ihr. Was *brachten* diese Aktienleute eigentlich der Gesellschaft? Wo lag der Wert dieses irrsinnigen Wachstums, das sowohl Asien wie die westliche Welt in diesen Tagen erlebte? Sophie Lee wurde sehr eifrig, als er das erwähnte. Hier konnte sie ja ihre kommunistischen Lehren einbringen. Sie habe *nie* an die liberale Marktwirtschaft geglaubt, sagte sie. Der Kapitalismus sei ein zynisches Monster, ungeachtet dessen, wie sehr der Kommunismus seine Rolle ausgespielt hatte. Und sie fragte ihn sofort weiter über Norwegen aus, und Erling Fall antwortete, daß Norwegen ein Land von Naturschönheiten sei, daß auch die Menschen gewisse Qualitäten hätten, doch daß sich das ganze Land jetzt im Wandel befinde, weil die, die an der Börse spielten, wahnsinnig viel Geld verdienten. Es gab keine Schranken mehr, die Wohnungspreise schnellten in die Höhe, die Ausstrahlung der Leute werde immer unfruchtbarer (er benutzte bewußt ihren Ausdruck); der Mammon herrschte, und alle Norweger suchten plötzlich etwas, weil sie etwas erreichen wollten, sagte Erling Fall, aber die Ambition ließ sich entweder nicht verwirklichen, oder die Norweger glaubten, sie hätten sie verwirklicht, und sie wurden reich, aber verrückt. Damit, fuhr er fort, waren die Neureichen jetzt in der Lage, mit ihrem Wohlstand zu prahlen, doch nicht in der Lage zu begreifen, daß das, womit sie prahlten, abscheulich war. Wenn einer von Gudmund Kværnlands Kollegen sich für dreißig Millionen Kronen irgendwo oben im Wald ein Wochenendhaus baute, so kostete das nachweislich dreißig Millionen Kronen. Aber zugleich sei es häßlich, sagte Erling Fall, *ungeheuer* häßlich. Ein Wochenendhaus mit viel Platz, aber in der Gestaltung kahl, dürftig und geschmacklos, mit Badezimmerfliesen, die jedenfalls nicht aus Italien oder Portugal stammten, mit Messing und Schmiedeeisen so abscheulich und unpassend, daß sogar ein Raststättenpächter an der deutschen Autobahn ein ungutes Gefühl bekäme. Ja, Erling Fall wollte das jetzige Norwegen beschreiben, so von dem Land erzählen, daß eine Kommunistin aus Taiwan, also eine Abweichlerin, es verstehen konnte. Aber er merkte gleichzeitig, wie sehr er dieses Land liebte, wie er ein ständiges Heimweh mit sich herumschleppte; er hatte in diesem Augenblick wieder den Eindruck, daß die Intensität der Gefühle eigentlich schwächer war als die Intensität seines Bewußtseins über sie, daß er eigentlich immer mehr unter seinem Bewußtsein von Schmerz gelitten hatte als unter dem eigentlichen Schmerz, und während er über Norwegen redete, das phantastische und problematische Norwegen, wurde ihm klar, daß es etwas Grundsätzliches in seinem Leben war, nie die Hauptperson zu sein, und Norwegen jetzt ein Land war, das er instinktiv und natürlich viel zu schnell Sophie Lee schmackhaft machte. Er war wie ein Hoteldiener, der das Gepäck trug und ihr das Zimmer zeigte, ihr alle Schalter und die Fernbedienung erklärte, die Gardinen zuzog, aber schnell wieder verschwinden würde. Und wie eine unheimliche Vorahnung sah er sich genau in dieser Rolle, und so klang es auch in seinen Ohren, als er seiner eigenen Darstellung von Norwegen zuhörte: daß er Sophie Lee von einem Land erzählte, in dem sie vielleicht in der Zukunft einmal leben würde, aber daß er trotzdem für ihren Intellekt und ihre Seele nie etwas anderes sein konnte als ein Hoteldiener, ein Führer, eine enthusiastische Nebenperson, so wie er in Merete Bøvers Leben immer eine Nebenperson gewesen war. Aber Sophie Lee hörte ihm zu, als sei er keine Nebenperson, und Erling Fall fand, daß er sich gut auszudrücken verstand, ihr das Wesentliche von Norwegen erzählte, über den ewig-schizophrenen Zustand, in dem sich dieses Land befand, vielleicht durchaus parallel zu Taiwan. Ja, er merkte beim Reden, daß er überzeugend klang, und doch war genau in diesem Augenblick etwas Fernes in ihm, als rege sich eine unbestimmte Sehnsucht, endlich wegzukommen von dem Unterwürfigen und Schwachen in ihm. Und wieder wurde er plötzlich traurig. Sophie Lee sah es, das Gespräch wurde unvermittelt ernst und nahegehend. »Du bist kein glücklicher Mann, Erling«, sagte sie; und kaum hatte sie es ausgesprochen, bekam Erling Fall ein Bedürfnis zu weinen, sich an sie zu lehnen, als verzweifle er über ein Verbrechen, das er noch nicht begangen hatte.

SECHSTER TEIL

Sophie Lee und Erling Fall zogen im Spätherbst 1996 nach Paris. In der Zeit zwischen ihrer ersten Begegnung in Taiwan im Herbst 1995 und diesem schnellen und für die Umwelt ziemlich erstaunlichen Etablieren eines gemeinsamen Lebens hatte Christian Fall einen weiteren Schlaganfall, Torgeir Berget war Konkurs gegangen und hatte Erling Falls Schwester Ingrid weich gekriegt, ihre Mutter zu fragen, ob sie nicht einen kleinen Vorschuß auf das Erbe haben könnten, und Sophie Lee war auf Tournee in den USA gewesen, um für *Der Wind im Gras* Interesse zu wecken, dem trotz schlechter Aussichten ein mittelmäßiger Erfolg beschieden war, der aber genügte, daß die norwegischen Zeitungen berichteten, daß Amtsrichter Erling Fall jetzt als Beauftragter der Kværnland-Gruppe nach Paris gehe und das dortige Büro übernehme, und das zusammen mit der »weltberühmten« taiwanesischen Autorin Sophie Lee. Jetzt hielt man ihn für reich, für einen Millionär, obwohl seine Jahresgage gerade mal eine Million Kronen betrug. »Mehr ist nicht gut für dich«, hatte Gudmund Kværnland mit einem Grinsen gesagt. »Aber wir werden dafür sorgen, daß du anständig *wohnst.*« Gudmund Kværnland hatte es also ernst gemeint, daß Erling Fall dank einer empathischen Höflichkeit sicher gut mit den Franzosen zurechtkommen würde. Lange hatten Sophie Lee und Erling Fall diskutiert, in endlosen Telefongesprächen, wie sie ihr Leben gestalten wollten. Sophie Lee könne sich eigentlich gut vorstellen, in Europa zu leben, sagte sie, obwohl ihr die Eltern ganz schrecklich fehlen würden. Aber sie hatte immerhin Joe, ihren Bruder, in

Paris. Er war ein gescheiterter Filmstudent, versuchte Regisseur zu werden, es waren schließlich die taiwanesischen Filmemacher gerade populär; aber Joe hatte es nicht geschafft, und sie machte sich Sorgen um ihn, hatte Gerüchte gehört, daß er auf den Brücken stehe und geschmacklose Bilder von Notre-Dame und dem Eiffelturm male, um Geld für Dope zu verdienen. Ja, Joe war ein wichtiger Faktor. Sie fanden beide, es sei wie ein Wink des Schicksals, als Erling Fall erfuhr, daß Gudmund Kværnland den Freund unbedingt in Paris haben wollte im dortigen Büro, mit gutem Grund von den Französischkenntnissen des Freundes überzeugt. Deshalb entschieden sie sich zunächst für Paris.

Im Sommer 1996 war Erling Fall allein daheim am Randsfjorden und konnte das Wohnhaus auf unbestimmte Zeit an einen Studienrat aus Dokka vermieten. Erling Fall fühlte sich noch nicht so weit, Sophie Lee Norwegen zu zeigen. Er liebte diesen Ort am Randsfjorden über alles und wußte nicht, wie lange er von dort weg sein wollte, aber die Gegend um den Randsfjorden war natürlich kein großes Investitionsobjekt für die Kværnland-Gruppe, und Erling Fall mußte sein Entlassungsgesuch als Amtsrichter einreichen, mußte sich von den Angestellten verabschieden, die in dieser schwierigen Zeit so loyal gewesen waren, von seiner Schwester Frøydis verabschieden und ihrem Mann Claus, den Jungs Rikard und Bjørn und dem Bratschisten Nils Bjelland aus Gjøvik. Erling Fall mußte sich auch von Gunnar Hov verabschieden, dem Mann, der nie ein Wort zu viel sagte, und an dem Tag, bevor Erling Fall nach Paris flog, als er ganz alleine in den liebgewonnenen Räumen stand, in denen Merete Bøver und er in all diesen Jahren gemeinsam gelebt hatten, empfand er eine so große Zärtlichkeit für dieses Haus der Ordnung und des Friedens, daß er am liebsten jeden einzelnen der Gegenstände geküßt hätte, die jetzt den Alltag des Studienrats aus Dokka umrahmen würden. Gerade jetzt fehlten ihm wahrscheinlich sowohl Merete Bøver wie Sophie Lee. Ihm fehlte jedenfalls ein Schoß, um darin zu weinen, ein großer und grenzenloser, generöser Schoß, weit wie eine Sommernacht und doch nah, warm, weiblich, am liebsten vor dem Kamin in der Wohnstube ... Er wußte noch nicht, wie viele von seinen inneren Labyrinthen er Sophie Lee preiszugeben wagte. Konnte er in ihrer Nähe beispielsweise über unvorstellbare Dinge weinen? – weit zurückliegende Ereignisse? weinen über die dunkle Zukunft, die er nicht kannte? Er war schließlich um einiges *älter* als Sophie Lee, und ihre Jugend hatte eine beinahe erschreckende Wirkung auf ihn. Er merkte, daß er oft wie ein Kind fühlen konnte, und er dachte an seine Kindheit damals in Lijordet, als er mit dem Fahrrad die Ruglandstraße hinunter fuhr und spielte, er sei ein weltberühmter Ralleycross-Fahrer, oder, in der Nähe der Øvrevoll Galopp-Bahn, davon träumte, er sei ein weltberühmter Dirigent und dirigiere in der Carnegie Hall Mahlers vierte Sinfonie.

Als hätte er nie aufgehört zu spielen, zu träumen. Er schnappte immer nach dem Brot, das die Phantasie ihm zuwarf, wagte aber nicht, es jemandem zu erzählen. Das Kind in ihm starb nie, dachte er, als sehnte er sich immer nach dem Bett mit den Gitterstäben und dem Gute-Nacht-Liedchen. Aber jetzt war Sophie Lees jugendliches Wesen in sein Leben getreten. Er wußte, daß sie viel intelligenter war als er, viel reifer, viel weiser. Andererseits hatte sie den Körper eines Kindes, und das erschreckte ihn, als er sich das erste Mal erdreistete, ihre Nacktheit zu betrachten. Die glatte, reine Haut und all das Weibliche waren so klein und unschuldig. Er mußte an Lotte und Siri denken, und nichts mehr stimmte für ihn. Als er das erste Mal mit Sophie Lee schlief, war er impotent. In ihm hatte ein solches Durcheinander an Gefühlen geherrscht, daß er schließlich alles, was er versuchte, hatte aufgeben und nach fast einer Stunde vergeblichen Mühens zugeben müssen, daß es ihm zu viel wurde. Zum Glück war sie sehr verständnisvoll gewesen, wie gewöhnlich. Er merkte, daß sie sich auf andere Weise befriedigen ließ. Damit verringerte sich sofort seine Versagensangst. Trotzdem dauerte es lange, bis er sich überhaupt vorstellen konnte, *selbst* etwas davon zu haben. Er fühlte sich vielmehr zwischenzeitlich wie ein viel zu alter und verzagter Mann, so klein und jämmerlich, so trübselig. Aber wie auch immer: Er war ihr künftiger Lebenspartner. Sie zogen zusammen nach Paris. Sie kam aus Taipeh, er kam aus Oslo. Gudmund Kværnland hatte für sie eine Wohnung am Quai d'Orléans gefunden. Aussicht auf Notre-Dame, Eiffelturm in der Ferne, die Seine direkt unter ihnen. Ile St. Louis wie eine Puppenstube, hatte Erling Fall gedacht, jedenfalls ein Ort für Menschen, die nicht erwachsen werden wollten. Vielleicht war deshalb die ganze Insel voller Eisbuden, Spielzeuggeschäften und allen möglichen Nippesläden, was Sophie Lee natürlich wunderbar fand. Sie bestand darauf, *ihren* Teil der Miete zu zahlen, nicht zuletzt, weil sie ihr Arbeitszimmer zu Hause haben wollte und weil sie ja, milde ausgedrückt, nicht ganz mittellos dastand. Die Kværnland-Gruppe war damit einverstanden, obwohl Gudmund Kværnland in einem Telefongespräch zu Erling Fall sagte: »Paß auf, sie hat offenbar eine Profilsucht.« Erling Fall seinerseits bestimmte, daß das Pariser Büro der Kværnland-Gruppe am Place Vendôme zu liegen habe, dachte gar nicht daran zu sparen. Solange es das Geld *anderer* war und die Spielregeln feststanden, hatte Erling Fall keine Skrupel, es auszugeben. Es war außerdem, wie er wußte, unerläßlich, in Paris eine vorzeigbare Adresse zu haben, wenn die Kværnland-Gruppe in diesem rigiden und anachronistischen Land, das Frankreich hieß, ernst genommen werden wollte. Also Place Vendôme, zum mindesten. Dort war Erling Fall plötzlich Chef von sieben Mitarbeitern, zwei französischen Sekretärinnen, drei französischen Business-Typen der jüngsten und unerträglichsten Sorte und zwei norwegischen Stinkstiefeln mit einer Selbstsicherheit von hier bis zum Mond und, soviel Erling Fall mitbekam, fest davon überzeugt, den Laden in kurzem zu übernehmen, weil ein ausrangierter Amtsrichter aus dem Bezirk Oppland auf längere Sicht einfach nichts in dieser Wirklichkeit zu suchen hatte, und wenn er noch so sehr der Jugendfreund von Gudmund Kværnland war. Und das war im Jahre 1996, als die norwegische Wirtschaft ständig wuchs, als die Investitionen der Kværnland-Gruppe so haushohe Dimensionen annahmen, daß auch Gudmund Kværnland dazu überging, sich für dreihundert Millionen Kronen ein Privatflugzeug zuzulegen. Gleichzeitig überlegte auch *er*, sich auf dem Hafjell ein Wochenendhaus von neunhundert Quadratmetern zu bauen, auf einem langweiligen Hanggrundstück mitten im Gudbrandsdalen, dem größten Tal Norwegens, unweit der Anlagen der Winterolympiade 1994 in Lillehammer, wo alle Multimillionäre Norwegens plötzlich unbedingt wohnen wollten, als treibe sie ein Instinkt, genauso stark und unbeirrbar wie die kühnen Sprünge der Lachse flußaufwärts zu den Laichplätzen. Und diese wirtschaftlichen Realitäten, erklärte Gudmund Kværnland gutgelaunt an einem Abend im La Coupole, gleich nachdem Erling Fall und Sophie Lee zusammengezogen waren, verlangten, daß ihre gemeinsame Wohnung am Quai d'Orléans im Hinblick auf seine Repräsentationspflichten entsprechend *aufwendig* eingerichtet werden mußte. Also Widerberg und Weidemann an allen Wänden und Sitzgruppen, die sechsstellige Beträge kosteten. Erling Fall wußte, wie lächerlich derartige Sprüche in Sophie Lees Ohren klangen. Sie mochte Gudmund Kværnland immer noch nicht, verachtete ihn sogar, manchmal unverhohlen. Sie besaß selbst das nötige Kleingeld, wollte aber absolut nicht damit prahlen. »Mir genügen ein Zimmer, ein Bett und ein Schreibtisch«, erklärte sie dann. Und Erling Fall wußte, daß sie das ernst meinte, und es erschreckte ihn, weil damit nur seine erste Annahme bestätigt wurde: sie zog nicht des Geldes wegen mit ihm zusammen. Sie interessierte sich überhaupt nicht für Geld. Das einzige, was sie beschäftigte, war die weitere Arbeit an ihrem Projekt, noch mehr Bücher über Chinas Tragödie zu schreiben, vielleicht vor allem einen Roman, in dem sie den Kapitalismus und dessen Wesen aufs Korn nehmen wollte. Deshalb kam Erling Fall mit dem Gefühl nach Paris, einen Fehler begangen zu haben. Sophie Lee hätte ihn wahrscheinlich als Amtsrichter viel mehr respektiert. Die Kværnland-Gruppe war für sie fast gleichbedeutend mit einer kriminellen Vereinigung. Es gefalle ihr nicht, sagte sie unumwunden, daß sie mit einem Mann zusammenlebe, der im Grunde Spekulant war. Sie erkundigte sich neugierig nach den norwegischen Steuerbestimmungen, und als ihr klar wurde, daß auch Norwegen praktisch darauf verzichtete, Aktiengewinne zu besteuern, so daß solche Schlitzohren wie Gudmund Kværnland moralisch völlig unverantwortliche Vermögen anhäufen, sich Privatflugzeuge kaufen und alle ihre schwachen Seiten auf einmal ausleben konnten, hätte sie beinahe eine Szene gemacht.

Aber noch waren sie trotzdem höflich zueinander. Erling Fall schätzte es, daß Sophie Lee nicht so rechthaberisch und stur war wie einst Merete Bøver. Sophie Lee dachte lange nach, ehe sie sich entschloß, ihre Meinung vorzubringen, und selbst dann hatte ihre Wortwahl eine dialektische Qualität, als sei die Wahrheit etwas, das sich immer wieder diskutieren ließ, ausgenommen wenn es um Aktienspekulationen ging. Erling Fall dachte, daß er sie dafür bewunderte, und bedauerte es gleichzeitig sehr, von Gudmund Kværnland letztlich gekauft und ihm mit Haut und Haaren verfallen zu sein. Er fühlte sich zu alt, um auf diese Weise zu spielen, war aber gleichzeitig zu schwach, um nein zu sagen. Außerdem verschaffte ihm dieser neue Job einige Freiheit. Wie hätte er sonst das Geld gehabt, um in Paris zu leben, wo er einen Chefposten hatte und genügend Geld, um bei jeder Gelegenheit freigebig sein zu können, zum Beispiel wenn Sophie Lee mit ihrem Bruder Joe ankam, der zugekiffter war als sie beide befürchtet hatten und keine Kitschbilder mehr malte, sondern oben in Belleville in einem Kollektiv wohnte und eigentlich durchaus nicht erfreut war, seine Schwester in der gleichen Stadt zu sehen. Joe wurde natürlich sofort in den Quai d'Orléans eingeladen, und obwohl Chinesen stets höflich sind, wurde es kein netter Abend, wie Erling Fall sich eingestehen mußte. Sophie Lee faßte sofort Fuß in Paris. Sie war bekannt, hatte sogar *Der Wind im Gras* bei dem renommierten Verlag Plon untergebracht. Sie war finanziell unabhängig und hatte ein imponierendes Sammelsurium von Bekannten, so daß sich Paris für sie als die perfekte Stadt herausstellte, wenn sie nicht in einer Wohnung sein müßte, die zu siebzig Prozent von der Kværnland-Gruppe bezahlt wurde. Aber mit Joe war es schlimmer. Die bloße Adresse oben bei Belleville stempelte ihn ab als Ausländer. Da spielte es keine Rolle mehr, aus welchem Land er kam. Er war von vornherein ein Verlierer, ein

Asiat unter Tausenden von Asiaten, und wenn er in Frankreich überleben wollte, mußte er wenigstens Französisch können. Joe Lee sprach nur wenig Französisch. Er hatte zwar in Lyon ein ganzes Jahr einen Sprachkurs besucht, aber er kam mit den Verben nicht zurecht. Sein Interesse war der Film, er wußte mehr über Jean-Luc Godard, Bergman und Antonioni als die meisten Franzosen, aber er wußte noch nicht, was er mit seinem Wissen anfangen sollte. Er hatte einige Züge seiner Schwester, dachte Erling Fall, war aber trotzdem so verschieden von ihr, war so wenig in der Lage, die Realitäten zu erkennen, daß die Situation natürlich unhaltbar war. Er war jünger als Sophie Lee, aber trotz seiner schmächtigen Gestalt hatte Erling Fall das Gefühl gehabt, daß etwas Bedrohliches von ihm ausging, als würde das Messer in der Tasche ständig griffbereit sein. Erling Fall hatte schließlich ein gutes Gespür für Kriminelle, meinte er jedenfalls, und Joe Lee war ein potentieller Krimineller, dachte er, wagte es aber nicht, mit Sophie direkt darüber zu reden. Sie mußte trotzdem verstanden haben, was er dachte, denn nach einem traurigen Abend mit dem Bruder, der fast verbittert die prächtige Wohnung betrachtet hatte, als wollte er sagen: das stünde eigentlich mir zu, denn ich bin smarter als ihr, blieben Sophie Lee und Erling Fall noch sitzen und redeten über Geschwister und danach über Männer. Erling Fall mußte von dem Schwager Torgeir Berget erzählen, von dessen Konkurs sie ja bereits wußte und der allen Ernstes die Schwiegermutter um einen Vorschuß auf das Erbe angegangen war. Was sie nicht wußte, war, daß Torgeir Berget, gleich nachdem sich Erling Fall und Sophie Lee in Paris etabliert hatten, im Quai d'Orléans anrief und fragte, ob ihm Erling Fall nicht helfen und ihm einige hunderttausend Kronen geben könne, er sei schließlich bankrott. Erling Fall hatte darüber nachgedacht und gemeint, eigentlich könne er diesem Mann schon ein paar Tausender geben, wenn er sie wirklich brauchte. Das Problem war nur: Er hatte sich nie anständig benommen. Sophie Lee fragte natürlich, auf welche Weise dieser Torgeir Berget unanständig gewesen sei, und Erling Fall hörte sich sagen: » Er ist ins Haus seiner Schwiegereltern gegangen und hat sofort den Fernseher eingeschaltet!« Sophie Lee hatte in bekannter Manier die rechte Hand vor den Mund gehalten und gelacht, wurde aber gleich darauf ernst. »Worüber wir jetzt reden«, sagte sie, »hat mit der Erziehung zu tun, die Männer und Frauen erhalten.« Erling Fall nickte. Er hoffte, sie hatte recht. »Aber manchmal melden sich Zweifel«, fuhr sie fort, und dann erzählte sie eine Geschichte, an die Erling Fall denken sollte, wie sie nämlich einmal als Kind, sie war vielleicht zwölf Jahre alt und der Bruder neun, das Kugelspiel gespielt hatte, ähnlich wie das französische »Boule«, und die Eltern hatten mitgespielt, alles war mit rechten Dingen zugegangen. Aber an diesem Tag hatte die kleine Sophie Glück. Sie spielte besser als Joe und die Eltern. Sie gewann. An dem Sieg war nicht zu rütteln, sie schrie vor Freude, erinnerte sie sich, denn die Eltern hatten dem Gewinner einen Papierdrachen versprochen. Sie bekam den schicken Drachen überreicht, aber kurz darauf kam Joe, warf seine Schwester zu Boden und machte den Drachen kaputt. »Ich erinnere mich, daß ich so überrascht war«, sagte Sophie Lee, »ohne eigentlich einen Grund zu haben. Ähnliches war schon früher passiert. Dann begriff ich, daß es drei Gründe gab, warum mich Joe geschlagen und den Drachen kaputtgemacht hatte. 1: Er hat verloren. 2: Ich bin älter als er. 3: Ich bin eine Frau. Später wurde mir der wichtigste der drei Gründe klar: daß ich eine Frau bin.«

Erling Fall nickte. Sophie Lee hatte sicher recht. Joe Lee war ein Junge, der arrogant war, weil er nichts vorweisen konnte. Von dieser Sorte hatte Erling Fall schon viele erlebt. Joe Lee, das verkannte Genie von Belleville, nach wie vor fähig, seine große Schwester zu verprügeln, wenn es die Situation erlaubte. Deshalb gab es keinen allzu häufigen Umgang mit Joe Lee. Gleich nachdem Erling Fall mit Sophie Lee in Paris zusammenzog, beschlossen sie zu heiraten, um danach als zwei selbständige Menschen in der gleichen Wohnung zu leben. Die Hochzeit wurde nach norwegischen Gepflogenheiten abgewickelt, weil sie damit bürokratische Vorteile hatten, falls sie später einmal die Absicht haben sollten, sich in Norwegen niederzulassen. Also eine todlangweilige Zeremonie mit der norwegischen Botschaftssekretärin. Diese Pariser Botschaft hatte etwas Ominöses, dachte Erling Fall. Der Botschafter selbst wankte mit einem irren Gesichtsausdruck herum, und die übrigen Angestellten wußten nicht recht, wie sie sich verhalten sollten. Vielleicht hing es damit zusammen, daß Frankreich ein so schwieriges und *anderes* Land war. Jedenfalls gelang es der Botschaftssekretärin nicht, das Zusammenleben von Sophie Lee und Erling Fall in irgendeinen Himmel zu heben, was jedoch Gudmund Kværnland machte, Erling Falls Trauzeuge, der eine Hochzeitsfeier im Tour d'Argent auf die Beine stellte, mit den Bergkameraden der Himalaya-Expedition einschließlich Ang Gyalu. Allein zu sehen, wie sich Ang Gyalu angeregt mit Sophie Lee über Buddhismus unterhielt, war die Hochzeit wert, dachte Erling Fall, erleichtert darüber, daß niemand von der übrigen Familie anwesend war, weder aus Taiwan noch aus Norwegen. Das Ganze passierte, aus praktischen Gründen, schnell und plötzlich, und in der Hochzeitsnacht mußte Erling Fall wieder denken, daß Sophie Lee einfach zu rein, zu perfekt war. Es war schlicht unmöglich, sie zu lieben. Aber nun waren sie verheiratet, und trotz der Spannungen zwischen ihnen, die vor allem auf seine Arbeit für die Kværnland-Gruppe zurückzuführen war, funktionierte dieses Zusammenleben. Ja, dachte Erling Fall, es funktionierte sogar ausgezeichnet. Sophie Lee arbeitete zu Hause auf der Ile St. Louis, schrieb an der Fortsetzung von *Der Wind im Gras*, verhandelte mit ihren Verlegern, gab das eine oder andere Interview. Er seinerseits ging ins Büro am Place Vendôme, holte tief Atem und tat so, als sei er Chef. Das fiel ihm nicht so schwer. Jeder, der imstande ist, kleine Motorradrowdies zu drei Jahren Gefängnis zu verknakken, dachte Erling Fall verdrossen, hat genug Autorität, die Außenstelle einer multinationalen Gesellschaft zu leiten, auch wenn die Adresse Place Vendôme heißt. Außerdem war Merete Bøver vergessen. Weg für immer, aufgesogen von einem anderen Leben, leitete vielleicht den Verein zur Verschönerung der Stadt Lillestrøm. Ihm blieb es jedenfalls erspart, jedesmal, wenn er von der Arbeit nach Hause kam, ihren prüfenden Blicken begegnen zu müssen. Statt dessen wartete Sophie Lee auf ihn, mit ihren kleinen Eigenheiten, wenn sie mitten am Tag ins Kino ging oder jeden Tag ihre Eltern zu Hause anrief. Da redete sie lange und Erling Fall hörte zu. Er verstand nicht das geringste, denn Sophie Lee sprach Mandarin, und Erling Fall fragte sich, ob sie in diesen Situationen eigentlich etwas demonstrativ sein wollte, um ihn daran zu erinnern, daß er nicht alles auf dieser Welt beherrschte, auch wenn er der hiesige Chef der Kværnland-Gruppe war. Er war auf dieses Zusammenleben eingegangen, weil er ursprünglich blind daran glaubte, weil Sophie Lee selbst so offensichtlich bereit war, sich an einen Mann zu binden. Erling Fall war nicht so eingebildet zu glauben, er sei der Einzige, der Auserwählte; er war lediglich der Mann, der zur richtigen Zeit am richtigen Ort gewesen war. Irgendwann einmal hatte er ihr verraten, daß er als Amtsrichter immer zu milde Urteile gefällt hatte. Das war vielleicht, dachte er jetzt, entscheidend gewesen für Sophie Lees Meinung von ihm. Sie behauptete umgekehrt von sich, eine Extremistin zu sein, die nie die Gelegenheit gehabt habe, ihren Extremismus auszuleben. Aber jetzt habe sie ihre Chance, denn sie hatte einen Norweger geheiratet.

Der erste Winter in Paris verlief ohne besondere Ereignisse, obwohl Erling Fall im nachhinein dachte, eine gewisse Nervosität gespürt zu haben. Sophie Lee arbeitete zu Hause, schrieb in einem Zimmer mit Aussicht auf die Seine, auf Notre-Dame und auf den Eiffelturm. Erling Fall nahm entweder die Metro oder spazierte zum Place Vendôme und versuchte sich daran zu gewöhnen, an Stelle der Kiefern und der Kaufhäuser in Brandbu Zentrum das Hotel Ritz zu sehen. Er hatte schnell ein Amateurquartett gefunden, in dem er spielen konnte. Ein paar Dänen von der UNESCO und ein finnischer Beamter, der, wie sich herausstellte, bei Arto Noras persönlich gelernt hatte und damit fast ein Meister auf dem Cello war. Sie trafen sich reihum jedesmal in einer anderen Wohnung und schwindelten sich durch die bekannten und vertrauten Beethoven- und Mozart-Quartette. Aber es war ein anderes Leben. Die Musik genügte nicht. Erling Fall mußte vor sich zugeben, daß ihn dieses Leben als Mann des Kapitals nicht befriedigte. Der Alltag war vom Geschehen an der Börse bestimmt, wen er plötzlich für strategisch wichtig hielt, um mit ihm Essen zu gehen, und von den Informationen im Internet. Lange, hektische Tage mit Kaffee, Lunch und wieder Kaffee. Vornehm gekleidete Herrn klopften an die Tür und wollten ihre Projekte vorlegen. Bei den Investitionen der Kværnland-Gruppe gab es nichts Langfristiges. Es ging allein darum, möglichst viel Geld in möglichst kurzer Zeit zu verdienen. Erling Fall hatte das Gefühl, zu spielen, wenn er seine norwegischen Wirtschaftsfuzzis nachprüfen ließ, welche französischen Firmen momentan solvent waren. Außerdem wußte er, daß Gudmund Kværnland inzwischen so reich geworden war, daß ihn Geld einen Teufel scherte und er sich mehr vom Instinkt als von klaren Überlegungen leiten ließ. Kaum hörte er, daß der Konkurrent Kjell Inge Røkke den Bau eines Fußballstadions in Molde plante, überlegte Gudmund Kværnland allen Ernstes, in Halden ein Velodrom zu bauen, weil er in dieser Stadt einen Vetter hatte, der kürzlich bei einer Radweltmeisterschaft ziemlich gut abgeschnitten hatte. Gudmund Kværnland kenne offenbar keine Hemmungen mehr, wie Erling Fall im Sommer 1997 zu Sophie Lee sagte, als sie beinahe ein Jahr in Paris gelebt hatten und sich der Alltag zwischen sie gesetzt hatte. Sie hatten sich jedenfalls an ihre Rollen gewöhnt, obwohl es Erling Fall vorkam, als würde er sich allmählich selbst vom Ziel des Lebens ausschließen, daß er, obwohl er Sophie Lee hatte und ihm sämtliche finanziellen Mittel zur Verfügung standen, aufgehört hatte zu suchen und weiterzugehen. Vielleicht hatte das mit Sophie Lee zu tun. Sie war so perfekt und gleichzeitig so anders als alle anderen Frauen, die er getroffen hatte, und das hatte eine lähmende Wirkung auf ihn. Er brauchte sie, wie Joe Lee seinen Stoff brauchte. Er brauchte es, daß sie da war, wenn er von der Arbeit nach Hause kam, daß sie an diesem Vormittag einige Seiten für ihr Buch geschrieben hatte, daß sie in irgendein Restaurant gingen und über alles redeten, was an diesem Tag geschehen war. Erling Fall hatte das Gefühl, ein unwirkliches Leben zu leben, ein Leben, wie es besser für den amerikanischen Schauspieler Richard Gere passen würde. Er hatte das Gefühl, es nicht verdient zu haben. Er hatte das Gefühl, auf einem Vulkan zu leben, daß Paris ein angenehmer Ort war, um dort zu leben, aber auch für sie beide ein unwirkliches Niemandsland. Endlich konnte Sophie Lee ihre Eltern überreden, sie zu besuchen. Abgesehen von einem kurzen Trip nach Taiwan im Vorjahr hatte Erling Fall die Eltern von Sophie Lee nicht gesehen, und damals war alles etwas seltsam gewesen, weil sie zu Hause bei dem alten Lehrerehepaar gewohnt hatten, in einer bescheidenen Wohnung am Rande von Taipeh, die Sophie Lee liebte und die auch Erling Fall überraschend schön und stilvoll fand, auch wenn sie keinerlei Wertgegenstände enthielt. Sophie Lees Eltern lebten genügsam als Pensionäre, obwohl ihnen die Tochter zweimal im Jahr einen größeren Betrag überwies. Aber wozu sollten sie das Geld ausgeben? Sie waren alte Mao-Kommunisten, die aus unerfindlichen Gründen unfreiwillig mit Chiang Kai-shek nach Taiwan gekommen waren, wo sie den Rest ihres Lebens ihre Überzeugung für sich behalten mußten. Ja, dachte Erling Fall, als er sie zum ersten Mal sah, die Lüge hatte ihnen den Stempel aufgedrückt, die Gesichter waren schön, aber verhärmt. Sie kannten genau die chinesische Geschichte und die asiatische Politik, aber kein englisches Wort. Das erschwerte die Kommunikation, obwohl sie in einem fort mit ihrem Schwiegersohn redeten, als glaubten sie, er würde sie trotzdem verstehen. Erling Fall merkte jedenfalls, daß sie ihn trotz der großen Freundlichkeit, mit der sie ihn behandelten, für zu alt und zu fremd hielten, um eine natürliche Wahl für die Tochter zu sein. In diesem Punkt konnte Erling Fall sie problemlos verstehen. Er fühlte sich groß und schwerfällig bei diesen Menschen, die so bescheiden waren, obwohl sie ein so ungerechtes Schicksal erlitten hatten. Sie weinten heftig und waren untröstlich, als Tochter und Schwiegersohn sich nach wenigen Tagen verabschiedeten und wieder nach Europa zurückkehrten.

Aber nun kamen sie zu Besuch, im Sommer 1997, in ein überaus heißes und schwüles Paris. Sie sollten in der Quai d'Orléans wohnen, und dort, in der Wohnung, die die Kværnland-Gruppe eingerichtet hatte, blieben sie mit großen Augen stehen und staunten über die materielle Pracht, und mit den gleichen unergründlichen Augen standen sie in den Büroräumen der Kværnland-Gruppe am Place Vendôme. Erling Fall fühlte sich verlegen, er wußte, daß auch Sophie Lee verlegen war. Das alte Lehrerehepaar hatte sein ganzes Leben lang an die Grundidee des Kommunismus geglaubt, daß die Güter dieser Welt gerecht verteilt werden sollten, daß sich kein einzelner Mensch auf Kosten der anderen bereichern sollte. Diese beiden Menschen fühlten sich für ihre Nächsten in jeder Hinsicht verantwortlich, sie achteten den Nudelverkäufer genauso wie ihre Lehrerkollegen. Doch alles, woran sie glaubten, war schrecklich schief gegangen, und das chinesische Festland, das sie über alles liebten, war nachweislich ein viel ärmeres Land als Taiwan. Von Taiwan in den Quai d'Orléans oder den Place Vendôme war es nochmals ein großer Sprung, und Erling Fall kam sich vor wie ein Verbrecher, als er mit Sophie Lee als Dolmetscherin erklären mußte, daß die Kværnland-Gruppe heute eine der größten Investitionsgesellschaften Nordeuropas war, daß die Milliarden wuchsen, beinahe von Monat zu Monat, daß der Reichtum kein Ende nehmen würde. »Aber das kann nicht gutgehen«, hatten sie mit ängstlichen Gesichtern gesagt. »Es wird wieder einen Börsenkrach geben.« Und Erling

Fall dachte: Ja, sie haben recht. Es wird wohl zu einem Börsenkrach kommen. Denn auch er hatte sich keineswegs daran gewöhnt, mit diesen kolossalen Summen zu leben, und er wußte zu viel von den Bedingungen dieses Kapitals, um sich vor dieses alte chinesische Lehrerehepaar hinzustellen und ihnen ins Gesicht zu sagen: »Das ist völlig in Ordnung. Alles wird gutgehen. Das sind die Geldsummen, die die Welt benötigt.«

Am Abend kochte Sophie Lee, denn die Eltern wollten am liebsten zu Hause essen. Die großen Brasserien von Paris ängstigten sie. Sie wollten in erster Linie ihre Tochter und ihren Schwiegersohn sehen, wollten mit ihnen in einer Umgebung zusammensein, wo sie sich entspannen konnten. Sie stellten ihrem Schwiegersohn viele Fragen, die Sophie Lee übersetzen mußte, über die Geschichte Norwegens, wofür die Nation all das Öl-Geld verwendet hatte, und Erling Fall antwortete, aber ständig mit dem Gefühl, eigentlich überhaupt nichts erklären zu können, auch wenn die zwei Alten nebeneinander auf der Couch saßen und sich an der Hand hielten und bei allem nickten, was er sagte, aber ohne ihm das Gefühl zu geben, daß sie ihm auch *glaubten*.

Als die Eltern im August wieder nach Taiwan flogen, flossen die Tränen ebenso wie beim letzten Mal, als sie sich verabschiedet hatten, und mit einem Gefühl der Hilflosigkeit, gemischt mit Verzweiflung, begleitete Erling Fall seine asiatische Frau zurück in die Wohnung am Quai d'Orléans, mit einem Gefühl, sich dumm benommen zu haben, ohne daß ihm konkrete Situationen eingefallen wären. Vielleicht war es in erster Linie das Gefühl, zu kurz zu kommen, falsche Werte zu vertreten. Der Abstand zwischen ihm und Sophie Lee wurde gewissermaßen deutlicher, wenn ihre Eltern anwesend waren. Der Abstand zwischen Europa und Asien sozusagen. In der Zeit des Besuches wollte sie auch nicht mit ihm schlafen, als ließe die Gegenwart der Eltern den Gedanken an ein Sexualleben nicht aufkommen. Oder lag es daran, daß sie im Grunde Abneigung gegen ihn empfand? dachte Erling Fall. Aber als er diese Fragen vorsichtig auf den Tisch brachte, reagierte Sophie Lee mit großem Verständnis und Reue. Sie versicherte, daß es von ihrer Seite keine Unstimmigkeit zwischen ihnen gab, daß sie ein wunderbares Leben führe, doch müsse man, weil ihrer beiden Welten so verschieden seien, natürlich damit rechnen, daß ab und zu Kommunikationsprobleme aufträten. Nach solchen Gesprächen empfand er eine große Leere in sich, etwas, das er nicht fähig war, deutlich zu fühlen. Noch kannten sie sich nicht in all ihren Eigenheiten. Vielleicht war es ein Fehler gewesen, daß er Sophie Lee nicht sofort nach Norwegen mitgenommen hatte, seinem eigenen Land, wo er immerhin seine Sprache hatte, seine Kultur, all das, wozu *er* eine Beziehung hatte. Und als Sophie Lee ihn zum weiß Gott wievielten Male fragte: »Wann fliegen wir hin? Wann zeigst du mir deine Heimat?« antwortete er: »Jetzt, jetzt sofort!«, und da war es bereits Dezember geworden.

Das vertraute Norwegen war verschneit, und als die Maschine in Fornebu landete, schnappte Sophie Lee vor Entzücken nach Luft, denn noch nie in ihrem Leben habe sie etwas so Schönes gesehen. Also Weihnachten in Norwegen feiern, dachte Erling Fall, aber nicht wie früher, mit einer norwegischen, sicheren Erwartung, wie alles werden würde, und mit viel mehr Schnee, sondern mit dem schleichenden Gefühl, Tag für Tag unterminiert zu werden. Es gab ja auch noch andere Gründe für diese Reise. Sophie Lees Eltern hatten sich, als sie in Paris waren, vorsichtig erkundigt, wann sie damit rechnen könnten, Großeltern zu werden. Erling Fall hatte Sophie Lee schon zu Beginn ihrer Beziehung erzählt, daß er sich habe sterilisieren lassen, mit Rücksicht auf Merete Bøver und ihre Töchter Lotte und Siri, die er so viele Jahre als seine eigenen Töchter angesehen habe, aber von denen er jetzt kein Wort hörte. Er hatte erklärt, daß es sich eigentlich um keine endgültige Operation handle, daß ihm der Arzt versichert habe, es sei in vielen Fällen durchaus wieder möglich, den ursprünglichen Zustand herzustellen, eine Garantie gebe es allerdings nicht. Die Sterilisation selbst war ein einfacher und schmerzloser Eingriff gewesen. Er hatte mit dem Auto nach Hause fahren können. Er versprach Sophie Lee daher, daß er, wenn sie wirklich mit ihm ein Kind haben wolle, jederzeit zu dem Arzt gehen und versuchen könne, alles rückgängig zu machen. Sie hatte erwidert, das wolle sie gern, und da hatte sich Erling Fall natürlich geschmeichelt gefühlt. Sie wollte also ein Kind mit ihm, und er nahm es als ein gutes Zeichen, als ein Signal, daß die Beziehung dauerhaft sein würde, daß sie es ernst gemeint hatte, als sie ihn heiratete.

Aber die Zeit war vergangen, und das Leben in Paris war so hektisch, daß Erling Fall es nicht schaffte, dort einen Arzt aufzusuchen. Da sie nun aber in Norwegen waren, sollte es geschehen. Erling Fall fand es beruhigend, daß eine so diffizile Operation in seinem Heimatland durchgeführt werden sollte. Bereits einen Tag, nachdem Erling Fall und Sophie Lee in Oslo angekommen und im Grand Hotel im Zentrum der Stadt abgestiegen waren, fand sich Erling Fall im Volvat Medisinske Senter ein, um die Sache hinter sich zu bringen. Es freute ihn weniger, daß dem Chirurgen eine Ärztin assistierte, aber er tröstete sich damit, daß Frauen ja ständig mit so etwas zu tun haben. Nicht alle Gynäkologen seien Frauen, hatte ihm Merete Bøver erklärt, damals, als er zum ersten Mal wegen der Operation zum Urologen fuhr. Der Arzt, Åsmund Kåsa, erwies sich als rothaariger stämmiger Bursche aus Westnorwegen, der ihn salopp begrüßte und meinte, es würde schon gutgehen, auch wenn er nichts versprechen könne. Außerdem müsse man durchaus mit Komplikationen rechnen. Das Messer wurde schon nach wenigen Minuten gezückt, und Erling Fall lag örtlich betäubt da und dachte, daß alles in seinem Leben im Moment vertrackt war, es aber trotz allem gut gewesen sei, heimzukommen nach Norwegen. Er wußte instinktiv, daß er hier leben wollte, aber wie sah es mit Sophie Lee aus? Bisher hatte sie nur das Grand Hotel, Studenterlunden und einen Abend im Theatercafé kennengelernt. Jetzt warteten die Familienessen, zuerst in Lijordet, dann bei Frøydis und Claus am Randsfjorden. Åsmund Kåsa war fertig. Er schien nicht ganz zufrieden. Die Schwester hatte langes blondes Haar und einen steinernen Gesichtsausdruck. Erling Fall wußte, daß er keinen imponierenden Anblick bot, wie er da so lag. Er wurde genäht und bekam eine sterile Kompresse. Dann hoch mit der Unterhose, und jetzt könne man nur noch das Beste hoffen, meinte Åsmund Kåsa, bevor Erling Fall an den Schalter bei er Rezeption ging und einige tausend Kronen bezahlte, denn so lief das heute in Norwegen. Ganz einfache Sache, dachte Erling Fall in den Stunden, bevor die Entzündung kam. Nicht mehr steril, sondern *viril*, ha ha, versuchte er mit sich selbst zu spaßen, ohne eine andere Reaktion als sein eigenes, klägliches Lachen, dann fuhr er mit dem Taxi zurück ins Grand Hotel. Als die Entzündung schon am folgenden Tag eine Tatsache war und Erling Fall erneut mit dem Taxi hinauf ins Volvat Medisinske Senter mußte, merkte er, daß die alten, hypochondrischen Zustände mit voller Wucht wiederkamen. Die Entzündung war vermutlich Zeichen einer Schwächung seines Immunsystems. Es befanden sich vielleicht im Unterleib Tumore, die der etwas zu schnelle Åsmund Kåsa nicht entdeckt hatte. Erling Fall war überhaupt skeptisch bei schnellen Ärzten aus Westnorwegen. Jetzt bat er um eine gründlichere Untersuchung, aber Åsmund Kåsa lachte nur und verschrieb Antibiotika.

In diesem Zustand feierte Erling Fall mit Sophie Lee norwegische Weihnachten, mit schmerzenden Hoden und vielen sozialen Verpflichtungen, denn natürlich wollte Gudmund Kværnland die beiden sehen, und auch andere aus der Firma erschienen, um mit ihnen anzustoßen. Die Kværnland-Gruppe hatte inzwischen Büroräume auf Aker Brygge. Jede norwegische Firma, die mit Milliarden handelte, mußte Büroräume auf Aker Brygge haben. Erling Fall stand mit seinem Champagnerglas in der Hand etwas unsicher auf den Beinen und erweckte den Anschein, als sei mit ihm alles in Ordnung, sagte Gudmund Kværnland nichts davon, daß er Antibiotika nehme und eigentlich mit Alkohol vorsichtig sein müsse. Gudmund Kværnland, mit Jeans von Armani und Jakkett von Cerruti, wollte Erling und Sophie zu Stockfisch einladen. Erling Fall mußte Sophie Lee erklären, daß mit dem Reichtum in Norwegen auch die Adventszeit immer desperater wurde – ja, die Weihnachtsfeiern begannen eigentlich schon Anfang November. Stockfisch war ein heiliges Ritual, das mußte man mitmachen. Es war die Zeit der Polarnacht, und die Leute brauchten etwas, um sich zu vergnügen, erklärte er Sophie Lee, die treu an seiner Seite stand und ihm besorgt ins Ohr flüsterte, er dürfe sich jetzt nicht überanstrengen, müsse nicht ständig für alle Welt da sein. Er dürfe nicht vergessen, daß er frisch operiert sei und daß es um etwas Wichtiges ging.

Ja, dachte Erling Fall, um etwas Wichtiges, vielleicht ein Kind mit Sophie Lee haben, einen kleinen Eurasier, der der Liebe zwischen ihnen einen tieferen Sinn zu geben vermochte. Denn er liebte sie doch, dachte er, als er neben ihr stand und mit Gudmund Kværnland über die phantastischen Erfolge sprach, die die Kværnland-Gruppe 1997 weltweit erzielt hatte. Er liebte sie mit einer erstaunlichen Stärke, dachte er. Jetzt spazierte er mit ihr durch ein nicht allzu winterliches Oslo und dachte, daß Merete Bøver in seiner Erinnerung tatsächlich fast gelöscht war. Er hatte sich vorgenommen, gemeinsam mit Sophie Lee hinauf zur Kobberhaughütte zu gehen, und er wollte dabei nicht einmal einen *Gedanken* an Merete Bøver verschwenden. Nein, Merete Bøver war nur einer der etwa zehntausend Bewohner Lillestrøms. Erling Fall kannte Lillestrøm nicht. Und eine Merete Bøver kannte er schon gar nicht. Im Volvat Medisinske Senter war er außerdem ein *anderer* geworden. Trotz der Entzündung und der schmerzenden Hoden war er jetzt hoffentlich *fertil*, ein Mann, der wieder die Möglichkeit hatte, Kinder zu zeugen, eine Möglichkeit, auf die er freiwillig verzichtet hatte, in einem Anfall von Verrücktheit, wie er zu Sophie Lee gesagt hatte, worauf sie darauf hingewiesen hatte, daß sie als Chinesin und Kommunistin den Sinn der Geburtenbeschränkung völlig verstehe. Er liebte sie deshalb nicht weniger. Er hielt den Arm um sie, und die Hoden schmerzten, und er sah und hörte, wie Gudmund Kværnland, ein zunehmend fragwürdiger Charakter, aber immer noch mit Britt-Elin verheiratet, sich über die künftige Fußball WM in Paris ausließ, darüber, daß die Kværnland-Gruppe bereits ihre Vorbereitungen getroffen und im Landesinneren ein Schloß gemietet habe. Von dort könne jeder, der wolle, zusammen mit dem Chef persönlich im Helikopter zu den

Städten fliegen, wo Norwegen spielte. Also Fußball! hatte Erling Fall gedacht, entsetzt von dem Gedanken, welche Veränderung mit einem Menschen in den wenigen Jahren von der Jugend bis zum Alter geschehen kann. Der alte intellektuelle Anarchist und Verführer Gudmund Kværnland, der große Schrecken der Osloer Katedralschule, war jetzt Fußballfanatiker. Erling Fall hätte gern gefragt, wie es mit dem Projekt »Die ersten Homos auf dem Mount Everest« aussehe, kam aber mit der Frage nicht zum Zug. Es wurde ein langer, lebhafter Abend. Gudmund Kværnland war sehr nett zu Sophie Lee und erzählte ihr alle möglichen Anekdoten über die Gewohnheiten und Bedürfnisse der Norweger, während sie im Engebret saßen und Stockfisch aßen, im übrigen ein Gericht, das Sophie Lee sehr zusagte. Erling Fall trotzte der strengen Anordnung von Doktor Kåsa, nicht zu trinken, während er Antibiotika nahm. Also trank er Aquavit und Bier in großen Mengen, glücklich darüber, daß Sophie Lee zum ersten Mal in Gudmund Kværnlands Anwesenheit auftaute. Vielleicht, dachte Erling Fall, kommen Norweger am besten in Norwegen zu ihrem Recht. Es schockierte ihn beinahe, daß er emotional so stark darauf reagierte, hier zu sein, auf heimischem Boden, zusammen mit Sophie Lee, zusammen mit einem Multimillonärs-Freund, aus dem er nie klug werden würde, aber doch wieder in Norwegen. Und er wünschte sich plötzlich von ganzem Herzen, daß die Operation geglückt war, daß er mit Sophie Lee ein Kind bekommen und vielleicht eines Tages wieder an den Randsfjorden ziehen würde. Er wünschte sich das auch am Tag darauf, als die erste Begegnung zwischen seiner Frau und seinen Eltern stattfand und gleichzeitig die erste Begegnung zwischen seiner Frau und der Schwester Ingrid, dem Schwager Torgeir Berget und dem armen, unerzogenen

Sohn Truls, der so fett geworden war, daß er Schwierigkeiten mit dem Gehen hatte. Trotz seines Alkoholkonsums hatte Erling Fall ein besseres Gefühl im Unterleib. Das Antibiotikum wirkte. Er fühlte sich stark genug, diesen Familienabend durchzustehen. Seine Mutter Ingeborg hatte sich für den Anlaß herausgeputzt. Sie hatte es sogar geschafft, ihrem Ehemann eine Krawatte umzubinden, obwohl der ehemalige Gerichtsrat Christian Fall kaum noch aufrecht im Rollstuhl sitzen konnte. Erling Fall wurde beim Anblick seines Vaters von starker Rührung ergriffen. Sophie Lee begann auch sofort zu weinen, während sie sich zu dem alten Mann herunterbeugte und ihn lange umarmte. Danach wollte sie Ingeborg Fall umarmen, aber Erling Fall sah, daß sich die Mutter weigerte. Hier waren vorerst keine milden Gaben zu erhoffen. Erling Fall wußte sehr genau, daß es für die Mutter im Grunde unbegreiflich war, daß ihr Sohn jetzt mit einer Chinesin verheiratet war. Da half auch nicht ihre Bekanntheit und daß *Der Wind im Gras* demnächst bei einem norwegischen Verlag erscheinen und man Sophie Lee nach Norwegen einladen würde, für die großen Zeitungen Interviews zu geben. Während der Zeit der Scheidung von Merete Bøver hatte die Mutter immer auf seiner Seite gestanden, doch *diese* Allianz enttäuschte sie zutiefst. Deshalb hatte sie auch nicht allein nach Paris zu Besuch kommen wollen, obwohl Erling Fall angeboten hatte, die Kosten für eine ambulante Pflege zu übernehmen und für alles, was mit der Krankheit von Christian Fall zu tun hatte. Jetzt dachte Erling Fall plötzlich, daß es dabei vielleicht nicht nur um Sophie Lee gegangen war, sondern daß Ingeborg Fall in gewissem Maße ihren kranken Mann *brauchte* und all die mit seiner Lähmung zusammenhängenden Beschwerden, um die Verbitterung über ihr eigenes Leben zu rechtfertigen. Wir sind nicht, was wir sind, dachte Erling Fall, als immerhin *er* sie umarmen durfte. Das Leben ist kurz und traurig. Er dachte an die, die niemals ihre Ziele erreichen würden. Alles, was verlorenging, alles, was man hätte lieben sollen, was man erreichte und mit dem man sich in seinem Wahn begnügte. Welches Lebensziel hatte die *Mutter* gehabt? Jedenfalls nicht, ihr Alter in Lijordet als Krankenpflegerin zu verbringen. Bei diesem Gedanken schüttelte es Erling Fall wie im Fieber. Sicher die Hoden. Wir sind ja so viele, dachte er, so viele, die sich selbst betrügen! Torgeir Berget saß bereits vor dem Fernseher. Kaum daß er sich bequemte aufzustehen, der Familienplünderer, um seine neue Schwägerin zu begrüßen. Und Erling Fall fiel sofort das Geld ein, mit dem er diesem Scheißkerl hatte helfen sollen, einem Mann, der *nie* für andere einen Finger krumm machte. Er sah, wie uninteressiert und nachlässig er Sophie Lee begrüßte, und er verspürte eine fürchterliche Lust zuzuschlagen, ja ihn einfach zu Boden zu strecken! – diesen egozentrischen, unfähigen Kerl von einem Schwager mit einem Uppercut zu treffen! – ihm und den anderen zu erzählen, was er wirklich fühlte! – ihm einiges über China zu erzählen, über das Wesen des Kommunismus, über all das, von dem der Schwager keine Ahnung hatte, aber an dem er auch nicht interessiert war. Der Mann hatte es überdies geschafft, die Invalidenrente zu bekommen, hatte es geschafft, einen gutgläubigen Arzt davon zu überzeugen, daß er nach dem Konkurs nicht mehr in der Lage war, irgend etwas zu arbeiten, daß er Sozialhilfe beanspruchen müsse. Natürlich konnte man darin eine der kommunistischen Idee entsprechende Hilfe sehen, was Sophie Lee einmal gemeint hatte, als sie in Paris über den Schwager gesprochen hatten, aber man konnte sich einfach nicht damit abfinden, daß er jetzt dieses neue sogenannte Familienmitglied ohne das geringste Entgegenkommen empfing, eher mit einem kleinen Grinsen, als wollte er kundtun, daß er genau wisse, was Sache war: daß sich der neue Millionär Erling Fall eine Asienhure geangelt hatte.

Der Abend in Lijordet nahm Erling Fall sämtliche Euphorie, die er sich bisher bei diesem Norwegenaufenthalt aufgebaut hatte. Ihm war jetzt, als würde die Entzündung im Unterleib virulent. Er hörte Ingeborg Fall, in einem erstaunlich geschulten Englisch, ihrer Schwiegertochter erklären, wie wichtig es sei, daß Norwegen nicht zu viele Asylsuchende hereinlasse – ja, wie wichtig es sei, daß dieses Land es jetzt schaffe, sich vor dem Schrecklichen, das überall auf der Welt geschehe, zu *schützen.* »So much cruelty«, wie sie sagte. Als norwegische Frau wolle sie das nicht miterleben. Erling Fall hörte zu und stellte fest, daß die Mutter gut für sich argumentierte. Warum solle sie, die ihre Jugend für einen Weltkrieg geopfert habe, die ihr erwachsenes Leben für eine Familie geopfert habe und die jetzt ihr Alter für einen schwerkranken Mann opfere, sich gefallen lassen, daß dieses Land von Menschen überschwemmt werde, die *fundamental anders* dachten! – wie sie sagte, die alle ihre Probleme mitbrachten und die die öffentliche Aufmerksamkeit beanspruchten, die eigentlich *sie* brauche und die ihr eigentlich auch zustünde. War denn das, was diese Menschen erlebt hatten, so viel schlimmer als das, was sie selbst jetzt erlebte? Warum mußten all diese Schwarzen, die so viel erduldeten, ständig auf der *Flucht* sein? Sie gebe zu, das sie selbst jeden Tag eine Menge erdulde, aber sie sei deshalb doch nicht ständig auf der *Flucht*? Sie ziehe sich dafür Rückenschmerzen und Rheumatismus zu, weil sie absolut jeden Tag ihren

Mann aus dem Bett holen und in die Dusche bugsieren müsse, um ihn danach in den Rollstuhl zu setzen. Das Norwegen der Gesundheitsvorsorge, wo war es? Öffentliche Hilfe? Weit gefehlt! So erzählte Ingeborg Fall ihrer neuen, asiatischen Schwiegertochter ihre Lebensgeschichte, und es gelang ihr, dachte Erling Fall, Sophie Lee deutlich zu machen, daß sie zwar gefühlsmäßig willkommen war, aber nicht prinzipiell. Und Sophie Lee hörte zu und nickte und sagte, daß sie verstehe, während Torgeir Berget zum Fernsehen und einem Unterhaltungsprogramm zurückkehrte und Truls Unmengen vertilgte und Erling Falls Schwester Ingrid an einem neuen Pullover für ihren Mann strickte, während der ehemalige Gerichtsrat Christian Fall im Rollstuhl eingeschlafen war, und Erling Fall dachte, daß alle diese Leben, die er um sich sah, jederzeit zu feinem Staub zerfallen konnten, wie irgendein Blumentopf, der von einem Sims kippte und auf der Straße zerschellte. Und er merkte, wie er wütend wurde, auf sich selbst, auf das Schicksal, auf alles, was unmöglich war in einem Leben. Nach dem ziemlich bescheidenen Essen, das ein niedrigeres Niveau hatte als je zuvor, was auch Ingeborg Fall verbittert zugeben mußte, aber sie hatte ja keine Hilfe bekommen, bestand Erling Fall darauf, zusammen mit seinem Vater und Sophie Lee den dritten Satz von Mahlers vierter Sinfonie zu hören, »koste es, was es wolle«. Und etwas in seinem Tonfall war vermutlich so einschüchternd, daß Torgeir Berget von selbst den Fernseher ausschaltete und meinte, für ihn und die Familie sei es Zeit, nach Hause zu gehen. Sie verschwanden dann auch, ohne Sophie Lee eines Wortes zu würdigen, die ständig lächelnd versuchte, mit ihnen Kontakt aufzunehmen. Erling Fall dachte an sein Verhalten zu Hause bei Sophie Lees Eltern in Taipeh, wie träge und unhöflich und schwerfällig er als

Norweger war, wie er sich selbst genug war, wie wenig eine tiefere Kommunikation mit anderen Menschen für die Norweger gewöhnlich bedeutete; er befand sich in einem Land, in dem die Menschen die Fähigkeit verloren hatten, über etwas anderes zu reden als das, was sie selbst betraf und was es jeweils billig im Angebot zu kaufen gab, und er schob Schwager, Schwester und Neffen fast hinaus aus der Tür und in die Kälte, ohne ihnen auch nur die Chance zu geben, sich anständig von ihm und seiner neuen Frau zu verabschieden. Danach setzte er sich demonstrativ mit Sophie Lee an seiner Seite und dem Vater im Rollstuhl hin und hörte den dritten Satz von Mahlers vierter Sinfonie. Erling Fall war der Meinung, ein Recht dazu zu haben. Er und sein Vater und Sophie Lee hatten das *Recht*, Musik zu hören. Darüber gab es nichts zu diskutieren. Und danach konnten alle, der Gerichtsrat natürlich ausgenommen, beim Abwasch helfen. Aber Ingeborg Fall weigerte sich, dem Diktat des Sohnes zu gehorchen. Statt dessen wusch sie demonstrativ und geräuschvoll in der Küche ab, während im Wohnzimmer die Sinfonie dröhnte, zu Sophie Lees sichtbarer Verzweiflung, und Ingeborg Fall ließ in regelmäßigen Abständen Teller auf den Boden fallen.

Am Tag darauf fuhren Erling Fall und Sophie Lee hinauf nach Hov, um mit der Schwester Frøydis, dem Schwager Claus und den Knaben Rikard und Bjørn Weihnachten zu feiern. Lange blieb der Leihwagen unterwegs vor dem Gutshof stehen, in dem jetzt ein Studienrat aus Dokka mit seiner Familie wohnte. Die Fenster leuchteten so anheimelnd. Weihnachtssterne waren aufgehängt und alles für das Fest geschmückt. Erling Fall erklärte Sophie Lee, daß er keine Lust habe, sich zu erkennen zu geben. So saß er still hinter dem Steuer und wartete auf ihre

Reaktion. Er spürte ihre innere Bewegung. Es war ein sehr schöner Tag, erfüllt von dezemberroten und pastellblauen Farben in den Stunden, bevor die Sonne verschwand. »Das ist also der Ort, den du verlassen hast?« sagte Sophie Lee mit Tränen in den Augen. Erling Fall legte die Arme um sie. Es fiel schwer, jetzt nicht an Merete Bøver zu denken, an Lotte und Siri und alles, was geschehen war. Für ihn verwirrte sich alles. Er liebte die asiatische Frau, die neben ihm saß, mit der er verheiratet war. Aber er hatte plötzlich das Gefühl, daß er sie gar nicht kannte, genau so wenig wie er meinte, Merete Bøver gekannt zu haben.

»Vielleicht willst du eines Tages mit mir kommen und hier wohnen?« hörte er sich sagen. »Ein guter Ort zum Wohnen, ein guter Ort zum Schreiben.«

Sophie Lee antwortete nicht. Sie saß nur da und starrte das weiße Wohnhaus an, die rote Scheune, die hohen Bäume um den Hofplatz und die schneebedeckten Äcker zwischen dem Hof und der Kirche unten am Wasser.

Dann fuhren sie weiter, hinauf nach Hov. Erling Fall merkte, daß er sich auf das Wiedersehen mit der Schwester und dem Schwager freute. Vielleicht gab es ein Musikstück, das sie zusammen spielen konnten, als Trio, oder das eine oder andere Thema für ein vernünftiges Gespräch.

»Ja«, sagte Sophie Lee endlich, nachdem sie Fall hinter sich hatten. »Das muß ein guter Ort sein, um zu wohnen, und sicher ein guter Ort, um zu schreiben. Worauf warten wir?«

Ja, worauf eigentlich? dachte Erling Fall. Er wünschte sich so sehr, zusammen mit Sophie Lee zur Ruhe zu kommen. Vielleicht sollte er schleunigst daran denken, bei der Kværnland-Gruppe aufzuhören, und sich erkundigen, ob er seine alte Stelle als Amtsrichter wiederbekommen könne, man wußte ja nie. Und mit diesen Gedanken im Kopf, und auch mit erheblich mehr Lebensmut, bog er ein in die Einfahrt des Anwesens von Frøydis und Claus Bilden. Sie hatten das Auto kommen hören. Jetzt standen sie mit ihren beiden Söhnen vor dem Haus und hießen ihn und seine taiwanesische Frau mit begeistertem Lachen willkommen. Vor der Eingangstür steckten brennende Fackeln im Schnee.

SIEBENTER TEIL

Es war an einem Januarabend 1998 in Paris, als Sophie Lee und Erling Fall, nach einem Tag, der für beide hektisch gewesen war, und als sie mehr durch Zufall in der Rue Dauphine ein chinesisches Restaurant gefunden hatten, über einen Umzug nach Norwegen redeten. Sie hatten seit ihrer Rückkehr aus Oslo nicht viele freie Abende gehabt. Sophie Lee hatte einige neue Ideen zu dem Buch entwickelt, an dem sie arbeitete, und hielt sich vorwiegend in ihrem Arbeitszimmer auf. Erling Fall seinerseits hatte alle Hände voll zu tun gehabt, dem Wunsch Gudmund Kværnlands, *groß in Frankreich expandieren*! – wie er sagte, nachzukommen, ein kindischer Wunsch, vor der Fußball-WM im Sommer den Weg dafür zu ebnen, daß er seine luxuriöse Teilnahme an den Spielen mit »real business« verbinden konnte. Nun saßen also Sophie Lee und Erling Fall in einem kleinen, nicht besonders gemütlichen chinesischen Restaurant in der Rue Dauphine, das Sophie Lee bei einem flüchtigen Seitenblick entdeckt hatte. »Hier gehen wir hinein!«, sagte sie, ohne das geringste Zögern in der Stimme. Irgend etwas erinnerte sie wahrscheinlich an Taiwan. Es schien sie auch sehr zu freuen, als der Kellner kam und sie mit ihm Mandarin sprechen konnte. Erling Fall betrachtete sie liebevoll, erfüllt von guten, dankbaren Gefühlen. Er dachte, daß sie beide die Norwegenreise mit heiler Haut überstanden hatten. Was ihn betraf, konnte er sich jedenfalls darüber freuen, daß die Entzündung im Unterleib weg war. Jetzt wußte er, daß er etwa wie früher funktionierte. Sophie Lee war geduldig und verständnisvoll gewesen. Er hatte Zeit gehabt, äußerlich und innerlich wieder ins Lot zu kommen. Welch kluge und *großzügige* Ehefrau sie doch war. In Norwegen war sie von seiner Familie auf eine harte Probe gestellt worden. Zu Hause in Lijordet hatte sich niemand dafür interessiert, was sie machte. Eine Steigerung der offensichtlichen Mißachtung war kaum möglich. Hätte sich nicht Gudmund Kværnland von seiner charmantesten Seite gezeigt und hätten Frøydis und Claus Bilden nicht für ein großartiges Weihnachten mit allen traditionellen Ritualen gesorgt, ohne die geringsten Vorurteile gegen asiatische Frauen, wäre der Aufenthalt in Norwegen völlig mißglückt gewesen. Dafür wurde er auf positive Weise in verschiedener Hinsicht schicksalsträchtig. Erling Fall hatte hoffentlich seine Fertilität wiedererlangt, er zwang sich jedenfalls dazu, die Operation als gelungen anzusehen, und Sophie Lee hatte klar und deutlich gesagt, daß sie innerhalb einer bestimmten Frist darauf eingestellt war, mit ihm nach Norwegen zu gehen, am liebsten an den schönen Randsfjorden, wie sie sagte. Etwas an dieser Landschaft erinnere sie an bestimmte Stellen auf dem chinesischen Festland. Die Wälder und Seen, die Silhouetten der Berge. Jetzt saß sie in dem chinesischen Restaurant mitten in Paris und ließ sich darüber aus, wie wichtig die Natur für sie sei, nicht zuletzt wenn sie schrieb. Sie sei davon überzeugt, daß sie in Norwegen sehr gut schreiben könne, vielleicht besser als je zuvor. Erst an einem *solchen* Ort, an einem schönen See, könne man Ruhe finden, sagte sie.

Erling Fall hörte zu und überlegte. Er mußte zugeben, daß er sowohl ihret- als auch seinetwegen große Lust hatte, zurück nach Norwegen zu gehen. Vielleicht war es an der Zeit, sich von der Kværnland-Gruppe zu verabschieden. Der derzeitige Amtsrichter in Brandbu hatte angekündigt, daß er nicht sehr lange bleiben würde. Da bot sich eine Chance, denn Erling Fall wußte, daß er in dieser Gegend beliebt war. Trotz der Strafanzeige gab es sicher viele, die ihn gerne wiederhätten. Außerdem hatte er jetzt in den Medien sozusagen einen Namen, war jedenfalls ein Mann, der häufig im Zusammenhang mit den Investitionen der Kværnland-Gruppe genannt wurde. Sein Ansehen war gestiegen, und das hatte auf die meisten Norweger eine unwiderstehliche Wirkung. Das war es, *worüber* sie in diesem Chinarestaurant sprachen, während der junge chinesische Kellner um ihren Tisch herumwuselte und sein Bestes für einen bestmöglichen Service tat. Erling Fall mußte des öfteren einen Blick auf ihn werfen, denn er schien so entzückt über Sophie Lees Anwesenheit und wußte offensichtlich genau, wer sie war, obwohl er vom chinesischen Festland stammte. Das Gespräch zwischen Erling Fall und Sophie Lee wurde fast ein wenig gestört durch die Anwesenheit dieses jungen Mannes, dachte Erling Fall, mußte aber gleichzeitig zugeben: daß er jetzt vermutlich genau das gleiche Gefühl hatte, wie es Sophie Lee in Norwegen gehabt haben mußte, nämlich außerhalb zu stehen. Das bißchen Norwegisch, das sie sich mit viel Fleiß angeeignet hatte (sie war jedenfalls viel weiter gekommen als er mit Chinesisch, dachte er), konnte sie noch nicht in der Konversation anwenden, und das Englisch der meisten Norweger war so dürftig, daß sie es bei jeder Gelegenheit vorzogen, untereinander Norwegisch zu sprechen, das hatte Erling Fall zu seiner Überraschung festgestellt, als die jungen Finanztypen, die sich für die Schlauesten der Welt hielten, nach Paris auf Besuch kamen. Sophie Lee sprach Mandarin mit einem Kellner in einem Restaurant in der Rue Dauphine, und Erling Fall mußte vor sich zugeben, daß er keinen Pieps verstand, abgesehen von den ewigen Höflichkeitsphrasen. In seinen Gedanken über die Rückkehr nach Norwegen unterbrochen, beobachtete er den Kellner und Sophie Lee und mußte daran denken, wie es wäre, wenn *er* mit *ihr* zurückkehrte nach Taiwan. Taiwan war ein kleines Land, viel kleiner als Norwegen, aber es wohnten über 22 Millionen Menschen dort, und das Land hatte drei Millionenstädte, riesige, neonbeleuchtete Städte, und von zweien, Taichung und Kaohsiung, hatte er erst in vorgerücktem Alter zum ersten Mal gehört. Sophie Lee dagegen wußte erstaunlich viel über Norwegen, dachte er und betrachtete bewundernd seine Frau, die in diesem Moment dem jungen Kellner etwas Lustiges erzählte, der offensichtlich nicht begriff, daß es an der Zeit war, sich ein wenig zurückzuziehen. In Oslo hatten sie die Wohnung Henrik Ibsens in der Arbingsgate besucht und das Munch-Museum oben in Tøyen. Sie waren in die Nationalgalerie gegangen und hatten Bilder aus der ganzen Welt gesehen, und im Astrup Fearnley-Museum hatten sie sich Anselm Kiefers trauriges, bleischweres Bücherregal angeschaut. Sophie Lee war in einem fort entzückt über alles, was Oslo zu bieten hatte, Dinge, die Erling Fall für ziemlich langweilig hielt, wie das Storting und die Domkirche beispielsweise, die Sophie Lee mit dem gleichen eifrigen Interesse betrachtete, als stünde sie vor dem Assemble National oder Notre-Dame. Und als der junge, schöne Kellner endlich begriff, daß die zwei zahlenden Gäste vielleicht auch etwas für *sich* zu besprechen hatten, erzählte Erling Fall seiner Frau, daß sie ihm in Norwegen total überlegen gewesen sei, viel geschickter mit den ziemlich speziellen Norwegern kommuniziert habe als er mit den Taiwanern. Davon wollte Sophie Lee nichts hören, aber Erling Fall bestand darauf, daß er recht hatte. Er sei davon überzeugt, daß Sophie Lee, inmitten von Norwegern, in ein paar Monaten lernen würde, ein fehlerfreies Norwegisch zu sprechen. Die Aussicht, ins eigene Land zurückzukehren, war ebenso überwältigend wie bedrückend. Warum war ihm dann vom Schicksal so großzügig dieses Glück beschert worden? Er wohnte, jetzt im Januar 1998, in Paris, hatte Geld im Überfluß und eine Frau, die schöner und intelligenter war als jede andere Frau, in deren Nähe er, realistisch gesehen, jemals hoffen konnte zu kommen. Er war zwar auf eine geradezu grausame Weise von Merete Bøver verlassen worden, aber wo war sie geblieben? Er las nie mehr etwas über sie in der Zeitung. Sie machte sich in keiner Weise mehr bemerkbar, dachte er. Wahrscheinlich saß sie in einem kleinen Haus in Lillestrøm und versuchte einen Sinn zu finden, für sich, den Jazzmusiker und die schlechte finanzielle Lage, dachte er boshaft, und im gleichen Augenblick mußte er sich erneut und mit großer Befriedigung daran erinnern, daß er vermutlich wieder *fertil* war, also fruchtbar, ein Mann, der hoffentlich bald imstande war, eine Frau zu befruchten, Kinder zu zeugen. Ja, dachte er, bald würde es soweit sein, bald konnte man beginnen, auf Resultate zu warten. Der Gedanke, mit Sophie Lee ein Kind zu bekommen, war schwindelerregend für ihn. Sie waren sich darin einig, daß Norwegen wahrscheinlich ein besseres Land war als Taiwan, um dort aufzuwachsen. Sophie Lee hatte auf die saubere Luft hingewiesen. Sogar in Oslo sei die Luft sauber, behauptete sie, und um den Randsfjorden sei die Luft vermutlich genauso sauber wie im Himalaya, hatte sie voller Überzeugung gesagt. Außerdem sei weniger Verkehr auf den Straßen. Es starben sicher viel mehr Menschen bei Unfällen in Taiwan als in Norwegen. Norwegen hatte vielleicht mehr Hausbrände, aber ganz sicher weniger Verkehrsunfälle. So hatten sie beide eine ganze Weile das Für und Wider abgewogen, und nicht zuletzt an diesem Abend, als sie schließlich die Rue Dauphine verließen und Erling Fall feststellte, daß Sophie Lee mehr als sonst gutgelaunt war – ja, so euphorisch, daß er sich ein bißchen einsam fühlte, ein bißchen traurig, in seine alten, und wie er zugeben mußte, ziemlich sinnlosen Grübeleien verfiel, wer er war in dieser Welt, was er machte und was er in Zukunft machen würde. Das mit dem Kinderkriegen stand also fest, dachte er. Aber abgesehen *davon*? In seinem Kopf tauchte der Gedanke aller Gedanken auf, die die Menschen im Laufe der Geschichte veranlaßt hatten zu leben, zu streben, und danach: alle Gefühle, die die Menschen aus Angst vor den Konsequenzen versäumt hatten zu fühlen. Was ihn betraf, hatte er jahrelang mit dem Gedanken an den Alltag gelebt, daran, daß Merete Bøver die einzig Richtige war. Aber wie, dachte er jetzt, konnte er jemals *geglaubt* haben, daß Merete Bøver die einzig Richtige war?! Der Gedanke an das, was er gedacht hatte, erzeugte einen derartigen Aufruhr in ihm, daß er für einen Moment über den Bürgersteig taumelte und Sophie Lee ihn mit ihrem gewohnten Lachen wieder einfangen mußte. »Du hast wohl etwas zu viel getrunken?« sagte sie freundlich. Nein, dachte er. Er hatte nicht zuviel getrunken. Er dachte nur wieder an die Vergangenheit, an Merete Bøver, an Doktor Bjarne Gades letzte Worte in diesem Leben: »Bist du denn krank?« Das sollte nur eine rhetorische Frage sein, doch Erling Fall hatte gefragt, ob er nach der Rückkehr in Norwegen Bjarne Gades *Patient* sein dürfe! Er wunderte sich wieder, warum er damals diese Frage gestellt hatte. Es beunruhigte ihn, daß er so negativ über sich dachte, und trotz Sophie Lee war sein Selbstvertrauen mit den Jahren nicht besser geworden. Von den Mitarbeitern Gudmund Kværnlands waren es nur die allergrößten Narren, die wirklich ihr

Selbstvertrauen im Umgang mit all den Milliarden stärken konnten, die wirklich so vermessen waren, an diese Macht zu *glauben*, dieses irrwitzige Spiel mit dem Geld, das trotz allem irgendwo herkam. Sophie Lee war bester Stimmung. Erling Fall ging mit immer schwärzeren Gedanken neben ihr, und als sie den Quai d'Orléans erreichten, war alles wie vorher. Erling Fall schlug vor, Schuberts G-Dur-Quartett auf der Anlage zu spielen, und Sophie Lee sagte »natürlich«, denn sie liebte ja Musik. Aber Erling Fall fühlte sich sofort unbehaglich, als er diese Musik hörte, sie erinnerte ihn an Zustände der Zerrissenheit, an trügerische Fundamente. Er hörte zu, ohne Frieden zu finden, und als er eine Stunde später mit Sophie Lee zu Bett ging und sie deutlich signalisierte, daß sie gern mit ihm schlafen wolle, kam er sich wie gewöhnlich klein und schwach vor, beschenkt mit einer kostbaren Gabe, die er nicht zu würdigen vermochte, am wenigsten jetzt, weil er erkannte, daß er, so betrunken und abgespannt wie er war, das Angebot dankend ablehnen mußte.

Ja, dachte Erling Fall später, es war dieser Abend, an dem er zum ersten Mal diese Vorahnung hatte. Sophie Lees Enthusiasmus nach einigen Minuten des oberflächlichen Plauderns mit einem sogenannten Landsmann, obwohl China und Taiwan offiziell zwei verschiedene Nationen waren, hatte auf Erling Fall seltsam und im Grunde ziemlich verstimmend gewirkt. Er hatte seine Frau heiter erlebt, weil etwas Neues und Unerwartetes in ihr Leben getreten war, ein junger chinesischer Kellner, der gezeigt hatte, daß er wußte, wer sie war, obwohl er ihr Buch noch nicht gelesen hatte. Sie waren zusammen in dieses Restaurant gegangen, und sie waren beide ziemlich abgespannt und hatten viel gearbeitet, dann aber war es diesem fremden *Chinesen* gelungen, etwas in ihr anzustoßen, sie dazu zu bringen, sich über die Alltagswirklichkeit zu erheben. Erling Fall war für kurze Zeit selbst von dieser Stimmung angesteckt worden. Vielleicht hatten sie deshalb danach so unbeschwert über Norwegen reden können, plötzlich befreit von der monotonen Dürftigkeit des Lebens. Aber dann, als der Wein getrunken und die Rechnung bezahlt war, hatte Erling Fall wieder gespürt, wie die alten dunklen Gedanken hereinströmten. Und jetzt wußte er weder aus noch ein. Sie durften jedenfalls *nichts* überstürzen, dachte er in den folgenden Tagen, als Paris von eiskaltem Regen und Kälte heimgesucht wurde. Gudmund Kværnland würde toben, wenn er schon jetzt kündigte. Erling Fall wußte, daß er den Jugendfreund mit einigen sehr erfolgreichen Investitionen beeindruckt hatte. Die Intuition hatte ihn in solchen Angelegenheiten nie im Stich gelassen. Er hatte immer, und oft vor dem Hintergrund von sehr wenig Information, gewußt, welche Firmen an der Börse steigen und wer fallen würde. Er hatte den Eindruck, den Markt zu kennen, und nicht zuletzt: er war vertraut mit den zeitweisen Schwankungen. Kjell Inge Røkkes wahnsinnigen Aufschwung hatte er vorausgesehen, lange bevor er bei der Kværnland-Gruppe eingestiegen war. Jetzt saß er in Paris und verfolgte die Pariser Börse und war im Internet und wußte weit mehr als die jungen Grünschnäbel, was die Kværnland-Gruppe in den nächsten Minuten investieren sollte. Er wußte, daß er sich Respekt verschafft hatte, daß vermutlich *er* die Ehre hatte, im letzten Jahr mindestens eine Viertel Milliarde Überschuß hereingeholt zu haben. Er merkte jetzt auch, daß er eigentlich am Place Vendôme gut zurechtkam, in diesem harten, gefühllosen, aber auch ziemlich kindischen Milieu. Weil die Summen so unwirklich groß waren, klang alles, was man zueinander sagte, fast infantil. »Sollen wir uns morgen bei Duplimox einkaufen? Ich glaube, wir können zweihundert Millionen locker machen.« Oder: »Wenn wir die Beta-Aktien *sofort* verkaufen, können wir uns am Weihnachtsabend ein warmes Essen leisten.« Und Erling Fall sah sich diese Menschen an, die es wagten, solche Sätze von sich zu geben; junge, kecke Grünschnäbel mit BWL-Abschluß, die null Lebenserfahrung hatten, aber zwei, drei Segelboote, und noch mehr Autos, dazu Frau und Kinder waren sorgfältig *geparkt*. Es waren junge Kerle, die, wie er wußte, mehr verdienten als er, ohne daß er wußte, *wie*viel, weil Gudmund Kværnland glaubte, er könnte den Jugendfreund Erling Fall antreiben, indem er ihn auf »Mindestlohn« setzte, wie er sagte. Aber Erling Fall ließ sich nicht antreiben, denn er hatte sich nie in *dieser* Weise für Geld interessiert. Er hatte nur die seltsame Eigenschaft, daß er sich in Ökonomie *auskannte*, sich auf diesem wahnsinnigen Markt *auskannte*, er hatte dessen Bewegungen in all den Jahren verfolgt. Er hatte auch keine Angst, Entscheidungen zu treffen. Das hatte er in der langen Zeit als Amtsrichter gelernt. Es war viel schwieriger und nervenaufreibender, einen jungen Sünder zu zwei Jahren Gefängnis zu verurteilen, als für vierhundert Millionen Kronen Aktien einer Schweizer Firma zu kaufen. Vielleicht war es überhaupt das *Abstrakte*, das er an der Arbeit bei der Kværnland-Gruppe liebte, wie das Betrachten eines Bildes von Joseph Albers, dachte er, abstrakt, geometrisch und perfekt, weder zu viel noch zu wenig, und so wunderbar ohne *Gefühle*. Gerade weil er wußte, daß er ständig zu viel *fühlte* und *dachte*, genoß er die Emotionslosigkeit in der Kværnland-Gruppe, die langen, nichtssagenden Essen im Ritz, Maurice oder Inter-Continental, die Nachmittage mit ihren festen Ritualen, die hektischen Gespräche, bevor die Börse für diesen Tag schloß. Erling Fall saß allerdings am liebsten allein in seinem Büro, den Blick auf das Bild von Gunnar S. Gundersen gerichtet (Gudmund Kværnland bestand darauf, in den Büros und in den Wohnungen nur norwegische Künstler aufzuhängen), das in seinen Augen den Weltraum vorstellte, ein Blau, das auf ein Rot trifft, und in der Mitte Schwarz, ein Bild, bei dem er immer zu träumen begann, zurück zu diesen Stunden, die er nie vergessen konnte, in denen nichts passierte, wenn er allein war mit der Natur, die Schrotflinte umgehängt, die er nie benutzte, und durch den Wald hinauf zum Trevatn wanderte. Stunden der Einsamkeit und der Hingabe an alles, was lebte. Stunden, in denen er den Wind in den Baumwipfeln rauschen hörte und alle seine Ambitionen hier in diesem Leben vergaß, sogar Merete Bøver vergaß, obwohl er erkannte, daß er sich sein Leben lang auf Frauen bezogen, sich von Frauen abhängig gemacht hatte, zuerst von seiner Mutter, dann von Merete Bøver und nun von Sophie Lee. Er konnte vor dem Bild von Gunnar S. Gundersen sitzen und einen fast leeren Gedanken denken, wobei ihm klar war, daß dieser wohltuende, leere Gedanke bald gefüllt werden würde, mit Gefühlen, viel zu vielen Gefühlen, immer gekoppelt mit tiefer Unsicherheit, ein leerer Gedanke, der sich langsam füllen würde mit dem Gedanken an Frauen, also dem Gedanken an Sophie Lee, wer sie war hinter dem makellosen Gesicht, wie es ihr eigentlich hier im Westen gefiel und welche Erwartungen sie an ihn als Mann hatte. Er wußte, daß in all diesen Augenblicken plötzlicher Befreiung ein leiser Schmerz schlummerte. Seine häufigen Stimmungsschwankungen beunruhigten ihn, das jähe Umschlagen der Gemütsverfassung, einschneidender als früher, wie er feststellte. Er fühlte sich wie in einem ewigen Strom zusammenhängender und unzusammenhängender Bilder. Ihr Leben hatte sich bisher so selbstverständlich gestaltet. Doch war es Erling Fall nicht möglich, das Gefühl des Vertrautseins zu erreichen, das er zusammen mit Merete Bøver trotz allem lange Zeit gehabt hatte. Er merkte, daß er immer öfter an Merete Bøver dachte, aber nicht, weil er sich nach ihr sehnte. Er dachte an sie, weil ihm ihr gemeinsames Leben jetzt so deutlich vor Augen stand. Er sah das Glück dieses Zusammenlebens, seine Lügen und seine Grenzen. Er dachte an ihr Zusammenleben als ein Werk, das sie gemeinsam geschaffen hatten. Er hätte es einen Roman nennen können, zwar mit einigen Mängeln, aber nicht völlig verfehlt, und mit einem sehr dramatischen Schluß. Außerdem ein Roman, in dem zwei Kinder mitspielten, Lotte und Siri, für sie beide weit mehr als nur Nebenpersonen. Er konnte in seinem Büro vor dem Gunnar S. Gundersen-Bild sitzen und lange an Lotte und Siri denken. Er dachte, was sie wohl von ihm hielten. Ihm fielen eine Menge schöner Stunden ein, die sie trotz allem zusammen gehabt hatten, die Waldspaziergänge und all die Gespräche, die langen Abende, an denen laut vorgelesen wurde. Wenn er auf sein Zusammenleben mit Merete Bøver zurückblickte, dachte er an eine *Unschuld* – ja, eine Arglosigkeit, die jetzt rührend wirkte, weil es so vieles gab, was damals keiner von ihnen über das Leben wußte. Er machte Merete Bøver keine Vorwürfe mehr, er dachte nur mit großer Wehmut an sie. Sie hatte sich *instinktiv* entschieden, wie er sich jetzt instinktiv für Sophie Lee entschieden hatte. Er dachte zurück an das Leben auf dem Hof, die täglichen Amtsrichterpflichten in der Kanzlei, die Autoausflüge, die langen Abende mit Feuer im Kamin – ja, er mußte noch einmal an die Abende mit dem Vorlesen denken, an die Waldspaziergänge und an die Gespräche. In seinem Kopf lief alles im Kreis, aber der Gedanke an die *Unschuld* erzeugte in ihm stets Klarheit und zugleich Trauer, wie ein ruhiger Herbsttag am See, in dieser Landschaft, die er erst nach einiger Anstrengung lieben gelernt hatte. Die Ruhe! Die Hauptstraße zwischen Brandbu und Dokka war ja keine Durchgangsstraße. Die Ortschaften um den Randsfjorden besaßen abgesehen von der Elchsafari, einigen Kirchen und einer Glasmanufaktur absolut keinen Reiz für anspruchsvolle Touristen. Diesen See stürmte nicht die Jugend in Massen, um an ihm den Sommer zu verbringen, es gab nicht überall Campingplätze, Grillstuben und Tankstellen, es gab nur einige größere Orte und eine Sprungschanze, die nur einige Tage im Jahr benutzt wurde. Und in dieser Landschaft, dachte Erling Fall, hatte er seine *Zeit der Unschuld* gelebt, und es war schön, wie er jetzt erkannte, schön und wehmütig, und diese *Zeit der Unschuld* wollte er so gern auch mit Sophie Lee leben, aber jetzt war es zu spät. Er spürte, daß die Operation das Zusammenleben beeinträchtigt, es nervöser gemacht hatte. Je mehr Wochen verstrichen, ohne daß Sophie Lee schwanger wurde, um so mehr nahm seine Nervosität zu. Der Doktor, Åsmund Kåsa, war eben doch zu schnell gewesen, dachte Erling Fall, zu wenig sorgfältig. Er hatte immerhin an einem Teil des männlichen Geschlechtsorgans operiert! Der Muskelmann Skjalg Antonsen aus Lillestrøm hätte sich die taktlosen Sprüche während der Operation sicher nicht bieten lassen, regelrechte *Zoten*, die weder die OP-Schwester noch Erling Fall besonders witzig fanden. Und jetzt wartete Sophie Lee darauf, befruchtet zu werden, und das, dachte Erling Fall, war keine Zeit der Unschuld, sondern bitterer Ernst. Sophie Lee war stets sehr diskret gewesen, wenn sie von einem möglichen Kind sprach. Die Chinesen sind immer so taktvoll. Aber Erling Fall hatte längst erkannt, daß sie sich in einer Wartesituation befand. Das übertrug sich auch auf ihn, der vielleicht öfter »in Aktion« trat als nötig war – ja, wie sollte man eigentlich diese Momente der Verzweiflung und des Leistungsdrucks nennen, die in vielen Fällen ergebnislos endeten, weil er zu müde, zu nervös, zu betrunken war.

Als es Februar wurde, spürte Erling Fall, daß sich die Beziehung zwischen ihnen verschlechtert hatte. Der Gedanke, daß er vielleicht nie ein Kind würde zeugen können, war quälender denn je. Nie ein Kind zeugen. Nie Vater werden. Eines Abends, nachdem sie miteinander geschlafen hatten, schien es Erling Fall plötzlich, als habe er in ihrem Gesicht den Ausdruck eines deutlichen Widerwillens entdeckt. Er glaubte nicht mehr an ihr Mitgefühl, und ihm wurde voller Entsetzen klar, daß auch *sie* keinen Spaß mehr daran hatte. Also zog sich Erling Fall in sich zurück, ergriff nicht länger die Initiative. Dafür lud er Sophie Lee so oft wie möglich zum Essen ein, und da fiel ihm auf, daß er fast unbewußt viel vom Randsfjorden redete, von der Zukunft, von der Möglichkeit, bei der Kværnland-Gruppe aufzuhören. Er merkte, daß sie ihm zuhörte, daß ihre Augen zu glänzen begannen, sie ihm sofort viel näher war. Wenn sie nur schwanger werden würde! Dann hätte er seinem Jugendfreund ohne weiteres sagen können, daß eine neue Zeit angefangen habe und er sich zurückziehen müsse, sich darauf vorbereiten wolle, Vater zu werden, all das, was unter Männern bis zu einem gewissen Grad verständlich ist, dachte er. Aber Sophie Lee wurde nicht schwanger, und mit jedem Tag spürte Erling Fall, daß er den Kontakt zu ihr verlor, daß ihre angeborene asiatische Höflichkeit immer auffallender wurde. Er stellte fest, daß sie immer öfter nach Taiwan telefonierte, um mit ihren Eltern zu sprechen. Sie ging dann in ihr Arbeitszimmer (als könnte er auch nur das geringste von dem verstehen, was sie sagte!), aber durch die Tür hörte er am Ton, daß sie traurig war, und einmal spätabends (da mußte es in Taiwan früh am Morgen sein) hörte er auch, daß sie weinte.

Als sie wieder aus dem Zimmer kam, lächelte sie ihn jedoch an, als sei nichts geschehen. Er wagte ihr nicht zu sagen, was er gehört hatte. Er stellte sich plötzlich vor, sie seien beide Bergsteiger. Das gleiche Gefühl der Unwirklichkeit, das er vor drei Jahren im Himalaya gehabt hatte (war es wirklich schon drei Jahre her!), übermannte ihn erneut, und er war jetzt, wo er erkannte, daß sie so unglücklich war, kaum in der Lage, mit Sophie Lee zu sprechen. Am Tag, nachdem er sie am Telefon hatte weinen hören, rief er sie zur Mittagszeit vom Büro aus an, was er normalerweise nie tat. Aber er empfand jetzt ein dringendes Bedürfnis, mit ihr zu reden, wollte feststellen, ob es ihr den Umständen entsprechend gut gehe, sie vielleicht für den Abend einladen. Er zweifelte nicht daran, daß sie zu Hause war, denn sie aß mittags immer in der Wohnung, weil sie befürchtete, daß sich äußere Eindrücke störend auf ihr Schreiben auswirken könnten. Aber niemand meldete sich. Es war aber nur sie da, eine Putzfrau wollten sie beide nicht. Erling Fall rief mehrmals hintereinander an, doch ohne Erfolg. Da erwachte tief in ihm ein kaltes, dünnes Gefühl. Er blieb lange sitzen und starrte das Gunnar S. Gundersen-Bild an. Irgendwie erfaßte ihn eine schreckliche Vorahnung. Aber von *was*?

Als er am Nachmittag nach Hause kam, merkte er, daß es ihm schwerfiel, seine Nervosität zu verbergen. Er fragte sie, wie gewohnt, sofort, wie es ihr ergangen war, wie ihr Arbeitstag gewesen sei. Sie antwortete, wie gewohnt, daß es ihr gutgegangen sei, daß sie die Wohnung nicht verlassen habe, daß sie nur einen kleinen Salat zu

Mittag gegessen habe. »Hat jemand angerufen?« fragte er. Das war vielleicht keine ganz gewöhnliche Frage, klang aber plausibel an Tagen, an denen ihn besondere Termine in Beschlag nahmen. Aber nein, niemand habe angerufen, sagte sie. Erling Fall merkte, daß er es nicht wagte, ihr in die Augen zu sehen. Er drehte sich um, sein Blick fiel auf Widerbergs schwerelose Menschen auf Pferden in einem grellgelben Universum. Aha, dachte er, sie lügt mich an. Es gibt keine andere Erklärung. Sophie Lee lügt, dachte er, aber *warum* lügt sie? Und was hat sie gemacht?

Sie gingen an jenem Abend aus, speisten im Chez Henri, und Erling Fall merkte, daß es ihm jedesmal schwerer fiel, den richtigen Ton zu finden. Sie fragte ihn, welchen Anruf er erwartet habe. Da hatte er den möglichen Kauf einer chemischen Fabrik in der Schweiz erfinden müssen. Dabei wollte er nicht lügen! Und er wollte auch nicht, daß *sie* lügen mußte! Warum *log* sie! dachte er empört. Er hätte sie fragen können: Wo bist du gewesen, ich habe mehrmals versucht, dich anzurufen! Aber er wagte nicht zu fragen, wagte es einfach nicht, aus Angst vor der Antwort, die er bekommen könnte. Statt dessen sprachen sie über kulturelle Themen, wie immer. Erling Fall dachte, daß niemand versierter war in Gesprächen über *kulturelle Themen* als er und Sophie Lee. Sie konnten sich zwei Stunden angeregt über Fernando Pessoa unterhalten. Sie konnten noch länger reden, wenn es um Kurt Vonnegut jr. oder Henrik Ibsen ging. Musik war auch ein Thema, über das sie stundenlang reden konnten, und an diesem Abend war es wieder einmal Schubert, warum seine hellen Melodien in den Dur-Tonarten immer so schmerzvoll, ja beinahe unerträglich wirkten, sogar für Sophie Lee, die in einem ganz anderen Teil der Welt aufgewachsen war als er, der in der Schuberts lebte.

Erling Fall dachte, daß sie ein solches Gespräch noch vor wenigen Monaten mit großem Gewinn für beide hätten führen können, aber jetzt, dachte er, war er zu angeschlagen und schwach. Er erinnerte sich an das erste Mal, als Sophie Lee etwas Intimes zu ihm gesagt hatte, bei ihrem Mittagessen in Taipeh: »Du bist kein glücklicher Mann, Erling.« Nein, das mußte Erling zugeben, er war in diesem Augenblick kein glücklicher Mann. Er wollte mit ihr weiter über die Zukunft reden, darüber, am Randsfjorden zu leben, das Vertraute und Sichere wiederfinden. Aber was war in diesem Leben sicher, wenn ihn seine eigene Frau anlog? Später am Abend erschreckte es ihn, daß sie sein neues Mißtrauen überhaupt nicht zu bemerken schien. Es war etwas beinahe Unschuldiges in ihrer Art, wie sie ihn aufforderte, mit ihr zu schlafen, und genau an diesem Abend, in seinem Zustand der tiefen Angst und Wut, gelang es ihm, sowohl ihren wie seinen Erwartungen gerecht zu werden, dem, was in einem Ehebett geschehen sollte, und das war milde gesagt eine Erleichterung. Doch am nächsten Tag im Büro schaute er trotzdem auf die Uhr, als es auf halb eins zuging. Plötzlich wußte er, was er tun mußte. Er mußte sie noch einmal anrufen. Aber etwas wehrte sich in ihm. Wenn sie nun auch heute nicht zu Hause war? Erling Fall saß dem kühlen Gunnar S. Gundersen-Bild gegenüber, wo Blau auf Rot trifft. Er hatte bereits die Hand am Telefonhörer, und jetzt *nahm er ihn*! Er rief sie wieder an! Wollte herausfinden, wo sie war! Er kam sich niederträchtig vor, als er es tat, weit unter ihrem Niveau. Sie hatte schließlich in so vieler Hinsicht gezeigt, daß sie ihn *respektierte*, auch dann, wenn sie nicht mit ihm übereinstimmte. Sie hatte dieses Zusammenleben in einer würdigen Weise gestaltet. Ja, dachte Erling Fall, *Würde* war das richtige Wort für Sophie Lee. Alles, was

Sophie Lee machte, hatte Würde, und deshalb hatte sie sicher eine würdige Erklärung dafür, warum sie auch an diesem Tag nicht zur Mittagszeit ans Telefon ging, zu der sie gewöhnlich immer zu Hause war. Er versuchte mehrmals anzurufen, wußte, daß der Rest des Tages ohnehin zerstört war, solange sie nicht antwortete. Er sagte ja, als einer der jungen Grünschnäbel kam und fragte, ob die Kværnland-Gruppe einige ihrer Aktien bei Clairmont verkaufen sollte, obwohl Erling Fall davon überzeugt war, daß diese Firma innerhalb der nächsten sechs Wochen an der Börse deutlich zulegen würde. Sekunden später bereute er es, aber da war es zu spät. Das also, dachte er, genügte schon, ihn aus dem Gleichgewicht zu bringen. Ein nicht beantworteter Anruf. Er starrte aus dem Fenster auf einen windigen Tag mit schweren, feuchten Wolken. Das Pariser Klima war immer nervös, und dieser Tag war unerträglich drückend; einen Moment lang kalt, im nächsten lau. In dieser Stadt bereitete man sich jetzt auf die Fußball-WM vor. Erling Fall wußte, daß sich bald Horden von norwegischen Investoren und die Spitze der Gesellschaft in kleinen Schlössern und Luxushotels einquartieren würden, ein Haufen von Männern die, wie die Bergsteiger im Himalaya, ein Projekt anpackten. Aber Erling Fall wußte, daß er eigentlich nur das eine im Kopf hatte, und zwar ein Zusammenleben mit Sophie Lee in einer *verläßlicheren Umgebung*, also weg von Paris, an einen Ort, wo er in höherem Maße als jetzt das Gefühl haben konnte, die Kontrolle zu besitzen. Ja, weg von Paris! dachte er plötzlich in seinem Bürosessel und bezweifelte, ob es ihm gelingen würde, den inneren Aufruhr zu verbergen, in dem er sich jetzt befand, wenn sie ihm zum zweiten Mal hintereinander ins Gesicht log, sie sei zu Hause gesessen und habe den ganzen Tag geschrieben, wenn sie ein weiteres Mal eine verneinende Antwort geben würde, wenn er sie fragte, ob jemand angerufen habe.

Am nächsten Tag kam Gudmund Kværnland in die Stadt, er kam mit seinem ganzen Hofstaat an Bewunderern, einem kleinen Klub von Ja-Menschen, die immer seiner Meinung waren, und nicht weiter überraschend, gehörten dazu jetzt auch Nils Petter Drangedal, Leif Erik Sundal und Alf Brubekk. Das Bergsteigen vor bald drei Jahren war also ein *Test* gewesen, dachte Erling Fall. Manche wurden gewogen und für zu leicht befunden, zum Beispiel Lars Martin Høinæss von DnB, der zudem den Gipfel nicht erreicht hatte, aber sonst waren sie alle jetzt Mitarbeiter der Kværnland-Gruppe; sogar Ang Gyalu, der auf merkwürdige Weise das Büro der Gesellschaft in Katmandu leitete, ohne aus diesem Grund so viele Millionen zur Verfügung zu haben. Diese Männer waren Gudmund Kværnlands Familie, dachte Erling Fall. Zusammen waren sie, er eingeschlossen, jedenfalls mehr seine Familie als Britt-Elin und die Kinder. Es geschah nun eine Menge mit Gudmund Kværnland, dachte Erling Fall, als sie alle an diesem Abend im Restaurant Jules Verne im Eiffelturm saßen (Frauen kein Zutritt) und so ungemein *tolle Männer* waren, wie Gudmund Kværnland mit einem charmanten Lachen sagte. Er konnte einfach keine Aussage ohne ironischen Beiklang machen, als wolle er sich gleichsam gegen jeden möglichen Angriff absichern. Erling Fall wußte besser als je zuvor, daß er hier nicht dazugehörte, daß es ihn eigentlich den Teufel scherte und daß er in diesem Augenblick viel lieber gewußt hätte, wo sich Sophie Lee aufhielt. Er hatte sein Handy bei sich. Sollte er zu Hause anrufen? Ja, er rief zu Hause an! Er stand vor der Toilette des Restaurants und wählte die Nummer des Quai d'Orléans und bekam keine Antwort. Also war sie auch diesmal ausgegangen! Aber als er nach Hause kam, nicht allzu spät am Abend, nach einem night-cap im Ritz, wo die anderen dicke Zigarren gepafft und Erinnerungen an die Kværnland-Expedition 1995 ausgetauscht hatten, war sie zu Hause, noch wach, und er hörte sich fragen: »Hast du einen angenehmen Abend verbracht, Lee?« – denn er nannte sie immer Lee, und sie antwortete: »Ja, danke, gemütlich; ich bin auf dem Sofa gesessen und habe stundenlang Albert Cohen gelesen. Was für ein phantastischer Erzähler! Diese tiefen Einsichten in die menschliche Natur!« Klar, dachte Erling Fall, Albert Cohen war phantastisch, wußte viel über die menschliche Natur, aber warum lernte sie nicht lieber *Norwegisch*, sie hatte sich doch vorgenommen, abends Norwegisch zu lernen, aber es war ja klar, daß sie nicht Norwegisch lernte, dachte er dann, denn *sie war gar nicht zu Hause*! Sie war woanders! Sie betrog ihn – ja, in gewisser Weise betrog sie ihn, denn sie log ihn an! Aber daß er das wußte, konnte er noch nicht verraten, weil sie in allem, was sie sagte, so stark und bestimmt wirkte und so absolut wahrhaftig. Ich muß Zeit vergehen lassen, dachte Erling Fall, er wußte, daß er jetzt versuchen mußte, sich zu beruhigen, das konnte für ihre Zukunft von ungeheurer Wichtigkeit sein. Also mußte er sich einen Whisky holen (sie trank chinesischen Tee) und sich mit ihr näher über ihre Ansichten zu Albert Cohen unterhalten, den er selbst mit großem Vergnügen auf französisch gelesen hatte, als er für so etwas noch Zeit hatte, nämlich zu Hause am Randsfjorden. Sie spielte jedenfalls auf *Die Schöne des Herrn* oder *Belle du Seigneur* an, wie es im Original hieß. Und sobald er wußte, daß es dieses Buch war, das sie gelesen hatte, fiel ihm auch sofort der Inhalt dieses Buchs ein, und er erschrak! – das konnte kein Zufall sein! *Belle du Seigneur* handelte von dem allmählichen, unerbittlichen Zusammenbruch des Hohen Liedes zwischen zwei Menschen, also ein Liebesroman über den Tod der Liebe, über die Perfidität der Langeweile, über die Hölle der befriedigten Begierde! Erling Fall begriff, daß es absolut kein Zufall war, daß sie dieses Buch nannte, auch wenn sie es natürlich nicht gelesen hatte, weil sie ja, ohne es zu ahnen, verraten hatte, daß sie nicht zu Hause war. Sophie Lee war eine Frau, die *immer*, ohne Ausnahme, ans Telefon ging, sobald sie es klingeln hörte. Das hatte er mit eigenen Augen gesehen. Sie konnte an diesem Abend unmöglich in der Wohnung gesessen und *Belle du Seigneur* gelesen haben. Trotzdem hatte sie genau *dieses* Buch genannt, das ironische Epos des *Hahnreis*, und wie sollte er *das* nun deuten? dachte er, so benebelt im Kopf, daß er allerdings als ziemlich betrunken erscheinen mußte. Er konnte es zum Glück auf den Abend mit den »Gutta boys« schieben, wie sie gewöhnlich auf norwegisch mit ihrem unwiderstehlichen taiwanesischen Akzent sagte, und das machte er denn auch in der Hoffnung, daß sie nicht merken sollte, welches Chaos sie in den letzten drei Tagen in seinem Kopf verursacht hatte. Jetzt fragte sie ihn, worüber eigentlich im Jules Verne gesprochen worden war, und er konnte sich gar nicht mehr daran erinnern. Das ganze Treffen war vergessen, sogar was sie gegessen hatten, weil er ja ununterbrochen an *sie* gedacht hatte und daran, was in aller Welt sie anstellte, wenn sie nicht zu Hause war. Er merkte, daß sie merkte, wie komisch er war, aber sie wußte ja, daß er zuviel getrunken hatte, deshalb gab er sich keine Mühe, sich anzustrengen, erlaubte sich nur, fast verbittert, zu denken, daß sie es in einer solchen Situation wagte, den betrogenen Ehemann Adrien Deume in Albert Cohens Meisterwerk zu erwähnen. Das Schicksal des Hahnreis, dachte er und ging zur Hausbar, um sich noch einen ordentlichen Whisky einzuschenken, während Sophie Lee etwas wehmütig dasaß und ihn ansah und weiterhin ihren grünen chinesischen Tee trank. Er merkte, daß er sie anstarrte, fast wie eine Fremde, ebenso fremd wie Merete Bøver gewesen war, als sie zum ersten Mal zugab, daß sie mit dem Jazzgitarristen Skjalg Antonsen aus Lillestrøm ein Verhältnis habe. »Na, worüber habt ihr gesprochen!« wiederholte sie ihre Frage. Erling Fall versuchte nachzudenken. »Wochenendhäuser«, antwortete er wahrheitsgemäß, froh darüber, ein konkretes Gesprächsthema zu haben. »Ihr habt über *Wochenendhäuser* gesprochen?« fragte Sophie Lee. »Ja«, antwortete Erling Fall. »Einige bauen sich Wochenendhäuser am Hafjell, andere in Sørlandet oder Südfrankreich. Merkwürdig, nicht wahr? Aber wir unterhielten uns tatsächlich über *Wochenendhäuser.*« »Und über nichts sonst?« fragte Sophie Lee mit ihrem liebenswerten, vertrauten Lachen, während die rechte Hand zum Mund schnellte. Erling Fall überlegte. Er war vor allem glücklich darüber, daß Sophie Lees rechte Hand zum Mund schnellte wie früher, daß sie sich über das, was er sagte, wieder amüsierte. »Doch«, antwortete er, »wir sprachen über die Fußball-WM, über die Chancen Norwegens, am 23. Juni Brasilien in Marseille zu schlagen.« »Und zu welchem Ergebnis seid ihr gekommen?« fragte Sophie Lee; es erstaunte Erling Fall, daß sie tatsächlich so interessiert wirkte. »Unser Ergebnis war«, antwortete er, »daß Norwegen sicher gute Chancen hat, Brasilien zu schlagen, aber daß es hart werden wird.

Aber das wird man sehen. Jedenfalls wird die gesamte Kværnland-Gruppe das Spiel anschauen. Gudmund holt uns alle mit dem Hubschrauber. Du kannst gern mitkommen.«

Der Februar ging dem Ende zu. Erling Fall hatte aufgehört, seine Frau zur Mittagszeit anzurufen. Über Paris hing noch immer kaltes und nasses Wetter. Die Touristen kamen in Scharen und mußten innen in den Sightseeingbooten stehen und Notre-Dame bei strömendem Regen fotografieren. Erling Fall versuchte, sich auf die Arbeit zu konzentrieren, und zu seiner Überraschung traf er in dieser Zeit mit einer Investition in Spanien ins Schwarze. Die Kværnland-Gruppe verdiente innerhalb weniger Wochen über dreihundert Millionen unfaßbarer Kronen.

Trotzdem war Erling Fall am Ende seiner Kraft. Es zehrte an seiner Kraft, lieben zu müssen, dachte er, nur noch ein Laufbursche der Gefühle zu sein – ja, es zehrte an seiner Kraft, zu wissen, daß seine Existenz jetzt, wie früher, total von den Gefühlen eines anderen Menschen abhängig war! Merete Bøver war zwar ein abgeschlossenes Kapitel, aber gegen Sophie Lee kam er nicht an. Er stellte fest, daß er, seit er an ihrer Ehrlichkeit zweifelte, nur noch mehr an sie dachte, schier besessen davon, wie sich ihr Tag eigentlich gestaltete, nachdem er morgens das Haus verlassen hatte, um ins Büro zu gehen. Manchmal lag er kurz nach dem Erwachen neben ihr im Bett und dachte: Heute sperre ich sie ein! Sie darf einfach nirgends hingehen! Ich will über jeden Schritt, den sie macht, Bescheid wissen! Dabei wußte er, daß es vergebens war. Er gewöhnte sich daran, eine Rolle zu spielen: die Rolle des gutgläubigen Ehemanns, dachte er verdrossen. Und dann ging er zu seinem Job, ertappte sich dabei, sein vertrautes Lunchpaket mit den belegten Broten zu vermissen, das er als Amtsrichter immer in die Kanzlei mitgenommen hatte. Jetzt wurde fast täglich in den Restaurants um den Place Vendôme zu Mittag gegessen, und Erling Fall stellte fest, daß er sich nicht entspannen konnte, daß alles, was bei Tisch geredet wurde, wie aus weiter Ferne zu ihm drang. Dem Chablis und dem Puligny Montrachet konnte er längst nichts mehr abgewinnen, ebenso nicht der Gänseleber und dem Rotbarsch, er wünschte sich, mit Thermoskanne und Kvikklunsj irgendwo unterm Vardalsåsen zu sitzen. Doch die Gespräche zwischen ihm und Sophie Lee hatten allmählich aufgehört. Sie war noch nicht schwanger geworden, und mit jedem Tag, der verging, wurde, auch für ihn, allein der *Gedanke*, erneut mit ihr zu schlafen, immer unerträglicher. Das ist doch pervers! dachte Erling Fall. Was hat uns bloß in diese scheußliche Situation gebracht? Nun, einige unbeantwortete Anrufe eben. Und sofort rief Erling Fall im Quai d'Orléans an, und wieder einmal nahm niemand den Hörer ab. Am selben Abend fragte Erling Fall seine Frau, die ruhig und unanfechtbar auf dem Sofa saß und grünen chinesischen Tee trank, ob im Laufe des Tages jemand angerufen habe, und wieder blickte sie vom Buch auf, in dem sie las, und sagte, das Telefon habe überhaupt nicht geklingelt.

In der folgenden Nacht konnte Erling Fall nicht schlafen. Er vergegenwärtigte sich den vergangenen Abend in allen Einzelheiten. Sie hatten zu Hause gegessen. Sophie Lee hatte Nudeln mit Scampi gemacht, wofür er, wie sie wußte, eine Schwäche hatte. Sie waren im Eßzimmer gesessen und hatten sich darüber unterhalten, wie *Der Wind im Gras* im kommenden Herbst auf norwegisch ankommen würde. Wie erwartet hatte Gyldendal Norsk Forlag die Rechte erworben, und der Verleger, ein engagierter und begeisterter Herr namens Geir Mork, war bereits in Paris gewesen und hatte Sophie Lee zum Essen eingeladen, worauf sich Sophie Lee nach eigener Aussage zu den schönsten Hoffnungen berechtigt sehe, daß *Der Wind im Gras* trotz des kommunistenfreundlichen Untertones in einem hochkapitalistischen Land wie

Norwegen auf ein großes Publikum rechnen könne. Erling Fall merkte, daß er froh war über diese Wendung des Gesprächs. Jetzt konnte er wieder über Norwegen reden, konkret und zukunftsorientiert. Direktor Mork hatte nämlich große Pläne mit dem Buch. Er versprach, daraus einen Bestseller zu machen. »Aber ehrlich gesagt, Lee, wollten wir denn nicht ohnehin bis zum Herbst umziehen zum Randsfjorden?« sagte Erling Fall. Und erstaunt stellte er fest, daß Sophie Lee bei diesem Gedanken Begeisterung zeigte. »Und deine Amtsrichterstellung?« fragte sie besorgt. Er zuckte mit den Schultern. Das würde natürlich etwas dauern, bis er die wieder bekam, aber das hatte keine Eile. Er konnte zwischenzeitlich als Berater der Kværnland-Gruppe arbeiten. Das wichtigste war, den Studienrat aus Dokka rechtzeitig rauszuschmeißen.

Es wurde ein angeregtes Gespräch, und sie gingen gleichzeitig zu Bett, fast kichernd, und Erling Fall dachte, es sei vielleicht möglich, all die dunklen Gedanken, die ihn in der letzten Zeit gequält hatten, zu vergessen, daß es möglicherweise nicht so schlimm war, wenn Sophie Lee in der letzten Zeit zu ein paar Notlügen gegriffen hatte, daß man, auch als Mann und Frau, gewisse Teile des Privatlebens nicht antasten sollte.

In dieser Nacht versuchte er natürlich, zum Gott weiß wievielten Male, mit ihr ein Kind zu zeugen, und es war, dachte er, für beide auszuhalten. Er ließ sich bei diesem Vorgang jedesmal von ihrer Schönheit betören, egal wie sehr er sich abmühte und schwitzte, und er konnte sich nicht satt sehen an ihr, an ihrer Vollkommenheit, die sie für ihn in jeder Weise verkörperte. Und danach lagen sie eng umschlungen, er fühlte sich todmüde, und am nächsten Morgen konnte sich Erling Fall nicht mehr erinnern, wer zuerst eingeschlafen war.

Aber der Morgen hatte einen bitteren Beigeschmack. Sophie Lee im Tageslicht war noch immer fremd für ihn, dachte er, als er sie im Nachthemd betrachtete, auf dem Weg ins Bad. Sie zeigte sich selten nackt vor ihm. Sie hatte eine Schüchternheit, die er immer noch sehr schätzte, etwas Furchtsames in ihrem Wesen, das sicher dazu beitrug, daß viele der Verleger überall auf der Welt *Der Wind im Gras* kauften, obwohl der Roman in der gnadenlosen Konkurrenz der Bekenntnisschriftsteller auf dem Weltmarkt nie ein echter Renner geworden war. Ja, trotz ihres nicht zimperlichen Humors, etwas so Furchtsames, daß Erling Fall eigentlich nie das Gefühl hatte, sie zu *betrachten*, doch an diesem Morgen mußte er zugeben, daß er es tat, verstohlen, vom Bett aus, weil sie zuerst duschen wollte, weil er plötzlich dachte, daß diese Situation mit all ihren Gefühlsregungen unhaltbar war, daß etwas passieren mußte, so oder so, er aber noch nicht zu denken wagte, was.

Aber sobald er im Büro war, sah er klar. An diesem Tag, mit einem in jeder Hinsicht finsteren und scheußlichen Wetter, also einem Tag, an dem man möglichst *nicht* weggeht, wenn man nicht unbedingt *muß*, fiel Erling Fall ein, daß er ja zur Mittagszeit nach Hause gehen konnte, um sich ein Schreiben zu holen, das er brauchte und vergessen hatte. Ja, dachte er, und das Herz hämmerte in der Brust, jetzt gehe ich wirklich *heim* und stelle mich, auch wenn mich mein Waterloo erwartet, ich *inspiziere* die Wohnung im Quai d'Orléans und wenn ich sie dort nicht antreffe, muß ich Maßnahmen ergreifen.

Erling Fall legte den Weg zur Arbeit oft zu Fuß zurück, um sich in Form zu halten, aber jetzt, um zwölf Uhr vormittags, nahm er die Metro von Pyramides nach Pont Marie, er wußte, daß das am schnellsten ging. Er ging über die Brücke und weiter über die Ile St. Louis. Er bog nach rechts ab in den Quai d'Orléans, und nun schlug die Stunde der Wahrheit, dachte er, während er mit dem Aufzug hinauf in die dritte Etage fuhr. Er stand vor seiner eigenen Wohnungstür und schellte, denn er wollte sie trotz allem nicht überrumpeln, falls da drinnen irgend etwas Unsägliches geschehen sollte, aber niemand öffnete, und als er aufschloß, wußte er mit Bestimmtheit, daß sie nicht da war, daß die Wohnung leer war, daß sie nicht am Schreibtisch saß oder ihr leichtes Mittagessen einnahm, wie sie behauptete, sondern *daß sie sich woanders aufhielt*! Und wo befand sich dieser Ort, dachte er, mit rotem Kopf, während er zur Sicherheit alle Räume gründlich durchsuchte und der wahnsinnige, aber doch, ach, so logische Gedanke ihn durchzuckte, daß sie natürlich in dem chinesischen Restaurant in der Rue Dauphine war, daß sie dort saß und sich mit dem jungen, schönen Kellner unterhielt, daß sie auf ihn wartete, bis er mit seiner Arbeit fertig war, daß sie danach zu ihm nach Hause ging und *mit ihm ins Bett stieg*! – davon war er überzeugt! Denn was sollte sie sonst tun, wenn sie nicht zu Hause in der Wohnung am Quai d'Orléans war? War es nicht eben dieser junge, schöne *Chinese* gewesen, der nicht gewußt hatte, wo seine Grenzen sind, der am Tisch gestanden und unziemlich lange mit ihr in Mandarin gesprochen hatte? Hatte er eigentlich nicht schon *geträumt*, daß Sophie Lee und der Kellner zusammen waren? Wie auch immer, Erling Fall beschloß jedenfalls, das Restaurant aufzusuchen, jetzt sofort, um festzustellen, ob seine Frau Sophie Lee wirklich dort war.

Sie konnte natürlich auch an vielen anderen Orten sein, beim Verlag Plon oder bei ihrem Bruder. Aber in ihm hatte sich der Gedanke festgesetzt: Sophie Lee war mit dem chinesischen Kellner zusammen. Erling Fall erkannte jetzt, daß das Unterbewußtsein seit einigen Wochen für ihn gearbeitet hatte, und endlich *erinnerte* er sich daran, in welch gute Laune sie der Restaurantbesuch damals versetzt hatte. Es war etwas Seltsames zwischen ihnen, hatte er gedacht, als er am Tisch des Restaurants saß und sich überflüssig fühlte. Es war ihm plötzlich aufgegangen, daß sie ein schönes Paar abgeben würden. Der junge Chinese *paßte* zu Sophie Lee, hatte die gleiche perfekte Haut, ein faltenfreies Gesicht, war groß und schlank. Aber der Gedanke war natürlich unerträglich, die Vorstellung unmöglich, bis heute, eine halbe Stunde später, als er mit hastigen Schritten die Rue Dauphine hinaufging und einen Blick ins Restaurant warf *und sah, daß sie da war*! – zusammen mit dem Chinesen! Er hatte also recht mit seinem Argwohn! Sie saß an einem Tisch und aß, und er stand vor ihr, redete mit ihr! Erling Fall setzte seinen Weg fort, wußte, daß er nicht gesehen werden durfte, und sobald er das Fenster passiert hatte, wußte er, daß ihn keiner da drinnen gesehen hatte. Aber jetzt mußte er sofort denken: *War* sie das wirklich, die er gesehen hatte? Chinesen konnte man ja, im konkreten Fall, leicht verwechseln. Er hatte Sophie Lee sogar an Orten zu erkennen geglaubt, an denen sie nachweislich nicht gewesen war. Aber nein, diesmal nicht. Erling Fall blieb an der Ecke zur Rue Mazarine stehen und holte tief Luft. War es nicht ungeheuer drükkend? dachte er. Der Regen hatte aufgehört, die Sonne war dabei, herauszukommen, es tropfte von den Dächern, und es war überall unerträglich naß. Er ging hinüber zur Rue de Buci, an der Ecke zur Rue de Seine, wo die Verkäufer angefangen hatten, die ersten Marktstände zu schließen. Lange blieb Erling Fall bewegungslos stehen und schaute auf eine Ladentheke voller frisch geschlachteter Hähnchen. *Hatte* er sie wirklich gesehen?

fragte er sich. Nicht auszudenken, wenn es nur seine Erregung war, die ihn zum Narren hielt. Aber konnte er zurückgehen und nochmals schauen? Und wenn er entdeckt wurde? Welchen Eindruck würde Sophie Lee von ihm bekommen, wenn sie merkte, daß er ihr nachspionierte? Und das gerade jetzt! dachte Erling Fall verzweifelt, mitten in ihren Zukunftsplanungen! Ihm war plötzlich völlig klar, daß er sie *auf schnellstem Wege* nach Norwegen bringen mußte! Paris war proppenvoll von Taiwanern und Festlandschinesen, die zwangsläufig, in gewissem Sinne, immer eine Gefahr darstellten, weil sie ihr etwas bieten konnten, was er ihr nie zu bieten imstande sein würde, nämlich ihre Sprache, das Verstehen ihrer Kultur. Herrgott, dachte er, er war mit einer Frau zusammen, deren Stammbaum bis zurück in die Ming-Dynastie reichte! Jetzt saß sie, natürlicherweise, in einem chinesischen Restaurant und wurde langsam aber sicher von einem schönen Chinesen verführt, der all die Eleganz besaß, die ihm als Norweger fehlte. Doch, er *mußte* die Gelegenheit nutzen, beschloß er, mußte zurückgehen in die Rue Dauphine und sich davon überzeugen, daß es wirklich sie *war*, die im Lokal saß. Ihm fiel ein, daß er den Regenschirm aufspannen konnte, um sich, wenn er ihn etwas schräg hielt, dahinter zu verstekken. Mit raschen Schritten ging er zurück, bog in die Rue Dauphine ein und setzte seinen Weg hinunter zur Seine fort. Jetzt galt es, schnell zu gehen, aber nicht *zu* schnell, dachte er! Und zugleich erfaßte ihn eine unerträgliche Nervosität, wie damals, als er zum ersten Mal merkte, daß ihm Merete Bøver untreu war, lange bevor dieser Skjalg Antonsen ins Spiel kam. Eine Nervosität, daß er sich beinahe übergeben mußte. Und jetzt fing es wieder zu regnen an! Er konnte guten Gewissens den Regenschirm aufgespannt lassen, ohne auszusehen wie einer der lächerlichen Pariser, die oft so hilflos durch die Straßen stolzierten. Da passierte er die kleine Bar, da kam das indische Restaurant, und jetzt, in der nächsten Sekunde, das chinesische, *und da war sie wieder*! Sie saß am selben Tisch! Der junge chinesische Kellner stand da und unterhielt sich mit ihr! Das *war* sie, *es gab keinen Zweifel*! Auch wenn er sie nur im Profil sah, halb abgewandt. Nur Sophie Lee hatte eine solche Figur. Und Erling Fall mußte denken: Es ist noch schlimmer, sie so zu sehen, im Gespräch mit diesem Mann, an dessen Arbeitsplatz, als die beiden im Bett zu erwischen. Das hatte ihm einmal Merete Bøver eindringlich erklärt. Ein zufälliger Fick kann jedem passieren und ist schnell vergessen, viel schlimmer ist die *psychische* Untreue! Und das, erkannte Erling Fall sofort, war *psychische* Untreue! Sophie Lee war jetzt seit einigen Tagen in das chinesische Restaurant in der Rue Dauphine gegangen. Sie war, obwohl sie es vielleicht vor sich noch abstreiten würde, auf bestem Wege, eine Beziehung zu dem schönen Chinesen anzufangen. Er hatte es vom ersten Moment an gewußt! – hatte es gesehen! – es *war* etwas zwischen ihnen! – das knisterte! – was jeder Außenstehende sehen kann, wenn sich zwei Menschen plötzlich ineinander verlieben! Der Kellner hatte schließlich auch nicht seine Grenzen gekannt, mehr mit ihr geredet, als es sich für einen Kellner ziemte, Sophie Lee hatte ihn regelrecht *aufgefordert* weiterzureden, als er Miene machte, sich zurückzuziehen. Und jetzt passierte Erling Fall die Fensterscheibe, und auch diesmal wurde er nicht entdeckt, und er dachte, daß er sein Leben lang mit dem Gefühl herumgelaufen war, im nächsten Moment zu erwachen, so auch jetzt, als er die Rue Dauphine weiterging hinunter zum Quai des grands Augustins. Er merkte, daß ihm schwindlig war, spürte den Drang, sich zu übergeben. Er hätte so gerne geschrien, wenn die Stimme irgendwo gehört worden wäre. Was war er bloß für ein Narr! dachte er und suchte sich eine kleine Bar in der Nähe des Lapérouse, er mußte sich setzen, bestellte sofort ein *großes* Glas Sancerre, ein *großes* Glas, s'il vous plaît, am besten noch einen Marc de Bourgogne, jedenfall etwas, was diesen Schmerz lindern konnte, diese drohende Weltuntergangsprophezeiung, dieses erbärmliche Wissen, dem die Einsicht folgte, daß sein Universum jederzeit zusammenbrechen konnte. Er hatte erneut das Gefühl, mitten in einem tiefen Schlaf zu sein, in einer Landschaft zu gehen, die ständig von Wolken verhangen war, von Wolken, die große Schatten auf die Erde warfen, und er befand sich immer genau unter einer von ihnen. Psychische Untreue, dachte er, der lebensgefährliche, langsame Beginn einer ernsthaften Lüge, so wie Merete Bøver ihn jahrelang belogen hatte, so wie Sophie Lee jetzt bereits gelogen hatte, bewußt, um etwas vor ihm zu verbergen. Es gab also etwas, was er nicht wissen durfte, stellte er fest und goß dabei den Wein und den Branntwein in sich hinein. Er sollte nicht wissen, daß Sophie Lee ihr Mittagessen in einem chinesischen Restaurant einnahm. Was eigentlich plausibel war, erklärbar, verständlich war, wurde jetzt zu einer Lüge, einer ernsthaften, drohenden Lüge, einer Bedrohung des Zusammenlebens, das sie aufgebaut hatten. Und kaum hatte er *das* gedacht, mußte er erkennen: Ich verkrafte es nicht, auch *sie* zu verlieren! Er hatte sie gefunden, als er am wenigsten damit gerechnet hatte. Sie hatte ihn aus dem entsetzlichen, depressiven Zustand herausgeholt, in dem er sich befunden hatte, und ihn in etwas ganz Neues und Lebendiges versetzt. Ihre Lebensfreude hatte sich auf ihn übertragen, sogar ihre *Intelligenz* hatte sich auf ihn übertragen. Zu Beginn ihres Zusammenlebens hatte er sich klug und schön gefühlt, als habe sich auch ihre *Schönheit* auf ihn übertragen! Nein, er verkraftete es nicht, auch *sie* zu verlieren! dachte er, während er dort am Quai des grands Augustins saß und weder ein noch aus wußte. Was *geschah* hier, und was war der Sinn? Er ließ seinen Blick durchs Lokal schweifen, betrachtete die jämmerliche Gestalt des Kellners, der am Tresen hing und ein Glas Rotwein trank, während der Besitzer des Lokals hinter der Theke Gläser polierte. Jedes kleinste Detail machte ihn niedergeschlagen, als hätte er einen Abschiedsbrief erhalten. Ja, ein Abschiedsbrief, dachte er, wie die Scheidungspapiere von Merete Bøver eigentlich ein Abschied auf grauem Papier waren! Abserviert, Erling Fall! Weg für immer! Und genauso auch jetzt. Sophie Lees plötzliches Bedürfnis zu lügen. Ein Abschiedsbrief. Jedenfalls die ersten Formulierungen dessen, was mit der Zeit zu einem *grausamen* Abschiedsbrief werden konnte, fürchtete er. Und was sollte er tun? Was *konnte* er tun? Er schaute auf die Uhr. Verdammt, schon drei Uhr! in diesem Moment hatte er eine wichtige Besprechung am Place Vendôme! Er griff zum Handy, wählte und sagte, er habe sich verspätet, dann beglich er seine Rechnung und hastete hinüber zum Taxistand am Place St. Michel. Könnte doch Leben einfach Unwissenheit sein, dachte er. Könnte doch das Vergessen einfach ein Gefühl sein! Er fühlte sich durch und durch erschöpft, ohne Kraft, dem zu begegnen, was jetzt vor ihm lag. Und was lag jetzt eigentlich vor ihm? fragte er sich, als er im Taxi saß. Nach welcher Strategie sollte er von jetzt ab verfahren? Sollte er das Wagnis eingehen, sie weiter lügen zu lassen? Er kam sich so dumm vor, so täppisch. Er wünschte sich ein Wissen, das nicht das des Verstandes oder der Vernunft war, ein tieferes, intuitives Wissen. War es nicht genau *dieses* Wissen, das ihn, wie eine Eingebung, veranlaßt hatte, gerade heute in die Rue Dauphine zu gehen? War es nicht genau *dieses* Wissen, das es ihm ermöglicht hatte, zu sehen, was sich an dem Abend vor einigen Wochen zwischen Sophie Lee und dem chinesischen Kellner abspielte? Aber jetzt hatte er das Gefühl, daß er bei weitem nicht genug davon besaß. Das Taxi hielt vor den Büros der Kværnland-Gruppe am Place Vendôme, vis-à-vis des Ritz. Er warf einen Blick auf das Hotel. Touristen standen dort, ein gewohnter Anblick seit Anfang September vorigen Jahres, nachdem Prinzessin Diana, am 31. August, zum letzten Mal durch die Drehtür des Hotels gegangen war. Bedrückend! dachte Erling Fall jetzt. Äußerst bedrückend! So kann sich also ein Glückszustand plötzlich in eine Katastrophe verwandeln. Hatten nicht alle Klatschreporter jetzt die Chance gesehen, voller Überzeugung zu berichten, daß Dodi al Fayad genau an *diesem* Abend vorgehabt habe, um die Hand der Prinzessin von Wales anzuhalten? Wartete nicht im Privathaus der Fayad-Familie im 16. Arrondissement bereits der Champagner? Das schöne Märchenpaar hatte sein einfaches Mahl im Ritz in der Gewißheit eingenommen, daß eine letzte Liebesnacht vor der Rückkehr in dieses beschissene England wartete, wo sie offenbar deutlich gespürt hatte, daß niemand sie verstand, und statt dessen: der Tod! Der Tod im Alma-Tunnel! Das ganze Glück in Sekunden umgekehrt und beide in die Ewigkeit befördert, ehe sie auch nur einen Mucks von sich geben konnten, wie man so sagt. Und genau dieses Abgründige, dachte Erling Fall, als er bezahlte und am Place Vendôme das Taxi verließ, veranlaßte all diese Touristen, sich vor dem Ritz aufzustellen und die entsprechende Drehtür anzuglotzen, durch die, wie alle Welt wußte, Prinzessin Diana nur zwei Stunden, bevor sie starb, gegangen war. Sie standen da und starrten darauf, als sei es ein Galgen, ein elektrischer Stuhl, jedenfalls etwas, das mit dem *Tod* zu tun hatte. Und warum machten sie das? fragte sich Erling Fall, während er in einem Satz die Treppe hinauf zu den Büros der Kværnland-Gruppe sprang. Weil ihnen noch nicht eingefallen war, daß ein so schöner und nicht zuletzt ein so *menschlicher* Mensch einen so brutalen Tod sterben konnte? Oder weil sie in der Nähe von etwas absolut *Authentischem* sein wollten, von etwas *Wirklichem*, weil ihnen ihr eigenes Leben *unwirklich* erschien, als ein Trugbild, genauso wie Erling Fall zugegebenermaßen sein Leben im Moment erschien. Er war selbst durch die Drehtür gegangen! dachte er bei sich. Und wenn da drinnen nicht in nächster Zukunft der Tod wartete, so jedenfalls eine Katastrophe. Sophie Lee entfernte sich allmählich von ihm. Daran bestand kein Zweifel. Sie hatte angefangen zu lügen, aber Erling Fall wußte, daß Sophie Lee kein Mensch war, der log. Sie war im Gegenteil ein redlicher, unbestechlicher Mensch, der jede Art von Lügen *haßte*. Warum log sie dann? dachte er wieder und wußte bereits die Antwort, während er die Büroräume der Kværnland-Gruppe betrat, wo drei Vertreter einer belgischen pharmazeutischen Firma saßen und auf seine Entscheidung warteten. Sie waren mit großen Hoffnungen auf die Investitionen der Kværnland-Gruppe nach Paris gekommen. Erling fühlte sich, als träume er. Ja, ich träume sicher an diesem Tag, dachte er, während er fremden Menschen die Hand drückte, sie bat, wieder Platz zu nehmen, die Verspätung bedauerte und sagte, daß er eigentlich sehr unter Zeitdruck stehe. Er warf einen Blick auf die neuesten Prospekte, die sie mitgebracht hatten, diese unendlich tristen, glänzenden Druckerzeugnisse, die stets die Erfolge eines Unternehmens repräsentieren sollen. Diese belgische Firma hatte sich auf Selbstmordpillen spezialisiert, oder, populärer: starke Schlaftabletten, also ein Angebot für alle, die sich wegstehlen wollten aus dem Elend dieser Welt. Ja, hörte sich Erling Fall sagen, ich glaube, wir steigen mit hundert Millionen ein. Die Belgier saßen da wie leere Schatten. Erling Fall bemühte sich, nicht die Beherrschung zu verlieren. Diese Nation war doch von Pädophilieskandalen heimgesucht. Vielleicht vergriffen sich diese Herrn an ihren Kindern, wer wußte das schon? Er kicherte blöde und sagte, die Besprechung sei zu Ende, der Rest an Formalitäten könne per E-mail oder Fax erledigt werden. Er habe keine Zeit mehr, sagte er, und die Belgier sprangen auf, wie gut dressierte und eifrige Griffon-Hunde, verschwanden augenblicklich aus dem Zimmer, und Erling Fall blieb allein mit dem Gunnar S. Gundersen-Bild, starrte auf das Blau und das Rot und dachte: Was mache ich *jetzt*? Was zum Teufel mache ich jetzt? Und weiter: Was macht *Sophie Lee* in diesem Moment? Kaum hatte er das gedacht, griff er zum Hörer und rief am Quai d'Orléans an. Sie antwortete! Sie war zu Hause! Er rief gewöhnlich nicht aus der Arbeit an. Ja, warum rief er an? Ihm fiel ein, daß er etwas erfinden mußte: »Eine wichtige Besprechung«, sagte er, »ich vergaß es dir heute morgen zu sagen, es kann spät werden.« Ja, das sagte er, und warum sagte er das? fragte er sich danach, unfähig zu begreifen, warum er es gesagt hatte. Aber im selben Augenblick wurde ihm klar, daß er sich Zeit gekauft hatte. Intuitives Wissen! dachte er, mit einem lauten, schallenden Lachen, und ging zur Bar, griff nach dem Busmills und trank direkt aus der Flasche, wie es sich für einen Mann in seiner Situation gehörte. Also, den Rest des Abends frei, um einen Plan auszuhecken, eine Strategie auszudenken. Und Sophie Lee war natürlich, in dieser Situation, nur froh. Sie war nicht mehr erpicht, *ihn* zu sehen, es gab einen anderen. Vielleicht schrieb sie in diesem Augenblick einen Brief an den chinesischen Kellner, einen Brief, in dem die Qualität des Geständnisses wesentlich war und geeignet, die Flamme der Liebe noch mehr zu schüren! Genau so einen Brief, wie ihn Erling Fall geschrieben und nach Taiwan geschickt hatte, als alles zwischen ihnen unsicher war! Und so waren die Realitäten. Dementsprechend mußte er sich verhalten; heute abend würde er alles herauskriegen.

Aber wie wollte er es eigentlich herauskriegen? überlegte er etwas später, als sich die Dunkelheit langsam herabsenkte und es wieder zu regnen begann. Der Place Vendôme wirkte grau und glatt. An einem solchen Abend hielt man sich nicht im Freien auf, wenn man kein Tourist war und ein trauriges Wochenende in der Stadt verbrachte, im Innern der Boote, trostlos die Champs-Elysées auf und ab und wartend unter dem Schirm vor der Drehtür des Ritz. Aber was machte der Chinese, wenn er von der Arbeit nach Hause ging? Erling Fall saß auf seinem Stuhl und dachte nach, und er merkte, daß er schon einige Stunden gedacht hatte, denn jetzt war es ganz dunkel, und alle andern hatten das Büro verlassen. Also, allein! Allein mit einer Art neuer Sensibilität, oder vielleicht derselben Empfindlichkeit, die ihn seinerzeit veranlaßt hatte, mitten in der Nacht Merete Bøver anzurufen, also ein Gefühl, daß *er* selbst der Handelnde sein mußte, bevor es zu spät war. Aber wie in einer Situation wie dieser handeln? Zunächst, dachte er, muß ich mir mehr Informationen über den Chinesen verschaffen, ich muß seine Gewohnheiten kennenlernen, muß mich informieren, wo er wohnt, wie seine ganze Geographie aussieht. Ja, stellte er fest, ich muß so tief sinken, wie ein Mensch nur sinken kann, dem Menschen nachspionieren, den ich liebe, uns alle bis zur Verzweiflung erniedrigen, Sophie Lee, den Chinesen und mich selbst, bis dieser abnorme Zustand aufhört. Und dann muß ich mich baldmöglichst erkundigen, wie der Chinese heißt! dachte Erling Fall. Und auf einmal wußte er, was er an diesem Abend zu tun hatte, er mußte noch mal in die Rue Dauphine gehen, und wenn Sophie Lee nicht dort war, was sie trotz allem vermutlich nicht war, obwohl, woher wollte er das wissen? – mußte er den chinesischen Kellner bis *ganz nach Hause* verfolgen, daran gab es nichts zu deuteln, er mußte sich eine *totale geographische Übersicht* verschaffen, je früher, desto besser, das war klar und einleuchtend, er mußte sich in dieser eigentlich so unerträglichen Situation einen Überblick über die täglichen Gewohnheiten von Sophie Lee und dem chinesischen Kellner verschaffen, und zuerst über den Chinesen! – und sollte Sophie Lee trotzdem dort sein, mußte man es darauf ankommen lassen. Erling Fall merkte, daß er sich bis zu einem Punkt gezwungen hatte, an dem er nicht mehr nachdachte, an dem das sogenannte intuitive Wissen, das er irgendwo in sich zu haben hoffte, das Kommando übernahm. Beim Verlassen des Büros war er jedenfalls ganz besessen davon, in der Stadt Paris Maigret zu spielen, doch einen Maigret, der es bitter ernst meinte, sich in der Rue Dauphine hinzustellen und auf den Chinesen zu *warten*, sein Revier abzustecken, seine Gewohnheiten kennenzulernen. Als Amtsrichter machte er im Grunde nichts anderes: Er mußte sich zuallererst ein *Wissen über die Hintergründe* verschaffen, mußte versuchen zu verstehen, welche Faktoren in dem Augenblick, in dem das Verbrechen stattgefunden hatte, wirksam geworden waren, und als Erling Fall hinauskam auf den Place Vendôme und auf den Taxistand beim Hotel Inter-Continental zusteuerte, erkannte er sofort, daß er in dieser ganz speziellen Situation jedenfalls Glück hatte mit dem Wetter. Ein neues Tief war vom Kanal herübergekommen. Es goß in Strömen und war windig. Er konnte mit gutem Gewissen den Regenschirm aufgespannt lassen, aber wie spät war es? Er warf einen Blick auf die Uhr und stellte fest, daß ihm mindestens noch zwei Stunden blieben, bis das chinesische Restaurant schloß. Und hatte er nicht eigentlich das Bedürfnis nach einem anständigen Essen? Also, ins Lapérouse, dieses düstere, aber schöne Maigret- und Sarah-Bernhard-Restaurant, wo sich in den verschiedenen Chambres Séparées viel suspektes Leben abgespielt hatte. Das Restaurant der Untreue! Mit geheimen unterirdischen Gängen, die die Politiker einst benutzt hatten, um ungestört mit ihren Geliebten speisen zu können. Ein Restaurant für Menschen, die sich immer gierig am Jetzt bedienten, und nun, dachte Erling Fall, saß er allein in diesem Restaurant und dachte an Sophie Lee, eine Frau, die ihm einmal ihr Ja, Ja! gegeben hatte – die *versprochen* und *gewollt* hatte, seine Frau zu sein. Er mußte natürlich zugeben, daß das unter Umständen nicht so einfach war. Er konnte sich selbst sehr gut von außen sehen: Eine gespaltene Person, eigentlich zutiefst moralisch, aber auch fast tadelnswert emotional, ein Mann ohne ausreichendes Selbstvertrauen, der sich in hohem Maße lenken ließ, ja sogar die Meinung seiner Frau gebraucht hatte, um die richtigen Urteile fällen zu können. All das, davon ging Erling Fall aus, konnte auch Sophie Lee sehen. Und was sah sie noch: Einen unfruchtbaren Mann, einen Mann, der wahrscheinlich *nie* wieder fruchtbar werden würde. Das mußte man doch endlich einsehen? Erling Fall merkte, daß er hungrig war. Er aß mit gutem Appetit, zuerst Gänseleber und danach ein blutiges Steak. Er fühlte sich innerlich leer und hohl. Deshalb brauchte er etwas, um sich zu füllen. Natürlich ist das mit der Fruchtbarkeit ein Problem, dachte er. Sophie Lee war ja wie dazu geschaffen, Mutter zu werden. Es mußte ihr selbst verdächtig vorkommen, je mehr Zeit verging. Natürlich lag die Operation nicht lange zurück, aber trotzdem, so wie sie es getrieben hatten, jedenfalls zeitweise ... Erling Fall versuchte, diese Aspekte zu durchdenken, und es kam ihm vor, als habe er keine rechte Vorstellung von sich, als sei er eigentlich ein Nomade des Bewußtseins, der überall sein Lager aufschlagen konnte, wenn die Situation dazu einlud, am Randsfjorden, im Himalaya, auf Taiwan. Momentan hielt er sich in Paris auf, sorgte täglich dafür, daß Gudmund Kværnland noch reicher wurde, genoß selbst einige der Vorteile, war aber im Grunde drauf und dran, die Kontrolle über sich und sein Leben zu verlieren. Und deshalb saß er hier! Im Lapérouse! An einem todtraurigen Spätwintertag 1998, aß sich satt und wartete darauf, daß ein junger chinesischer Kellner Feierabend machte, um ihn, wenn er Glück hatte, unbemerkt bis nach Hause verfolgen zu können. Ja, rauskriegen, wo er wohnt! dachte Erling Fall. Eine Minimalforderung.

Es war soweit. Er schaute auf die Uhr. Er bezahlte sein Essen, den Wein und den Schnaps und ging wieder in die Rue Dauphine, mit aufgespanntem Regenschirm, und sah, daß dort kaum Menschen waren, aber aus dem chinesischen Restaurant fiel Licht auf die Straße. Er spürte, daß sein Herz hämmerte. Bei dem Gedanken, Sophie Lee wieder an einem Tisch sitzen und mit dem Kellner reden zu sehen, wurde ihm übel. Aber zum Glück! Keine Sophie Lee. Nicht ein Gast! Und deutlich erkennbar, daß das Restaurant gleich schließen würde. Er sah, wie der chinesische Kellner die Stühle auf die Tische stellte. Der Koch kam heraus und wünschte Gute Nacht. Nur der Restaurantbesitzer und seine Frau blieben bei der Kasse. Der junge chinesische Kellner zog sich die Jacke über und stand gleich darauf auf der Straße. Verdammt, dachte Erling Fall und zog sich etwas zurück, das war knapp, aber der Kellner war jetzt direkt vor ihm, ging die Straße hinunter Richtung Seine. Erling Fall ließ ihm einige Schritte Vorsprung; der Chinese war kleiner, als er ihn in Erinnerung hatte, schmächtig und ziemlich mager, er hatte nur einen kleinen, albernen Schirm. Erling Fall wußte, daß er nicht zu sehen war, denn es war dunkel, und es regnete, und der Chinese hatte sich kein einziges Mal umgedreht. Er ging höchstwahrscheinlich zur nächsten Metrostation, oder etwa nicht? Als sie zum Pont Neuf kamen, hatte Erling Fall erwartet, daß er entweder die Brücke überqueren oder rechts in den Quai des grands Augustins abbiegen würde, ja, er wandte sich nach rechts, aber er nahm die Treppen! – er ging ganz hinunter zum Kai. Verdammt, dachte Erling Fall, etwas irritiert, was soll denn *das* nun? Da unten auf dem Kopfsteinpflaster war es glatt und rutschig bei diesem Wetter, außerdem sah man außer einigen zweifelhaften Individuen nirgends eine Menschenseele. Merkte der Chinese, daß er verfolgt wurde? fragte sich Erling Fall plötzlich. War das hier ein *Test*? Der Quai des grands Augustins war an einem regnerischen und kalten Tag wie diesem ein keineswegs angenehmer Weg, es sei denn, der Chinese wohnte, wie viele Chinesen, in Tolbiac und beabsichtigte, die Linie 7 der Metro von Sully Morland aus zu nehmen. Aber die fuhr doch auch über Pont Neuf? Nein, dachte Erling Fall, darauf konnte er sich keinen Reim machen. Und plötzlich spürte er, daß es ihn rasend machte, nicht zu wissen, was der Chinese vorhatte, warum er in einer dunklen Nacht wie dieser ganz unten am Fluß entlangging, aber dann fiel ihm ein, daß es ja viele, die in Paris wohnten, so hielten, man hatte seine Gewohnheiten, vielleicht brauchte er diesen Spaziergang nach den vielen Stunden im Restaurant, ein bißchen Seine, egal bei welchem Wetter, und da vorne Notre-Dame, oft hell erleuchtet, aber nicht an diesem Abend. Erling Fall beschloß, dicht hinter dem Chinesen zu bleiben, denn der Wind war stark und der Chinese hatte sich noch kein einziges Mal umgedreht. Sie waren jetzt beide ganz unten am Kai und weit und breit kein Mensch. Ja, sie hatten die tiefste Stelle am Wasser erreicht, nur sie beide und das Sightseeingboot, das gerade vorbeigefahren war und das Gefühl der Einsamkeit noch verstärkte. Er spürte, daß sein Herz wieder zu hämmern begann. Nur sie beide. Der Gedanke war bereits gedacht, aber er wagte ihn sich noch nicht einzugestehen. Nur sie beide. Der Chinese marschierte zielstrebig Richtung Place St. Michel. Dort hatte er die Möglichkeit, die Treppe zum Platz hinaufzusteigen, vielleicht wollte er sich in eines der Cafés setzen und sich einen night-cap gönnen, bevor er die Metro nach Hause nahm. Was weiß ich? dachte Erling Fall. Er wußte nur, daß der Mann, der zwanzig Schritte vor ihm ging, mit Sophie Lee gesprochen hatte, daß dieser schöne, schlanke Mann die eigentliche Ursache war, warum sich Erling Fall jetzt in einem Zustand existentieller Verwirrung befand. Nur sie beide, stellte er erneut fest. Plötzlich war es, als liefe die Zeit viel zu schnell. Es gab keine Zeit mehr, um zu denken. Der Chinese ging direkt vor ihm, und plötzlich sah Erling Fall, daß der Fluß neben ihm war, das *Wasser* selbst, das braune, verschmutzte Wasser der Seine, das in dieser Dunkelheit ganz schwarz aussah. Und er hatte plötzlich die Szene mit Bjarne Gade vor Augen, mit welcher Leichtigkeit er in den Tod gekullert war, gekullert und gekullert, und plötzlich war er tot, und Erling Fall war sogar ein Lachen entschlüpft, denn es hatte doch so komisch gewirkt, und er dachte daran, wie oft ihm aufgefallen war, daß all die verliebten Paare, die auf den Geländern an der Seine entlang saßen, nicht wußten, in welcher Lebensgefahr sie sich befanden. Ein kleiner Schubs und alles wäre vorbei! Die Anhänger der Nationalen Front hatten einen Marokkaner auf diese Weise getötet. Er konnte natürlich nicht schwimmen. Konnte er schwimmen, dieser Chinese da vor ihm? Auch Albert Camus hatte darüber geschrieben, über die Frau, die sich von der Pont Royal stürzte, an der er vor kurzem vorbeigegangen war, im Nieselregen, direkt vor dem französischen Rechtsanwalt, der nur einen Augenblick stehengeblieben war, die fürchterliche Stille danach, der Anwalt lauschte nur regungslos, benachrichtigte niemand. Aber jetzt war es der Chinese, der direkt vor Erling Fall ging, und Erling Fall dachte, daß dieser Chinese natürlich nicht schwimmen konnte, und er erinnerte sich, mit welcher Leichtigkeit Bjarne Gade fehlgetreten war – ja, jeder kann fehltreten! dachte Erling Fall und beschleunigte seinen Schritt, denn da war niemand in der Nähe und noch ein langes Stück bis zum Place St. Michel. Er beschleunigte seinen Schritt und der Chinese drehte sich um, aber es war zu spät, es war *intuitives Wissen*, konstatierte Erling Fall im selben Augenblick, in dem er gleichsam stolperte, aber eigentlich den Chinesen in die Seine schubste, hinunter ins Wasser, fast drei Meter weiter unten, aber es ertönte nicht einmal ein Platsch, es war nur ein Schatten, der verschwand, und es war noch lang hin, bis das nächste Sightseeingboot kommen würde. Erling Fall ging weiter am Kai entlang, es ertönte ein kurzer Schrei, das war alles. Aus mit dir! dachte Erling Fall. Weg für immer! Und er blieb stehen, drehte sich um, sah, daß der Fluß in die andere Richtung floß, mit dem Chinesen irgendwo in den

Wellen, weg von ihm. Erling Fall spürte den Brechreiz kommen, alles, was er gegessen hatte, jetzt ging er an die Mauer und erbrach sich und redete sich dabei ein: Es ist nichts geschehen, und wenn etwas geschehen ist, war es ein Unfall, ein schrecklicher Unfall, aber wie oft im Laufe eines Jahres ertrinken Menschen in der Seine? Er stieg die Treppen hinauf zum Place St. Michel und setzte sich ins St. Severine. Dort trank er zwei Whisky, versuchte an andere Dinge zu denken, empfand für einen Moment eine kolossale Erleichterung, alle Probleme waren letztlich lösbar. Der Chinese ist tot, dachte er, und das war ein Faktum. Niemand hatte etwas gesehen. Niemand würde etwas erfahren. Nicht einmal Sophie Lee. Was hatte er zu befürchten? Er ging langsam heimwärts zum Quai d'Orléans. In den Fenstern war zum Glück kein Licht. Sophie Lee hatte sich, ihrer Gewohnheit getreu, zeitig zu Bett begeben. Nach einer langen, warmen Dusche ging Erling Fall ins Schlafzimmer und legte sich neben sie. Sie erwachte nicht einmal. Erling Fall hielt das für ein gutes Zeichen. Der Chinese war ein Schatten gewesen, dachte er, kurz bevor er einschlief, ein kleiner, unbedeutender Schatten. Man kann keinen Schatten töten.

EPILOG

Erling Fall stand auf der Innenseite der Glasveranda seines Hofes. Er dachte, wie oft er hier gestanden hatte, in so vielen Gemütsverfassungen. Jetzt schien eine grelle Herbstsonne. Der Randsfjorden lag spiegelblank ein paar hundert Meter weiter unten. Es war die Zeit für Kartoffeln, Gemüse, Äpfel. Er war nach Norwegen zurückgekehrt, mit Sophie Lee. Die ersten Wochen daheim auf dem Hof waren etwas angespannt gewesen, als ob sie einander belauerten, sich fragten, ob es das eigentlich war, was sie wollten. Aber schließlich hatte es den Anschein, als sei erneut Ruhe zwischen ihnen eingekehrt. Sophie Lee hatte sich in ihrem Arbeitszimmer eingerichtet und war dabei, das Buch abzuschließen, an dem sie seit zwei Jahren arbeitete. Erling Fall stand an der Innenseite der Glasveranda und sah, daß Sophie Lee jetzt unten bei der Kirche bei Gunnar Hov stand, neben dem Traktor. Worüber redeten sie? Sie hatte in letzter Zeit oft einen Spaziergang hinunter zu Gunnar Hov gemacht. Es gefalle ihr, auf dem Anwesen herumzuschlendern, sagte sie, und er konnte ihr das natürlich nicht verbieten, dachte er, während er stand und die beiden betrachtete, wie auffallend gut sie zueinander paßten, der blonde, blauäugige Gunnar Hov und die dunkle, schwarzhaarige Sophie Lee, die bereits Norwegisch zu sprechen gelernt hatte. Er selbst konnte nur einige Worte Mandarin, aber er hatte sich einen Sprachkurs gekauft. Er würde bald damit beginnen, nahm sich Erling Fall jetzt fest vor und starrte hinunter zum See, aufgeschreckt von Gedanken, die er gerade gedacht hatte und die er nicht weiterdenken wollte. Aber vielleicht, überlegte er, würde es eines Tages gelingen, eine Geographie über das menschliche Bewußtsein zu entwickeln. Er war sich in letzter Zeit oft wie ein Strom von zusammenhängenden und unzusammenhängenden Bildern vorgekommen. Sie konnten plötzlich vor ihm auftauchen, scharf und unangenehm, diffus und traumartig. Jetzt setzte sich Gunnar Hov auf den Traktor. Er fuhr am See entlang nach oben, zu sich nach Hause. Erling Fall sah, daß Sophie Lee ihm eine Weile hinterherschaute und sich dann bückte, um Ringelblumen zu pflücken. Es gefällt ihr dort unten am Friedhof, dachte Erling Fall. Sie konnte plötzlich so klein und schutzlos wirken, und dann wußte er nicht, wie er sie beschützen sollte.

Die Sonne verschwand hinter einer Wolke. Er zog sich zurück ins Wohnzimmer. Er war in Hov gewesen und hatte das Gemüse gekauft, das er für sie besorgen sollte. Bald würde er ihr erzählen, daß er seine Stellung als Amtsrichter wiederbekommen hatte. Sie würde sehen, daß er nicht mehr so nervös war wie in der letzten Zeit. Es sei wie ein Neuanfang, würde er zu ihr sagen. Die täglich gleichen Gewohnheiten, ganz anders als das hektische Leben, zu dem er verdammt war, als er für die Kværnland-Gruppe arbeitete. Vielleicht würde dieses neue Leben sich auch auf all das andere auswirken, oder sie würden vielleicht, wie sie vorgeschlagen hatte, ein Kind adoptieren. Sie durften jedenfalls nie wieder in Hoffnungslosigkeit versinken, wie es ihnen, darüber hatten sie oft gesprochen, passiert war, als sie in Paris lebten. Aber jetzt waren sie in die Landschaft zurückgekehrt, die sie beide liebten. Ja, das hatten sie beide gesagt, dachte er mit einer plötzlichen Euphorie. Er ging in die Küche, um das Rohr anzuschalten, sie hatte ihn darum gebeten. Ein Kind adoptieren? Das könnte natürlich eine Lösung sein. Für den, der zu *sehen* vermochte, gab es immer neue Möglichkeiten. Er öffnete das Küchenfenster und spürte die frische Luft von draußen, nie war es ihm gelungen, sie richtig ins Haus zu locken. Lange blieb er so stehen, mit den Händen auf dem Fensterbrett, und starrte hinauf zum Wald, ohne einen einzigen Gedanken zu denken. Er schloß die Augen und neigte den Kopf, hoffte, die Zeit könnte stehenbleiben.

Dann hörte er endlich ihre Schritte. Er öffnete die Augen und sah, wie sie auf den Hof kam, um die Ecke bog und sich vor das Fenster stellte. Sie lächelte ihn an, den Arm voller Ringelblumen. »Hast du daran gedacht, das Rohr einzuschalten?« fragte sie. Er nickte. Die Sonne kam plötzlich wieder heraus. Der Schatten hinter ihr wurde scharf und schwarz. »Erling, du bist so blaß?!« rief sie, mit einer erschrockenen Falte auf der Stirn. »Du mußt natürlich furchtbaren Hunger haben, aber ich habe da unten Gunnar Hov getroffen, und – sind die Blumen nicht schön?« Sie hob ihm den Strauß entgegen, daß er ihn riechen konnte. Er zog sie näher zu sich, wußte, daß er für ein paar Sekunden versuchen mußte, sein Gesicht in ihrem Halsgrübchen zu verstecken, auch wenn eine Wand zwischen ihnen stand. Dann atmete er tief ein und wagte es einen Augenblick lang, ihr in die Augen zu sehen. Sie erwiderte den Blick. Da hob er sie vom Boden hoch, mitsamt den Ringelblumen. Sie lachte laut auf, erschrocken und vergnügt. »Still«, sagte er. »Sei still! Es passiert doch nichts!« Er zog sie behutsam über das Fensterbrett, merkte, daß sie noch immer so leicht war wie eine Feder. Dann hatte er sie endlich wieder, drinnen im dunklen Raum.

Vincent de Swarte

Der Leuchtturmmörder

Roman
Aus dem Französischen
von Hinrich Schmidt-Henkel
suhrkamp taschenbuch 3125
143 Seiten

Das Töten verfolgt Geoffroy Lefayen seit seiner Geburt. Seitdem ihm die Schuld am Tod seines Bruders zugewiesen wurde, bedeutet er für andere Lebewesen Vernichtung. Dabei will der schweigsame Hobbypräparator nichts anderes, als seine Angst vor dem Sterben zu überwinden. Zurückgezogen auf die Leuchtturminsel Cordouan versucht er, die Welt vor sich zu beschützen, doch die Welt sucht ihn immer wieder von sich aus auf.

Jedesmal, wenn Besuch vom Festland kommt, schließt er sich in seinem Turmzimmer ein und bewegt sich wie ein wildes Tier im Käfig. Ein junges englisches Paar, das seine Trauung im Leuchtturm plant, übersteht seinen Ausflug auf die Insel nicht lebend. Wie aus Versehen bringt Geoffroy die beiden um, denn sie haben etwas, was er nicht hat. Liebevoll präpariert er ihre Leichen, damit sie in der Ewigkeit vermählt sein können. Sie werden von nun an seine Gefährten sein. Erst Lise, der rothaarigen Ingenieurin vom Wasser- und Schifffahrtsamt, gelingt es, Geoffroy aus der Gewalt des Leuchtturms zu befreien, doch inzwischen ist er verantwortlich für den Tod von fünf Menschen …

NF 214/1/5.00

suhrkamp taschenbücher
Eine Auswahl

Theodor W. Adorno. Erziehung zur Mündigkeit. Vorträge und Gespräche mit Hellmut Becker 1959 bis 1969. st 11. 148 Seiten

Isabel Allende
- Aphrodite – Eine Feier der Sinne. Übersetzt von Lieselotte Kolanoske. Illustrationen von Robert Shekter. Rezepte von Panchita Llona. st 3046. 328 Seiten
- Das Geisterhaus. Übersetzt von Anneliese Botond. st 1676. 500 Seiten
- Paula. Übersetzt von Lieselotte Kolanoske. st 2840. 488 Seiten

Ernst Augustin. Gutes Geld. Roman in drei Anleitungen. st 2771. 170 Seiten

Ingeborg Bachmann. Malina. Roman. st 641. 368 Seiten

Djuna Barnes. Nachtgewächs. Roman. Übersetzt von Wolfgang Hildesheimer. Einleitung von T. S. Eliot. st 2195. 192 Seiten

Ulrich Beck/Elisabeth Beck-Gernsheim. Das ganz normale Chaos der Liebe. st 1725. 301 Seiten

Jurek Becker
- Jakob der Lügner. Roman. st 774. 283 Seiten
- Amanda herzlos. Roman. st 2295. 384 Seiten

NF 265/1/9.00

Louis Begley

- Lügen in Zeiten des Krieges. Roman. Übersetzt von Christa Krüger. st 2546. 223 Seiten
- Mistlers Abschied. Roman. Übersetzt von Christa Krüger. st 3113. 284 Seiten
- Schmidt. Roman. Übersetzt von Christa Krüger. st 3000. 320 Seiten

Walter Benjamin. Illuminationen. Ausgewählte Schriften. Herausgegeben von Siegfried Unseld. st 345. 417 Seiten

Thomas Bernhard

- Auslöschung. Ein Zerfall. st 1563. 651 Seiten
- Ein Lesebuch. Herausgegeben von Raimund Fellinger. st 2158. 365 Seiten

Peter Bichsel

- Kindergeschichten. st 2642. 84 Seiten
- Cherubin Hammer und Cherubin Hammer. st 3165. 112 Seiten

Volker Braun

- Hinze-Kunze-Roman. st 3194. 240 Seiten
- Trotzdestonichts oder Der Wendehals. st 3180. 160 Seiten

Bertolt Brecht

- Dreigroschenroman. st 1846. 392 Seiten
- Gedichte über die Liebe. Ausgewählt von Werner Hecht. st 1001. 240 Seiten

Hermann Broch. Kommentierte Werkausgabe. Herausgegeben von Paul Michael Lützeler. Sechs Bände in Kassette

- Band 1: Die Schlafwandler. Eine Romantrilogie. st 2363. 760 Seiten
- Band 2: Die Unbekannte Größe. Roman. st 2364. 258 Seiten

NF 265/2/9.00

- Band 3: Die Verzauberung. Roman. st 2365. 416 Seiten
- Band 4: Der Tod des Vergil. Roman. st 2366. 522 Seiten
- Band 5: Die Schuldlosen. Roman in elf Erzählungen. st 2367. 352 Seiten
- Band 6: Novellen, Prosa, Fragmente. st 2368. 358 Seiten

Antonia S. Byatt. Besessen. Roman. Übersetzt von Melanie Walz. st 2376. 632 Seiten

Guillermo Cabrera Infante. Drei traurige Tiger. Roman. Übersetzt von Wilfried Böhringer. st 2846. 541 Seiten

Truman Capote. Die Grasharfe. Roman. Übersetzt von Annemarie Seidel und Friedrich Podszus. st 3135. 208 Seiten

Alejo Carpentier. Le Sacre du printemps. Roman. Übersetzt von Anneliese Botond. st 2480. 682 Seiten

Paul Celan. Gesammelte Werke in sieben Bänden. Sieben Bände in Kassette. st 3202-st 3208. 3380 Seiten

Julio Cortázar. Die Erzählungen. Übersetzt von Fritz Rudolf Fries. Mit einem Vorwort von Mario Vargas Llosa. Vier Bände in Kassette
- Band 1: Die Nacht auf dem Rücken. Mit einem Vorwort von Mario Vargas Llosa. st 2916. 291 Seiten
- Band 2: Südliche Autobahn. st 2917. 350 Seiten
- Band 3: Beleuchtungswechsel. st 2918. 280 Seiten
- Band 4: Ende der Etappe. st 2919. 330 Seiten

György Dalos. Die Beschneidung. Eine Geschichte. Übersetzt von György Dalos und Elsbeth Zylla. st 2166. 199 Seiten

Marguerite Duras. Der Liebhaber. Übersetzt von Ilma Rakusa. st 1629. 194 Seiten

NF 265/3/9.00

Hans Magnus Enzensberger
- Ach Europa! Wahrnehmungen aus sieben Ländern. Mit einem Epilog aus dem Jahre 2006. st 1690. 501 Seiten
- Der Fliegende Robert. Gedichte, Szenen, Essays. st 1962. 350 Seiten

Marieluise Fleißer. Gesammelte Werke in vier Bänden. Herausgegeben von Günther Rühle. st 2274-2277. 1760 Seiten

Max Frisch
- Homo faber. Ein Bericht. st 354. 203 Seiten
- Mein Name sei Gantenbein. Roman. st 286. 288 Seiten
- Stiller. Roman. st 105. 438 Seiten
- Tagebuch 1946-1949. st 1148. 400 Seiten
- Tagebuch 1966-1971. st 256. 432 Seiten

Norbert Gstrein. Der Kommerzialrat. Bericht. st 2718. 148 Seiten

Peter Handke
- Kindergeschichte. st 1071. 105 Seiten
- Mein Jahr in der Niemandsbucht. Ein Märchen aus den neuen Zeiten. st 3084. 632 Seiten
- Wunschloses Unglück. Erzählung. st 146. 105 Seiten

Hermann Hesse
- Das Glasperlenspiel. Versuch einer Lebensbeschreibung des Magister Ludi Josef Knecht samt Knechts hinterlassenen Schriften. st 2572. 616 Seiten
- Siddhartha. Eine indische Dichtung. st 182. 136 Seiten
- Unterm Rad. Erzählung. st 52. 166 Seiten

Wolfgang Hildesheimer. Marbot. Eine Biographie. Mit zahlreichen Abbildungen. st 1009. 327 Seiten

NF 265/4/9.00

Ludwig Hohl. Die Notizen oder Von der unvoreiligen Versöhnung. st 1000. 832 Seiten

Ödön von Horváth. Jugend ohne Gott. st 2374. 182 Seiten

Bohumil Hrabal. Ich habe den englischen König bedient. Roman. Übersetzt von Karl-Heinz Jähn. st 1754. 301 Seiten

Peter Huchel. Die Gedichte. st 2665. 489 Seiten

100 **Wörter des Jahrhunderts.** st 2973. 351 Seiten

Yasushi Inoue. Das Jagdgewehr. Übersetzt von Oskar Benl. st 2909. 98 Seiten

Uwe Johnson. Jahrestage. Aus dem Leben der Gesine Cresspahl. Einbändige Ausgabe. st 3220. 1728 Seiten

Hans Jonas. Das Prinzip Verantwortung. Versuch einer Ethik für die technologische Zivilisation. st 1085. 426 Seiten

James Joyce. Ullysses. Roman. Übersetzt von Hans Wollschläger. st 2551. 988 Seiten

Franz Kafka. Der Prozeß. Roman. st 2837. 282 Seiten

André Kaminski. Nächstes Jahr in Jerusalem. Roman. st 1519. 392 Seiten

Hermann Kasack. Die Stadt hinter dem Strom. Roman. st 2561. 438 Seiten

Bodo Kirchhoff. Infanta. Roman. st 1872. 502 Seiten

NF 265/5/9.00

Wolfgang Koeppen
- Tauben im Gras. Roman. st 601. 210 Seiten
- Der Tod in Rom. Roman. st 241. 187 Seiten
- Das Treibhaus. Roman. st 78. 190 Seiten

Else Lasker-Schüler. Gedichte 1902-1943. st 2790. 439 Seiten

Stanisław Lem. Sterntagebücher. Mit Zeichnungen des Autors. Übersetzt von Caesar Rymarowicz. st 459. 478 Seiten

Hermann Lenz. Vergangene Gegenwart. Die Eugen-Rapp-Romane. Neun Bände in Kassette. 3000 Seiten

H. P. Lovecraft. Cthulhu. Geistergeschichten. Übersetzt von H. C. Artmann. Vorwort von Giorgio Manganelli. Ph.B. 19. st 29. 239 Seiten

Hans Mayer. Außenseiter. st 736. 511 Seiten

Robert Menasse »Trilogie der Entgeisterung«. Fünf Bände in Kassette
- Die Welt scheint unverbesserlich. st 2776. 365 Seiten
- Selige Zeiten, brüchige Welt. st 2312. 374 Seiten
- Phänomenologie der Entgeisterung. st 2389. 86 Seiten
- Sinnliche Gewißheit. st 2688. 329 Seiten
- Schubumkehr. st 2694. 180 Seiten

Eduardo Mendoza. Die Stadt der Wunder. Roman. Übersetzt von Peter Schwaar. st 2142. 503 Seiten

Adolf Muschg. Der Rote Ritter. Eine Geschichte von Parzivâl. st 2581. 1089 Seiten

NF 265/6/9.00

Cees Nooteboom
- Allerseelen. Übersetzt von Helga van Beuningen. st 3163. 440 Seiten
- Die folgende Geschichte. Übersetzt von Helga van Beuningen. st 2500. 148 Seiten
- Rituale. Roman. Übersetzt von Hans Herrfurth. st 2446. 231 Seiten

Flann O'Brien. Der dritte Polizist. Roman. Übersetzt von Harry Rowohlt. st 1810. 260 Seiten

Juan Carlos Onetti. Das kurze Leben. Roman. Übersetzt von Curt Meyer-Clason. Mit einem Nachwort von Durs Grünbein. st 3017. 380 Seiten

Amos Oz. Der dritte Zustand. Roman. Übersetzt von Ruth Achlama. st 2331. 366 Seiten

Ulrich Plenzdorf. Die neuen Leiden des jungen W. 148 Seiten. Englisch Broschur

Marcel Proust. In Swanns Welt. Auf der Suche nach der verlorenen Zeit. Übersetzt von Eva Rechel-Mertens. st 2671. 564 Seiten

Luise F. Pusch. Die Frau ist nicht der Rede wert. Aufsätze, Reden und Glossen. st 2921. 199 Seiten

João Ubaldo Ribeiro. Brasilien, Brasilien. Roman. Übersetzt von Curt Meyer-Clason und Jacob Deutsch. st 1835. 731 Seiten

Ralf Rothmann
- Flieh, mein Freund! Roman. st 3112. 278 Seiten
- Stier. Roman. st 2255. 372 Seiten

NF 265/7/9.00

Robert Schindel. Gebürtig. Roman. st 2273. 359 Seiten

Jorge Semprun. Was für ein schöner Sonntag! Übersetzt von Johannes Piron. st 972. 395 Seiten

Arnold Stadler. Mein Hund, meine Sau, mein Leben. Roman. Mit einem Nachwort von Martin Walser. st 2575. 164 Seiten

Galsan Tschinag. Der blaue Himmel. Roman. st 2720. 178 Seiten

Mario Vargas Llosa. Tante Julia und der Kunstschreiber. Roman. Übersetzt von Heidrun Adler. st 1520. 392 Seiten

Martin Walser
- Ein fliehendes Pferd. Novelle. st 600. 151 Seiten
- Halbzeit. Roman. st 2657. 778 Seiten
- Ein springender Brunnen. Roman. st 3100. 416 Seiten

Robert Walser
- Der Gehülfe. Roman. st 1110. 316 Seiten
- Geschwister Tanner. Roman. st 1109. 381 Seiten
- Jakob von Gunten. Ein Tagebuch. st 1111. 184 Seiten

Ernst Weiß
- Der arme Verschwender. st 3004. 498 Seiten
- Der Augenzeuge. Roman. st 3122. 302 Seiten

NF 265/8/9.00